遇见对的那个你

追月逐花——著

远方出版社

图书在版编目(CIP)数据

遇见对的那个你 / 追月逐花著. — 呼和浩特 : 远方出版社, 2017.3
（紫水晶情感小说系列）
ISBN 978-7-5555-0832-8

Ⅰ.①遇… Ⅱ.①追… Ⅲ.①言情小说－中国－当代 Ⅳ.① I247.5

中国版本图书馆 CIP 数据核字（2017）第 050540 号

遇见对的那个你
YUJIAN DUIDE NAGE NI

作　　者	追月逐花
责任编辑	蔺　洁
责任校对	蔺　洁
出版发行	远方出版社
社　　址	呼和浩特市乌兰察布东路 666 号　邮编 010010
电　　话	（0471）2236471 总编室　2236460 发行部
经　　销	新华书店
印　　刷	北京富达印务有限公司
开　　本	155mm×225mm　1/16
字　　数	205 千
印　　张	17
版　　次	2017 年 3 月第 1 版
印　　次	2017 年 5 月第 1 次印刷
标准书号	ISBN 978-7-5555-0832-8
定　　价	34.00 元

如发现印装质量问题，请与出版社联系调换

目录

第 一 章　黄金剩女 / 001
第 二 章　捡来的帅哥 / 009
第 三 章　大麻烦 / 018
第 四 章　小店里的感情漩涡 / 027
第 五 章　小男生的智慧 / 036
第 六 章　熟女的烦恼 / 044
第 七 章　私奔 / 053
第 八 章　找回年轻的自己 / 063
第 九 章　狭路相逢 / 072
第 十 章　小叶是逃犯？ / 080
第十一章　果然很奇怪 / 089
第十二章　风声鹤唳 / 097
第十三章　超级大乌龙 / 106
第十四章　不能再暧昧 / 115
第十五章　好女不易做 / 125
第十六章　鸡飞狗跳 / 135

第十七章　不可避免的误会 / 143
第十八章　嫁也难，娶也难 / 151
第十九章　来真的？不可以！ / 159
第二十章　不及格的感情顾问 / 167
第二十一章　情敌环伺 / 174
第二十二章　专家也跑偏 / 184
第二十三章　老房子失火很难救 / 193
第二十四章　温柔无坚不摧 / 200
第二十五章　这事没门！ / 206
第二十六章　男人间的斗争 / 213
第二十七章　白小枝的心结 / 221
第二十八章　战争升级 / 230
第二十九章　被争夺的感觉 / 237
第三十章　霸道的女人？ / 245
第三十一章　不要找理由 / 252
第三十二章　把握自我 / 260

第一章　黄金剩女

"没想到老冯这么不讲信用,这么久了都不把货款给我打过来,再这样下去,我的公司就要周转不下去了。"一个相貌清秀的男人坐在长椅上,看似无意地对身旁的女人说道。他身旁的女人体态丰腴,相貌美丽,正以一副不以为然的神情斜视天际。

这个女人叫白小枝,昨天刚满三十岁。自己有一家饭店,家里有两套房,蛮有经济实力。可惜她家底虽有,就是没有男朋友,年纪又不小了,不得已走上了相亲路。不知是她运气不佳,还是现在婚姻市场太不景气,她遇到的都是些不靠谱的男人。好不容易遇到一个相貌、条件均能凑合的男人,白小枝却又觉得他很可疑——他们只约会了几次,他就在她的面前屡次提出自己公司的周转问题,还明显表示出借钱的欲望。看来这家伙是个骗子,想到这一点之后白小枝无比沮丧,难道自己已经掉价到了这种程度,只配被别人骗了?而且这家伙,已经三十多岁了,长相也只算有三四分清秀,和小说里那种魅力无敌的骗子还有很大一段距离,凭什么以为自己能骗得了她白小枝?是他自视过高还是她自视过高?

"小枝。"那男人见白小枝一直没有反应,终于忍不住用胳膊触了触她的手臂。

"干吗？"白小枝垂下眼帘，藏住自己眼中的郁闷和不屑。

"呵呵，我还真不好意思开口。"那男人假装尴尬地笑着。

白小枝偷偷翻了一下白眼：你不好意思谁还好意思？

那男人果然恬不知耻地继续说："我的公司……不瞒你说，最近在资金上出现了点小问题……你应该有点存款吧，能不能借我十万块，我问题一解决，立马还给你！"

白小枝的嘴边勾起一丝冷笑，没有回答他。

那男人急了，加快了语速："我一解决问题就会把钱还给你！小枝，我们俩谁跟谁啊，我还能骗你吗？"

什么？白小枝的额头上涨出一根青筋，恼怒地盯了他一眼：什么叫"我们俩谁跟谁"？我跟你有什么关系？还真好意思说！

"哼……哼哼……"白小枝冷笑了几声，拉拉裙子站了起来。

"你……你干吗？"那男人一惊，也站了起来。

"我说，兄弟……"白小枝斜睨着他的脸，把鄙夷在脸上演绎得淋漓尽致，"你要当骗子，还嫩点。"白小枝扭头就走，走了几步又回过头来冷冷一笑，"要当鸭子，也太丑了点。"说罢头也不回，大步离去。

那男人在原地愣了半晌，忽然破口大骂起来，骂得很难听。白小枝捂起耳朵不听，加快了脚步。刚才说了那两句之后感觉真爽，但现在被他这样骂又很窝火。照她的性子，真想回去给他几个嘴巴。但她知道自己不能这样做，因为她十有八九打不过他。

白小枝走到一个冷饮摊前，灌了杯冷饮，心中骂人的爽快和被骂的愤怒，都随着凉意入肚，渐渐淡去，剩下的只有长存的沮丧：第五次又失败了。为什么她找个男友就这么难呢？

"哎呀，小枝啊，你就不能不这么挑剔吗？所谓恋爱，不就是找个能过日子的男人搭伙过日子吗？你还是把标准放低一点儿吧……"冷不防的，介绍人刘大妈的声音又在她耳边响起。

每次她拒绝了相亲对象后刘大妈就会说这些话，而她每次相亲失败后也都会想起这句话，每次都会觉得刺耳刺心。说真的，她真有几次产生疑惑，觉得自己是否真有点挑剔，但仔细想了想之后，却总是坚定地得出一个结论：她绝不算挑剔。

就拿第四个相亲对象来说，这位同志和她同龄，硕士学历，事业单位职工，长相也过得去，硬性条件在她所有的相亲对象中算得上最好的，但就一点不好：性格木讷。脸上总是一副不变的表情，一个小时坐下来，只回答了白小枝对他事业和家乡的几个问题。白小枝原以为他对她毫无兴趣，没想到后来介绍人却说他对她印象很好，希望进一步发展。一听到这话白小枝受到了极大惊吓：在喜欢的女人面前都这么木讷，那在普通人面前会是什么样啊？她可不想后半辈子就守着一个木头男人。她既不会打坐，又不通禅意，那种寂寞的生活她绝对受不了，所以毫不犹豫地拒绝了这个男人。刘大妈对此大为惋惜，说木讷点又怎么样，木讷的男人都忠于老婆，绝不会在外面拈花惹草。又说这男人条件这么好，她拒绝了他，以后说不定就找不到更好的了。

听了刘大妈的话白小枝哭笑不得，哀叹自己是不是已成了奥特曼：婚姻不就是人与人之间的结合吗？可是现在的人们在处理婚姻的时候似乎只注重条件的契合，人与人直接的契合却成了可有可无的东西。这不跟封建社会一样吗？

正因为婚姻市场的不尽人意，很多大龄女性开始对姐弟恋产生了幻想。这也怨不得她们，韩剧、日剧、港剧、国产剧天天都在放。白小枝也曾对这种恋情幻想过，但很快就不再痴心妄想。并不是因为这种恋情离她的生活太远，而是因为这种恋情离她的生活太"近"。在她家饭店斜对面的一个理发店，有一个小伙子，人长得帅帅的，个子也挺高，今年刚满二十岁。

每次她从理发店门口经过的时候,他都要特地从店里出来,对着她热情一笑。白小枝一开始有些晕乎,但很快就发现,她每次佩戴贵重饰品出门的时候,他总是笑得格外热情,所有幻想顿时烟消云散:这小子,卖身投靠的意图也忒明显了。

白小枝一口气走回了家,打开冰箱拿出几根火腿肠吃了,展开被子蒙头就睡。今天折腾得够呛,先好好休息休息。不就是暂时找不到对象吗?有什么大不了?又不是没吃没喝,又没有人挡在门口要收房子收店面。想当初她一个人创业的时候,那才叫苦叫累,遇到困难的时候,那是一个叫天天不灵,叫地地不应,这么多大风大浪都已经过来了,怎么可能被对象的问题整趴下?什么都不管,先休息!

一觉睡醒之后,白小枝的心情又趋于平静。想起这些天来的荒唐经历,她打算暂停自己的相亲活动,好好打理一下心情,同时也打理一下生意。本市是本省著名的旅游景点,每到旅游旺季都会有很多人来玩。既然有人来玩就要找地方吃饭。每年白小枝都能在这一阶段大挣一笔,今年她也不想错过。哈哈,她们这些所谓的剩女,绝不像外界想得那么着急。相反,自己想来,社会上的某些人士比她们还要着急。对于这样的"关切",白小枝虽然感到不爽,但也不能恶言以报,当然只有微笑着接受,回头忘掉。

然而她万万没想到的是,她这一休息,反倒招来了店员的议论。当然了,以前她积极相亲的时候,他们也偷偷议论过她。只是她万万没想到她暂停相亲了,他们还会议论。

有一天歇店的时候,她经过厨房,似乎听到聚在店堂角落里的店员在偷偷地议论她。

"唉,你说,咱们白姐心死了吗?"

什么?心死?白小枝立即竖起了耳朵。她知道说这话的人是谁。说这话的是张大奎，本店的大厨，人长得五大三粗，相貌堂堂，却生了一颗八卦的心。

"应该不会心死吧……咱白姐是谁啊？"接话的是服务员小婷。老实说，白小枝并不清楚这家伙是不是在夸她，但觉得这句话听起来很舒服，脸色稍稍地平和了一些——刚才她的脸可是绷紧了的。

最后说话的是杂工小毛，一开口就差点把白小枝气炸，"应该不会心死吧……我看她一天换一条项链呢！"

真是崩溃啊，她换项链也要被人议论啊？再说她是特意换的吗？她只是没有睡觉戴首饰的习惯，每天睡觉时都把首饰摘下来放到首饰盒里，第二天早上起来，再从首饰盒里捞一条戴上。因为两次都拿一条项链的概率太小，所以她才会每天"戴不同的项链"！天哪，这点小事都要被人议论研究……她怎么会这么引人注目啊？

白小枝真想冲进门把他们踹一顿，但最终还是放弃了。说起来这些家伙都是她的员工，关系也很铁，她即便进去踹他们一顿，他们也不一定会生气，但她总觉得为了"暂时找不到对象"的事情踹他们，倒显得她很在意这件事一样，所以犹犹豫豫地不想动手，在门口呆站了片刻之后，就装作什么都不知道，转身离去了。

但是她没法当作不知道啊，这件事实在让她有些窝火。为了让自己心情舒畅一些，她打算上坝子逛逛，反正现在也不是吃饭的点儿。她理了理头发，找了条毛巾擦了擦脸上的汗，戴上遮阳帽就出门了。她记得那些旁门左道的剩女拯救指南上说，为了增加艳遇的机会，剩女出门都要薄施淡妆，她才不屑这样呢，逛街又不是去赴宴。再说她的素颜也不是过不去的。

她气定神闲地从理发店前走过，那个年轻帅小伙——她记得他叫朱林——适时地从店门里出来，对着她热情一笑。就在这时，她胸前的钻石坠子碰巧和一缕阳光相触，反射出刺眼的光芒。朱林的目光就像被这缕光芒灼到了一样，脸上笑得格外灿烂。白小枝的目光向另一个方向一滑，撇着嘴离开了。今天她真不想见到他，简直有想把他暴打一顿的冲动。

朱林目送着白小枝走远，然后回到店里嘻嘻地窃笑。店长这时不在店里，跟他一起的只有同是学徒的小宋。小宋看起来很厚道，一张脸长得很有男人味，身体却很单薄。他看到朱林在那里窃笑，觉得很反感，忍不住出言叱道："别笑了，人家都走远了。"

"哎呀，小宋，"朱林仍旧是嬉皮笑脸的，"我可以确定，白姐对我是越来越有意思了。"

"怎讲啊？"小宋一脸不屑的神情——他知道朱林十有八九是自我感觉良好。

"你没看她今天的神情吗？我一看她她就害羞地把脸转向其他方向了，这是欲盖弥彰！"朱林花痴般的表情流露出来。

"不见得吧。"小宋冷笑了一声，"我看她是讨厌你，才把脸转过去的！"

朱林哼了一声，撇了撇嘴没有说话，看来他心里也明白。小宋露出揶揄的神情，转过身去整理台子上的理发用品。

"哎，我说，你真打算追白姐吗？"过了一会儿，小宋如是问朱林。

"当然了，"朱林像憧憬食物般说道，"她在我们这一片儿算很有钱的，如果能泡上她，我要发财就容易了。"说到这里露出了馋涎欲滴的神情，"再说，她那么漂亮，又那么性感，也不显老……如果能泡上她，简直是买一送一啊……"

小宋一直不屑地听着，听到这里后忍不住冷笑道："看来你还是有点喜欢人家的么，既然如此你干吗不光图人呢？"

"那怎么行？她都三十岁了！"朱林嘴一撇。

小宋想了想，点了点头说："那倒也是……"说着又朝朱林凑近了些，"不过你小子可是一直都光说不练啊。她现在可在积极地相亲，等她找到对象，你就没戏了！"

"这个嘛……"朱林伸出一只手，摊开来，又收拢，"我已经制定了周密的计划……"

门忽然一响，店长刘雨回来了。朱林和小宋赶紧停止了他们"邪恶"的谈话，该干什么干什么去了。刘雨穿上白色的制服，拿出一把剪子，在白布上拖了一下，看似无意地朝斜对面白小枝的饭店看了看。每天他都要这样看那里无数次。虽然可能看不到主人，但只要能看到她的饭店他就挺开心了。

精确算来，他暗恋白小枝已经有一年了，但是迟迟不敢表白。他跟白小枝一样，属于大龄未婚青年，不过今年才三十二岁，并没有踏入剩男的门槛。即便如此，故乡的那些七大姑八大姨们仍感压力巨大，拼命地给他张罗对象。在农村，男人如果过了三十岁还没有成婚，是很难讨到老婆的，但他因为在城市讨生活而成为例外——他从不认为自己现在的状态能称之为"创业"。在城市奋斗多年，只盘下了这家理发店，攒了一些存款，至今还在租房子住。其实如果他前几年就出手，他的存款完全够买下一套房的。但当时他判断失误，以为房价会跌，便这么耽误下来了，现在房价又高得离谱，他不得不把买房的计划暂时搁置。

虽说他的条件如此，但有些家乡的姑娘还是把他当成了香饽饽，积极地和他见面，然而他一个都没看上。不知是不是因为多年奋斗而引发的神经过敏，他老觉得这些人当中有很多只是想通过他走进城市，再从他这里拿钱回家给家里人盖房。他每次把这种想法告诉老姑（最积极介绍对象的人）说时，老姑都要啐他，说：

"嫁汉嫁汉,穿衣吃饭,人家不图你这个,图你什么啊。"每次听到这些话的时候他都会觉得很刺耳。说实在的,他觉得自己作为一个男人,还是具有吸引力的,并没有寒碜到只能让人图钱的程度。这其中当然也有几个心灵纯净的,可他就是觉得和她们不来电。每当他把这种想法告诉大姑,大姑又要啐他:"你怎么这么挑剔,之前你怀疑人家人品不好,不愿要。现在遇到人品好的了,又不想要,你到底想要什么样的?"

  每次遇到这种情况时他只有苦笑。可能是年轻时迷恋武侠小说的关系,他非常想拥有金庸小说里那种"心手相牵,生死与共"的感情。不知谁能和他心手相牵,他倒是非常中意对面的白小枝。她人好,性格坚韧,也很大气,很聪明,当然,人也很漂亮,完全够资格当他的梦中情人。不过也只能是他的"梦中"情人。人人都说,男人的收入要比女人的收入多一倍爱情才能稳定。他的收入远不及她,又是农村来的,根本不敢奢望自己能得到她,只敢偷偷地想着她,并把这种想法埋得很深。如果让他知道自己的学徒正对白小枝怀着"污秽"的想法,他一定会把那个人的头打烂,当然,这是后话。

第二章　捡来的帅哥

　　白小枝已经溜达到了坝子底下。这个坝子官名叫源春堤，算是本市一个二级旅游景点。像白小枝这样的老住民都知道，这里以前就是个土坝子，底下长满荒草，上面全是狗屎和小孩屎。前几年新市长上任，立誓要把本市建成著名的旅游景点，所以把这坝子也收拾了一下。在坝子顶上铺上石板，修上点景观，再在坝子两坡栽上点花草，再配上坝子下面盈盈的河水，硬是把坝子修成了个景点。每年倒也有不少不明就里的游客前来观看。

　　坝子离市区很近，坝子下面就是书报亭。白小枝顺手买了份报纸，并不是因为她多爱阅读，而是因为这报纸封面很夺目。巧了，这报纸里有一版是专门研究剩女问题，白小枝看到这里时感到很反感，却又忍不住想看。

　　又是一个自以为是的专家写的文章。他说剩女之所以被"剩"下来，是因为过于挑剔，看到男朋友有一点不好就予以抛弃，或者把条件定得太高，迟迟不愿谈恋爱。对这种说法白小枝不敢苟同，因为她并不认为自己挑剔在哪里，她只是没遇到而已。她高中毕业就创业，到现在十二年了，算是见多识广。十二年间她也没有刻意找过某一类人，但可以托付终身的人居然没遇上。有几个有感觉的，却因为各种原因，阴差阳错地错过了，导致她至今孑然一身。为了改变这种状态，她开始相亲，条件定得也不算高，只是碰巧还没遇到能让她心动的人而已。说到底她"剩"下来只是因为时运不济。不过，白小枝也承认，自己在相亲过程中，对另一半是有一定的要求。恋人分两种，一种是生活中偶遇的，一种是相亲得来的。对于女人来说，对待生活中偶遇的，可能不会多在意条件。相亲对象却不一样。既然是有目标地在找，当然得设一定的条件了，谁愿意一开始就把条件定得低低的啊，这不是打自己的脸吗？

白小枝在坝子上闲逛，一边走一边用报纸给自己扇风。和往常一样，坝子上站满了闲人，有走的，有坐的……咦？怎么还有躺着的？

在离白小枝只有几步路的躺椅上，一个小伙子就这么躺着。他衣衫整洁，脚上穿着耐克鞋，不像是流浪汉。大概是哪个玩累了的游客吧，不过他也真是胆大包天，竟敢在这里睡觉，也不怕有人偷他的东西。

白小枝看了几眼就准备离开，忽然听到那人呻吟了一声。白小枝不知道自己有没有听错，朝前凑了凑，果然又听到他呻吟了一声。白小枝狐疑着走到他面前，顿时吓了一跳：天哪！他的脸已经烧得发紫了！人也已经昏迷了！

"哎呀！他生病了！要送医院！"白小枝大喊了一声，朝四周看了看。周围的人朝这边看了一眼，然后不约而同地站住观望。在这一瞬间，白小枝也有了抬腿走人的冲动，但看这小伙子烧得怕人，还是咬咬牙把他扶了起来，往坝子下运。她一边运一边咕哝："见死不救可不好啊，见死不救是要遭报应的！"

白小枝费了九牛二虎之力才把小伙子运到了坝子下面，找了辆出租车把他送到医院。医生诊断之后说没什么，说他只是急性肺炎，输几瓶液就好了。果然输了几瓶液后，小伙子脸不再那么红了,看起来已经脱离了危险。白小枝凝视着他的脸,忽然觉得他挺帅的,而且不是一般的帅。现在如此憔悴还帅成这样,康复了还不知会帅成什么样呢。

就在她这么想的时候,小伙子轻轻地呻吟了几声,把眼睁了开来。在和他的目光相触的那一瞬间,白小枝觉得他的目光真是清纯,片刻之后却觉得有些不对:那好像不是清纯,而是空洞!

"我在什么地方?"小伙子茫然地看着白小枝,沙哑着嗓子问。

"在医院。我看到你昏倒在源春堤上的长椅上,就把你送到医院来了。"白小枝隐隐有种不祥的预感,"你叫什么名字?从哪里来?怎么会昏倒在那里的?"

小伙子的表情更茫然了,忽然抱住了脑袋。

"你……怎么了?"白小枝的心狂跳了起来。

"我……我不记得了……我记不得我是谁……什么都不记得了……"小伙子的表情又迷惑又着急,几乎要哭出来了。

"什……什么?"白小枝差点惊得跳起来:什么?失忆?怎么会这么蹊跷啊?

"那你……你掏掏身上的口袋,看有没有什么能证明你身份的东西。"白小枝急得都要口吃了。

小伙子掏了掏身上的口袋,眼圈红红地摊开双手。看来他身上所有的东西,都在他昏睡在堤上的时候被贼掏走了。

白小枝就像被人打了一闷棍:我怎么捡了这么一个大麻烦啊?

白小枝立即报了警。警察过来问了几句话,便回警局到本市的失踪人口资料中查找这个小伙子的信息,傍晚时给白小枝打来电话,说他们暂时没有收获,决定把搜索范围扩展到全国,请白小枝耐心等待。然而白小枝知道自己绝不是耐心等待这么简单。既然找不到小伙子的家属，小伙子住院期间所有的医药费她都得垫付。而且在找到他的家人之前，绝不能把他赶到大街上去，他的住处她得安排。警察之后说的话也就是这个意思。想起日后那可能旷日持久的麻烦，白小枝都想一走了之了，但她的良心不允许，而且她知道那样的话她一定会上报纸，甚至会被人肉搜索，因为好事做一半往往比不干好事更让人鄙视。

还好这小伙子身体挺好，在医院待了几天就出院了。医生只是治好了他的肺炎，对他失忆的缘由却说不出所以然，只是推测地说可能是高烧引起的。白小枝害怕他的脑子已经被烧坏了，特意问了他几个问题，还好他智力还正常。智力正常就好，白小枝思前想后，准备把他安排到店里去，在厨房当个捡菜工，晚上就跟小毛住一块儿。主意打定之后她就把小伙子往店里带。

店里的诸位早就听说白小枝这阵子专心救人呢，这时候还要把救来的人往店里安排，大家早就想见见这位幸运儿了，从店里远远地看见白小枝回来就全跑了出来，看到小伙子后全都"哦"了一声。接着令白小枝不解的一幕出现了，他们的脸上竟齐刷刷地现出了"原来如此"的神情。

"白姐，这位……大哥……怎么称呼啊？"小婷和其他两个女服务员脸红扑扑的，一边窃笑一边问。

"对了，之后你准备让我们叫你什么？"白小枝问小伙子。

"随便。"小伙子垂着眼帘，竟是一副事不关己的样子。

白小枝微微有些恼火，加重了声音说："反正你以后要在厨房里捡菜叶，我们就叫你'小菜'，不，小蔡吧！"

"我不要，"小伙子撇了撇嘴，"小菜多难听啊，叫小叶还差不多。"

"好吧，以后就叫你小叶。"白小枝哈哈一笑，又朝店里的那些爷们儿看了看,"他连自己的年龄也不记得了,你们也就不要和他称兄道弟了,以后就一律喊他小叶吧!"之后便叫小毛带他去后面休息,大家各归各位,自己则往柜台走去。

小婷她们窃笑着看着小叶走到后面,低声说:"他可真帅啊。""是啊,白姐真有眼光。"

"嗯?"白小枝本来在看账本,一听这话猛地抬起头来,不是吧……他们竟然以为她是看小叶帅才把他捡回来的?他们的思想怎么这么猥琐啊?

小毛把小叶带到后面,把电风扇打开就走了。小叶在房里呆坐了一会儿,忽然用狡黠的目光看了看房门,用几不可闻的声音说:"真是个傻女人……"接着走到窗前,用力摇了摇铁栏杆,呸了一声,"还蛮结实的……"

窗户外面就是小巷,刘雨买烟回来,正好从窗口经过。他一抬头发现小毛的屋里多了一个人,是自己从未见过的,便和他打招呼:"你好啊,哥们儿,新来的吗?"

小叶撇了撇嘴,没有说话,走回床上坐着(他和小毛住上下铺),转过脸不看窗外。刘雨感到很诧异,低声咕哝了一句:"这小子怎么这么没礼貌。"就走了。走出几步后又忍不住朝窗户看了一眼。不知为什么,这小子让他有种难以言喻的不祥预感。

小叶休息了几天后,白小枝觉得他应该恢复透了,便叫他去厨房摘菜。这小子眼皮耷拉着,没说好也没说不好,就像个木头人一样走进厨房。白小枝非常看不惯他这副模样,但想到他可能脑子空了精神也涣散了,就没跟他计较。她走到柜台里坐着,开始翻看账本。除了对账之外,她还在通过账目研究客流量,但她刚翻过第三页,就听到厨房传来了喧哗声。她赶紧去看,一走进厨房就看到小毛像个猴子一样上蹿下跳,一边跳一边喊:"你小子怎么骂人啊?你小子怎么骂人啊!"

两个厨子正站在小毛的面前，竭力阻止他往前冲。小叶站在厨子的身后，抱着膀子，不以为然地看着天花板。

"怎么回事？"白小枝低声怒喝道。小毛不再上蹿下跳，满腔愤怒地朝小叶一指，"他骂我是长嘴三八！"男人被骂长嘴已经够令人愤怒了，而且还被以骂女人的词汇辱骂，的确是可忍孰不可忍。

白小枝脸一沉，走到小叶身边，沉着嗓子问他："你为什么骂人？"

小叶的嘴边扬起一丝不屑，用不以为然的语气说："他先嘲笑我的。"

白小枝朝小毛看了看，发现他还是一脸愤怒，又用严厉的语气问小叶："他怎么嘲笑你的？"

小叶朝菜筐扬了扬下巴，"他说我笨手笨脚的，连点菜叶也捡不好，简直是个棒槌。"每个字都记得这么清楚，看来真是仇恨入心了。

白小枝看了看菜筐，扑哧一声笑了出来：这家伙果然很不会择菜。择菜只要把菜根择下来，他却把茎都择下了一大截。

"你看你，把能吃的部分都择下来了，他说你没有错啊。"白小枝笑着对小叶说。

"那他也不能说我是棒槌啊。"小叶竟还是一副理直气壮的样子。

"那你还骂人家是长嘴三八呢，多难听的话，连我都想揍你了。"白小枝斜睨着他，把老板娘的老辣拿了出来。

"但是他找茬在先……"小叶不服气地咕哝道，"再说择菜也不是像我这样的人……"说到这里猛然打住。

白小枝知道他是想说"择菜也不是像我这样的人应该干的"，顿时怒火上冲，想责问他"你除了择菜之外还能干什么"，但想到他无家可归也挺可怜的，便改口说："我知道你觉得择菜这个活无足轻重，但不能扫一屋岂能扫天下，你连择菜都择不好，怎么能干大事？"

小叶微微地低下头来：看来他虽然没有口服心服，但准备表示"服了"。

"快向小毛道歉！"白小枝用不容置疑的语气说。

"对不起，我错了。"小叶利落地说了一句，虽然诚意不足，倒也不好挑毛病。

"你呢？"白小枝看向小毛。小毛的脸仍然涨得通红，但见白小枝看他，只有低下头去说："算了算了，反正也没什么大事。"

"这就好。"白小枝哈哈一笑，走到菜筐边，招呼小叶过来："你过来，我来教你怎样择菜，"说着把一棵菜举到他面前，利落地把根择掉，"择菜要这样择，要把能吃的地方全留下来。"

"哦，我晓得了。"小叶讪讪地把菜接过去。

见他这副样子，白小枝忽然感到一丝怜悯，轻轻地叹了口气："瞧你这样子，在家里也一定是娇生惯养的……偏偏失了忆，回不了家……你不要担心，我们这里的人虽然脾气糙些，但个个都是好人，你可以放心大胆地在这里住下去！"

小叶没有答话，看白小枝的目光却温和了许多。

一转眼就到了晚上。小毛回到房间，发现小叶已经躺到床上了，便撇了撇嘴，踢了踢床脚说："喂！还没睡死吧？"

"你想干吗？"小叶冷冷地说。

"哎哟？"小毛瞪圆了眼睛，"你小子还敢嚣张？要不是老张他们拦着我，今天我早就揍你了！"

"哈哈，你要是不甘心现在也可以动手啊，看我怕不怕你！"小叶鄙夷地一笑，用挑衅的语气说。

"我……"小毛扬起了拳头,最终却没有朝他打过去,他狠狠地打了床柱一下,便朝上铺爬去。

"今天你是故意找事儿的吧?"等他爬上了上铺后,小叶平静地问他。

"我……"小毛本想推搪,但仔细想想还是说开了好,便把头探下来,"算你小子有眼色……我告诉你,不许对小婷痴心妄想!"

"小婷?"小叶笑了出来,"我什么时候对她痴心妄想了?"

"你不要装蒜!"小毛恨恨地说:"这几天小婷给你送了几次东西,还对你笑来着,你看你接东西时候的样儿,笑得比吃了蜜还甜……你还敢说你没对小婷痴心妄想?"

"哈哈哈,"小叶大声哂笑,"你这话真有意思,她是给我送东西的,我不对她笑还能对她哭吗?她好心给我送东西,我还能把它们扔房门外头吗?"

小毛哑口无言,隔了半响才恨恨地说:"反正不许你对小婷出手!"

小叶鄙夷地笑了一声,没有答话。

小毛急了,敲了敲床板:"我说的话你听到没有?不许你对小婷出手!"

"我说兄弟,"小叶冷笑着开了口,"我觉得你不该朝我使劲儿,据我观察,小婷还不是你的女朋友吧。"

小毛的脸红了,咕哝了一句:"不是又怎么样?"

"是向她告白被拒?"

小毛没有吭声,脸更红了。

"哈哈,我知道,你对她还只是暗恋,对不对?"小叶扑哧一声笑了出来。

小毛的脸涨紫了,咕哝了一句:"人家长得这么漂亮……

而我……怎么敢跟人家告白啊。"

小叶知道他是想说自己长得像猴一样,忍不住哈哈大笑。

小毛恼了,用力拍了一下床板,震得整张床都摇晃了起来:"你笑什么?有什么好笑?你不就是长得帅点吗?我告诉你,长相是爹妈给的,好坏只凭运气,你没什么可骄傲的!"

他这话讲得义愤填膺,在小叶听来却更加好笑,笑得更厉害了。

"你笑什么?!"小毛愤怒至极,从上铺窜下来就要和他开练。

"我说你呀,"小叶止住笑,从床上坐起来,直视着小毛,"与其找我生闲气,倒不如先想办法把小婷追到手吧。如果你不那样做,以后你的情敌会源源不断地出现,并且你只能在一旁看着。"说罢又倒回床上睡了。小毛一动不动地站在那里,还是一副准备开练的架势,气却已经泄光了。

第三章 大麻烦

转眼又过去了几天。白小枝本来担心小毛和小叶会再有摩擦，还好他们之后相安无事。没想到他不和小毛闹架，又和别人闹架。这天她在前面研究账本，又听到后面闹得像炸锅一样，她走到后面一看，只见洗碗工刘大妈捋着油黑的手臂，唾沫四溅地指着小叶骂，"你这小囚儿，老娘这么大岁数了，当你妈都够了，是给你骂的？你不要太嚣张了！"

小叶也不还嘴，就在一旁抱着膀子站着，不以为然地看着天花板。

"又出什么事了？"白小枝皱着眉头走上前去。

刘大妈见白小枝来了，赶紧停止乱骂，恨恨地朝小叶一指："这小子……他说我……他说我……"

"我说她为了省一点小钱，置顾客的健康于不顾，简直是黑心烂肺！"小叶转过头来大声说，然后又把头转了过去。

"这话怎么说的？"白小枝又惊又怒。

"你看看，"小叶走到洗碗池边，指了指那池油腻、几乎见不到泡沫的水，"这么多碗，她竟然只用一点点洗碗精，碗根本洗不干净！顾客用这么脏的碗吃饭，肯定要生病的！"

白小枝看了看刘大妈，露出了厌恶的神色，真没想到刘大妈会干这种事。

虽然餐馆洗碗少用洗碗精是很普遍的现象，有些餐馆甚至洗碗只用凉水冲，但白小枝认为做生意不能昧良心。她每个月都给刘大妈足够的钱叫她买洗碗精——问题就出在这里。白小枝身为老板不能事无巨细都管，便把买洗碗精这个微不足道的权力下放了。然而刘大妈好贪小便宜，洗碗时只用一点点洗碗精，省下钱昧起来。

白小枝觉得怒火上冲，但脸上还是不露声色，走近刘大妈温言道："哎呀，刘姐，你这是干什么啊，如果你缺那几块钱的话，我加给你就是了。"

刘大妈脸红了，咕哝道："我知道我错了……可是这小子也不能这样骂我……"

白小枝皱着眉头朝小叶看去，小叶冷冷地和她对视，撇了撇嘴说："我本来也是好好地跟她说的，但是她不以为然，又说了一些难听的话，我当然就以牙还牙了。"

白小枝重重地叹了口气，把小叶拽了出去。大家本以为她拽小叶出去是准备训他，没想到她把他拉到一个僻静处，对着他哈哈大笑了起来。

"你笑什么？"小叶懵了。

"哎呀，真痛快，"白小枝重重地拍了一下他的肩膀，"真有你的，敢对刘大妈说那些话……不瞒你说，你说的那些话也是我心里想说的，只是碍着她年龄大，不好跟她说罢了。"

"这么说……我做的是对的了？"小叶试探着问。

"不对。"白小枝收起笑容，郑重地说，"不管怎么说，她年纪都这么大了，不能给你一个小孩胡乱骂。"

小叶低下头去，白小枝却仍能看出他不服气，轻轻地在他胳膊上一捣，"唉哟，年轻人，在社会上生活不是这么简单的，社会就是这样，如果处事不圆滑一点，根本就不能混的，知道不?"

以前她根据小叶的面貌判断,认为他大概有二十一二岁,现在更觉得是这样。像他这种愣头青,肯定还没经过社会的历练,说不定才是大二大三。大二大三,多好的时候啊,他却因为失忆流落到了这里,真可怜啊。

小叶轻轻地点了点头,好像还没有真正服气,但看白小枝的目光又比以前柔和了许多。

刘大妈大概也心中有愧,之后没有再找小叶麻烦。这天大家一起围在大厅吃饭——饭店一天里总有几个时段是没人上门的,大家就趁这个时候吃饭休息。

白小枝坐在员工中间,一边细细地嚼着饭菜,一面用愉悦的目光打量着她的员工们。她就喜欢看他们吃饭的样子,她认为一个人在吃饭的时候神情是最满足的。这么多人聚在一起吃饭,不仅人气旺,还能让人觉得日子会越过越红火……

不知不觉中,白小枝把目光停在了小叶的脸上。过了这么多天,小叶已经完全康复了,显得神采奕奕。如白小枝之前所预想的,非常非常帅,甚至还有几分明星范儿。

厨师张大奎端着一大碗饭从厨房里走了出来,他看似无意地在小叶身边停了下来,朝小叶的碗里看了看,忽然勃然大怒,朝小叶的肩膀重重一推:"你这臭小子!"

"哎哎哎,怎么回事这是?"白小枝赶紧用筷子指住张大奎,"你怎么了?"

"白姐,你看看,"张大奎指着小叶的饭碗,"这小子,这么多天来一直光吃饭不吃菜……是不是瞧不起我的手艺?"

是吗?白小枝还真没注意到。她轻轻地叹了口气,对小叶嗔怪地问道:"你怎么光吃白饭啊?"

"我没有光吃白饭,"小叶依旧是垂着眼帘,一副不以为然的样子,"我还用汤泡了。"

"你这臭小子!"张大奎几乎气得要揍他,"你说这不咸不淡的话是什么意思?要不是看你……我揍你我!"

"别冲动别冲动!"白小枝赶紧制止张大奎,把小叶拉了出去,用嗔怪的语气问他,"你又怎么了?"

"没怎么。"小叶还是垂着眼帘。

白小枝轻轻地叹了口气,仔细想了想后说:"是不是觉得菜不合口味?"

小叶的脸红了,咕哝道:"我不是不能吃辣,但他菜烧得也太辣了……"

辣?对了。张大奎是四川人,生平最喜欢吃辣,也喜欢劝说身边的人吃辣,按他的话来说,吃辣至少有三十种好处。白小枝和员工们在他的宣传下也爱上了吃辣,一点都没注意到自己的饭食口味已经偏重了。

"哎呀呀,这点事说出来就是了,干吗光吃饭不吃菜啊?"白小枝重重地捣了一下他的胳膊。

"我怕说出来惹人烦……"小叶的脸更红了,声音几不可闻。

"嗨,"白小枝看了看他的脸,重重地叹了口气,"你不会以为'处世圆滑'就是这样吧?我告诉你,处世圆滑并不是闷声不吭,还有……算了算了,以后有空,慢慢教你吧!"

小叶低低地应了一声,偷偷撇了撇嘴。

白小枝知道他又不服气了,在心里"呸"了一声,用挖苦的语气说:"你看看你,刚来没几天,就把我们这里的人快得罪光了,如果这里你都不能待,以后还能到哪里去啊?"

"那我就去报社求助。"小叶眼皮一耷拉,小鱼吐泡般吐出一句。

白小枝一怔,接着恼怒地笑了:"你小子还真够损的啊,你要到报社说我们这里的人怎么怎么欺负你，我们这帮人还能做人不？我这店还能开不？你真是损到头了你！"

小叶低下头，嘴边扬起一抹偷笑，这个样子很促狭，却也很可爱。看了他这样子，白小枝心中的恼怒也烟消云散，笑着拍了拍他的肩膀，把他拉回店里，自己下厨给他做了一碗炒茄子，并嘱咐张大奎以后辣椒少放点。辣椒又不是什么仙丹妙药，没必要一个劲地猛吃。张大奎答应了，似乎不是很甘心。白小枝也不管他。

小叶吃茄子的时候吃得很是香甜，白小枝微笑地看着他，感到心头温润妥帖。之前她也许对小叶有过那么一点厌弃的感觉，但现在已经全没有了。这小子虽然有些愣头愣脑的，但心肠还行，可以当朋友。

白小枝光顾着看小叶发怔，丝毫没发现张大奎和刘大妈正聚在一起嘀嘀咕咕，一边嘀咕一边朝他们偷看。

第二天下午，天气很闷热，暂时没有一个人上门。大家聚在店堂里看电视，白小枝则坐在柜台里研究账目。不知是不是她身体虚了，即使开着空调，她手上也黏腻腻的全是汗，很不舒服。白小枝放下账本，找出洗手液去厕所洗手，她嫌厕所的洗手台太过湿腻，就把戒指摘下来，放到了柜台上——这戒指是她买给自己的三十岁生日礼物。红宝石的戒面，周围镶了一圈钻石。既然没有男人来疼她，她就要好好地疼自己。

白小枝从厕所洗手回来，看都没看就往柜台上一摸，咦？戒指呢？戒指怎么没有了？她在柜台上仔细找了一下，什么都没有找到。店员们意识到出了问题，纷纷站了起来。

"你、你们，谁看见我的戒指了？"白小枝大声问他们，不由得有些心浮气躁，在她的店里，还没有出现过偷窃的事情。

大家互相看了一眼，张大奎忽然冒出一句："我好像看到小叶靠近过柜台！"

"是啊，我也看到了！"刘大妈粗声粗气地说，"好像还从柜台上摸走了什么东西！"

"是的，绝对是！"厨子隋松也帮腔。

白小枝皱了皱眉头，仔细地打量了一下他们三个人：张大奎和刘大妈都跟小叶有过节，不知道会不会诬陷他。隋松和小叶虽然没有过节，但他和张大奎的关系不错……

她皱着眉头看向小叶，发现他的脸有些发白，正怔怔地看着她，目光无比的复杂，里面有警惕，有愤怒，有期待，甚至还有依赖。白小枝一时有些迷惑，搞不清他这样的目光代表什么。

"白姐，你不相信我们吗？我们都是店里的老员工啊！也是几十岁的人了，不可能为了私怨而诬陷人的！"张大奎大声说。

白小枝心头一颤，下意识地又看了看小叶。小叶因为刚来不久，还没有到发工钱的时候，她还没给过他一分钱，只管了他三顿饭，给他随便买了几件衣服，便没有再给他什么。现在的年轻人，手里没钱几乎是没法过的，也许他很想消费，便一时糊涂拿了她的戒指。

白小枝心里这样想着，眼中也露出了怀疑的神色。小叶察觉出来了，目光陡然冷到了冰点，大步走到白小枝的面前，把衬衫和裤子的口袋全都扯了出来，只见里面什么也没有。

见他这样，白小枝倒有些过意不去，正想说些什么，不曾想张大奎又咕哝了一句："不在身上，说不定拿屋里藏起来了！"刘大妈和隋松也点头称是。以现在的形势，即使白小枝愿意罢手，事情也不会就此了结，如果白小枝不带人去小叶的屋里搜，即使他是清白的，大家也会一直把他看成贼。

"我们去你屋里看看，可以吗？"白小枝低声对小叶说。小叶白眼一翻，冷冷地说了句："随便。"

白小枝在心里叹了一口气，带着大家进了小叶的房间，仔细搜索之后，并没有发现戒指。

张大奎他们感到脸上无光，刘大妈还不甘心地咕哝道："就算这里没有，说不定他已经偷出去卖掉了……"

白小枝恼火地瞪了他们一眼，沉着嗓子说："我自己再找找吧。大家听着，这不算什么事！赶快把它忘掉吧！小叶，你也……"她说到这里才找小叶，却发现小叶已经不见了。糟了，难道他受不了冤枉，跑掉了？

"大概……他把戒指藏在其他什么地方，现在拿了戒指跑了……"张大奎说。

"一个戒指能值多少钱？他还能跑到哪里去啊？"白小枝狠狠地瞪了张大奎一眼，冲出去在饭店四周找了一圈，连小叶的影子都没见到。她急了，心想他失了忆，身上又没有钱，在这个陌生的城市里瞎撞，要是有个三长两短……而且如果警察找到了小叶的家人，他们也肯定不会放过她的！

白小枝把饭店暂时关闭，叫所有的店员都上街去找。对面的刘雨见他们急匆匆地冲出来，问明了事情的原委之后，也关上理发店，带着店员帮她一起找。因为本市实在太大，白小枝快速地把城市分成了几个区，叫大家分头去找。

白小枝在城西跑得发晕，问遍了所有遇到的人，没有一个人知道小叶的去向。天公似乎也有意和她作对，偏偏在这时下起雨来，还下的是暴雨。白小枝没有办法，冲进一家商店买了一把伞，捋了捋淋湿的头发，看了看天际。此时的天际阴沉透亮，就像潜水时看到的水面。

"啊！"白小枝忽然想起了什么，赶紧朝大坝跑去，等她跑到大坝上的时候，雨已经下得跟瓢泼一样，满地都是积水。

哎呀！白小枝不知踩到了什么，"扑通"一声跌倒在地，伞远远地摔了出去，被风吹动，竟飞到坝子底下去了。白小枝挣扎着爬起来，眼前被雨水打得一片模糊，身体也被雨水打得透湿。白小枝感到心里一片冰凉，几乎要哭出来：不知为何，她现在感到无比的孤独和无助。

白小枝挣扎着走到坝子边，想看看伞被吹到哪里去了，这不看不要紧，一看却看到一柄蓝伞像一个蘑菇般杵在水边——坝子两坡每隔一段距离就有一道阶梯，一直延伸到水边。白小枝的心里燃起一丝希望，三步并作两步跑到蓝伞边，把伞边揭起来一看，顿时又是惊喜又是生气。

小叶正在伞下蹲着呢，他把伞柄夹在腋下，出神地盯着大雨中的江水，裤子被弄湿了半截，上身倒是干的。白小枝之前满腹焦急，心想找到他后一定要把他狠狠地训斥一顿，找到后反倒满肚子的话都说不出来。她在小叶的身旁蹲下来，怔怔地看了会儿江水，轻轻地问他："看什么呢？"

"看江水啊。"小叶低低地回答，声音竟有些飘忽，"这江水从远方来，又要到远方去。不知能不能把我也带走，带我去该去的地方。"

这句话乍一听来简直像自杀预告，白小枝结结实实地吃了一惊，但见他表情平静，应该只是感叹自己缥缈无依而已，又放下了心。白小枝仔细地品味了一下他说的话，忽然触动了自己的心事，觉得自己也和他一样，不知道归宿在何方——只不过这个归宿指的是爱人，心头顿时无比凄迷。

"是啊，"白小枝感慨地对小叶说，"我们每个人其实都不知道自己的归宿在哪里……尤其是你。对不起……我不该那么迷糊……我该好好照顾你的……对了，"说到这里白小枝终于找到了训斥的感觉，"可你不该一声不吭地跑掉啊？我虽然……虽然有些迷糊，但还没有把你当贼，你跑掉算什么事啊？"

"我……"小叶低下头羞惭地笑笑,"我并不是因为生气才跑掉的……我只是觉得烦,想先离开一阵子,也许等我回去的时候,你们就已经找到真相了……"

白小枝的下巴差点飞出去,忍不住搞了一下他的肩膀,"你小子……我都不知道该怎么说你了……你可知道……你把大家都吓坏了你!"

小叶低下头窃笑起来,似乎颇为开心。

见他这样白小枝又是生气又是好笑,但她已经精疲力竭,不想再发怒了,在小叶的肩膀上轻轻一拍:"好了,什么都别说了,我们回去吧,我身上都湿透了,你身上也不舒服吧,赶紧回去吧!"

小叶低低地应了一声,打着伞站了起来,小心地为白小枝遮雨。白小枝看了看伞柄,发现这把伞是女式的,就问他:"这把伞是哪里来的?"

小叶没有回答。白小枝诧异地朝他脸上望去,发现他正一脸尴尬地看着她身上。她一头雾水地往自己身上一看,顿时感到头皮一炸:天哪,她的衣服因为湿透,全贴到了身上,不仅让她曲线毕现,连胸围的轮廓都清晰地印了出来……她当初买这件衣服的时候,营业员就跟她说这件衣服很轻薄,很透气,没想到也很吸水!

白小枝赶紧抱住身躯,尴尬得手足无措。小叶赶紧低下头,把自己的衬衫脱下来,给白小枝披到身上。现在天热,他脱了衬衫后就赤膊了。白小枝道了声谢,顺便往他身上一看,顿时感到眼上一热:没想到这小子身条还真棒,六块腹肌清清楚楚,身上没有一丝赘肉。

白小枝看了一眼之后赶紧扭过头,忽然感到脑中一晕,接着竟感到在脸上流淌的雨水也是热的……

第四章　小店里的感情漩涡

　　白小枝和小叶回到饭店的时候，其他人也都回来了。刘雨身上淋得透湿，一脸疲惫地撑着伞。朱林不仅身上湿透，头上还带了泥水，估计是在哪里摔倒了，一见白小枝回来，赶紧朝她谄媚地笑——他虽然自称制定了"周密"的追求白小枝的计划，其实根本不知道该怎么出手。白小枝见他们如此狼狈，赶紧向他们致谢。而他们朝白小枝和小叶打量了一下，脸上都露出了些许怪异的神情——他们怎么从白小枝和小叶身上感到了那种怪异的氛围？

　　白小枝回饭店后又细细地找了一下，结果在柜台下的拐角里找到了那枚戒指。白小枝苦笑着叹了口气，想起自己曾经错疑过小叶，不禁加倍地感到愧疚，再加上想起他在江边说的那句令人心酸的话，不禁母性大发，暗想自己一定要好好地照顾他。

　　白小枝把小叶叫出来，递给他三百块钱。

　　"这是……做什么？"小叶讶异地看着她，不愿接钱。

　　"给你零花啊。"白小枝温然一笑，"我想你手里没钱也挺辛苦的，用这些买些零嘴吃吃？"不瞒大家说，其实她以前也曾萌生过让小叶在这里做工抵偿她付的医药费的罪恶想法，不过这种想法现在已经烟消云散了。她见小叶还愣着，一把抓过他的手，把钱拍到他的手上，"拿着吧！这钱又不多，你难道还怕我给你放高利贷吗?"

　　小叶不好意思地笑笑,这才接了过去。白小枝舒心地笑了,忽然感到自己的心里也挺温暖。

　　母性大发后,白小枝就格外在意小叶的饮食起居,有事没事就到后院去走走。她这个饭店曾是一个拥有众多房间的民居,她把前面的房舍改造成饭店,把后面的房舍改造成员工宿舍,最后面的院子就留给员工活动和晾晒衣服。这天她走到后院的时候,小叶正在那里晾晒衣服。巧得很,可能是因为天热,今天他也是光着上身,看到这一幕后白小枝脸上一热,忽然感到非常的不好意思,却又忍不住偷偷地朝他打量。那天只是匆匆一瞥,没有看清楚。今天仔细看来,发现他的身条还真是养眼,肌肉光滑结实,看起来清清爽爽的,简直像棵小白杨……

　　左边忽然传了粗重的呼吸声,白小枝如梦方醒,赶紧向左一看,顿时惊呆了:小婷站在院角,正张口结舌地看着她。这一瞬间白小枝简直想捂脸尖叫:自己刚才难道露出了色眯眯的神情了吗? 天哪,这可怎么办?

　　白小枝看着小婷惊骇的神情,恨不得扑上去抱住她,跟她说自己没有什么无耻的想法,但想到这样只能让事情变糟,只有低着头走出了院子。一边走一边安慰自己:没事的,我又没做什么,他们很快就会忘掉的……

　　虽然自认为没干什么无耻的事情,但这事还是在白小枝心里结成了个疙瘩,在和朋友喝茶的时候也会时不时地想起来。要说白小枝的这个朋友,可是非同小可,是现在挺走红的情感类电视节目主持人,畅销书女作家,网络红人,总而言之是情感类的专家。她公开的名字叫米娜,芳龄三十四,看起来却像二十八,对外也自称二十八,任何时候都是一副赴宴式的装扮,指甲总涂得亮亮的,像水晶制品。现在她顶着一头梳得一丝不苟的乌发,用带着波西米亚手链的白手端起茶杯,轻轻地送到涂着嫩红口红的嘴里,优雅的样子让白小枝羡慕得不得了,觉得自己能交上这样的朋友简直不可思议。

是有些不可思议。难以想象像她这样的人会来白小枝的普通饭店吃饭,还会和白小枝聊天,还三两句就聊成了朋友。看来物不一定以类聚,人不一定以群分,只要对脾气,都能成为朋友。

米娜浅浅地咽了一口茶,喉头微微地鼓动了一下,微笑着对白小枝说:"好了,你可以向我倾诉感情上的烦恼了。我已经准备好了。"

白小枝脸红了红,苦笑道:"每次都让你听我发牢骚,真是不好意思。"

"没关系。"米娜款款地把一丝垂下的额发挽回发髻里,"我是研究情感的嘛,你正好给我提供素材啊。"

"哈哈,是吗?"白小枝苦笑了几声,想起自己相亲上的困局,长长地叹了一口气,"我上次不跟你说我相亲三次全失败了吗?现在我已经失败五次了,最后一次我一想起来就恨得牙痒,他竟然是个骗子。我想我就掉价到这份上,只配让骗子骗吗?"

"你不用放在心上,相亲本来就很容易遇到极品的。"不愧是感情专家,说的话忒有治疗作用。

白小枝长长地叹了口气,端起茶杯灌了一口:"说真的,我还是想在生活中遇到爱情。说来也怪,我是开饭店的,每天见到的人也不少,可就是遇不到能和我谈恋爱的,不知道是我运气不好,还是我这个人有问题。"

"不是你运气不好,也不是你有问题,其实开饭店的,交际面说宽也宽,说窄也窄。你每天可以见到很多人,但那些人都只是来吃饭的,不会和你产生什么缘分。当然了,我是例外。我相信我们一定前世就有缘分，才能这么巧遇到，再成为朋友。"米娜这席话说得很妥帖，就像被熨斗熨过一样，让白小枝心里舒服了许多。

白小枝笑着叹了口气，忽然想起几天前的那件尴尬事来，脸悄悄地红了。她朝米娜凑了凑，准备向她咨询，却不由自主地带上了种诡秘的神气："我跟你说……我前几天遇到了一件尴尬事……"

"什么事？"米娜很感诧异，不由自主地也压低了声音。

"我跟你说啊，"白小枝的表情变得非常尴尬，"我们店里新来了一个小伙子，大约二十一二岁的样子……"

"然后呢？"米娜已经料到她要说什么了，微笑着发问。

"有一天下雨了，我身上被淋湿了，衣服贴在身上，很尴尬……"白小枝觉得嘴唇越来越沉重，"他就把衣服脱下来，给我穿，他的身材很好，我竟然……"

"有点心动，是吗？"米娜似乎没想到是这种情况，微微有些诧异。

"后来，有一天我见他在光着上身晾衣服，忍不住又走过去看了几眼……"白小枝觉得自己的嘴唇都要撑不开了。

米娜沉默了。

"你说……我是不是有些……"白小枝觉得脸上像有火在烧，根本不知道该如何界定自己的行为。

"很正常啊，因为你是熟女啊。"米娜似笑非笑地说。

"你不会要告诉我熟女就等于色女吧。"白小枝撇了撇嘴。

"当然不是。"米娜的嘴边扬起一丝笑纹，"不过我奉劝你还是赶紧找一个男朋友吧。"

"我不是说了难找……"白小枝傻傻地说了半句，忽然明白过来，"你该不是说我空虚寂寞，饥不择食……"说到这里猛然打住。算了,反正现在说不说都一样,一切尽在不言中,说出来说不定更丢人。

米娜露出尴尬的神情,但没有说什么,轻轻地拍了拍白小枝的肩膀。白小枝低着头红着脸,端起茶杯,猛地灌了一口茶。

"不过。"米娜抿了一口茶,吐烟圈般吐出一句话,"你可以像有些人说的那样,娶一个男人进门。"

"啊?"白小枝简直不敢相信自己的耳朵。她的思想并不前卫,一直以为"娶"男人就是金钱加男色的组合,而且干这事的一般都是那些又老又丑又邪恶的女人。米娜竟然叫她娶男人?在开玩笑吗?

"不像你想的那样。"米娜知道她在想什么,微微一笑,"我是指找个条件比你稍低一点的。当然,不仅仅要看长相,也要看人品和前途。"

"哦……"白小枝点了点头,虽然点头了,但其实不以为然。

"不过,"米娜又抿了一口茶,"不能娶你跟我提起的男孩子。"

"为什么?"白小枝心"突"地一跳,然后脸莫名其妙地红了。

"因为你搞不定他。"米娜意味深长地一笑。

"你这是什么意思?"白小枝脸顿时涨得像要喷血,"你又没看过他,怎么知道……我搞不定他?"

"看你就知道了啊。"米娜调皮地一笑。

"你……你是说我这样子已经被他……根本没有的事情啊!"白小枝又羞又恼地叫了出来。

白小枝原以为和米娜谈话能理平心里的疙瘩,没想到和她谈话后,心里的疙瘩反而结得更大了。她回到饭店后,看到小叶的时候总觉得有些异样。她正为这种心情感到烦恼,忽然觉得自己有些无聊:不就是在他光膀子的时候多看了几眼吗?她是正常的女性,有点反应很正常啊,这能代表什么啊?别搞得跟纯情少女似的，寒碜！想到这里之后白小枝暗笑自己荒唐，硬逼着自己把这件事忘了。

夜晚。小叶在下铺看杂志，小毛在上铺听MP3，已经快睡着了。上次的冲突之后，小毛没有再对小叶挑事，对他期期艾艾的，不知道心里想的是什么，小叶也不去管他。

忽然响起了敲门声，似乎还有人在喊门。小叶懒洋洋地去开门，小毛却在这个时候听出了门外是小婷的声音，赶紧从床上蹿了下来，抢先打开门，对着小婷谄媚地笑："你怎么来了？有什么事吗？"

小婷的脸红红的，眼睛也异常得亮，似乎有水光，"你……现在有空吗？"

"有空，有空啊！"小毛一迭声地说。

"那好，"小婷咬了咬嘴唇，"你去帮我买包话梅吃吧。天黑了，我一个女孩子，跑远了怕不安全。"

"话梅是吗？我去买！你等着！"小毛把小婷送回她自己屋，然而脚不沾地般冲了出去。

小叶冷冷地笑了笑，轻轻摇摇头。他已经看出小婷对小毛毫无意思，小毛对她再殷勤，恐怕也落不到实处。他回到床上坐着，还没来得及把脚收到床上，门外又响起了敲门声。他刚把门打开，小婷就冲了进来。

"你……怎么了……"小叶被吓了一跳，本能地后退了一步。

小婷不答，朝门外看了看，把门紧紧地关上。

"你……你要干吗？"小叶的心里开始发毛。

"跟我一起逃走吧！"小婷忽然扑过来抓住他的手臂，"今天晚上就走！"

"你……你干吗？出什么事了？"小叶吓了一跳，甩开她的手，向后退了一步。

"你听我说,"小婷的脸涨得通红,不知是激动还是焦急,"今天我哥来找我了,说要带我回去嫁人……我家里欠了人家三万块钱,当初说好了,如果还不上,就把我给这家人家做媳妇……现在我家里真的还不上了,我哥就要把我带回去,嫁给那个又丑又跛的家伙……我们一起逃走吧!我愿意给你做媳妇!城里有的是打工的地方,我们不会没饭吃的!"

小叶惊呆了,半响结结巴巴地说:"这……这不合适吧?"

小婷的脸猛地发白了,"你……不喜欢我是不是?"落花对流水暗生情愫的时候,往往会认为流水也对她有意。她这阵子和小叶搭话,给他送东送西,见他每次都是笑颜以对,一直都以为小叶也对她有意思。

"这,倒也不是,"小叶赶紧改口,"我一无所有,连自己叫什么,家在哪里都不记得,你跟着我……"

"没关系,这我已经想过了!"小婷激动地抓住他的手臂,"我们都有手,到哪里都能打上工,只要能打上工,得的钱就比从田里刨的多!我虽然和你相处的时间不多,但我确定你是个好人!我们还可以一边打工,一边找你的家人……好不好?好不好吗?"

她这话算是说尽了,小叶不知该怎么应对,苦笑着结结巴巴地说:"这个……这个不太好吧……"

小婷盯着他看了看,额上暴起青筋,忽然气急败坏地说:"你……你不愿跟我走……是不是因为想跟白姐好?"

"啊?"小叶没想到她会说出这种话来,不禁又惊又怒,"你胡说什么啊……她捡我回来,只是出于好心……"

"你别抵赖了!"小婷嘴一撇,"谁都能看出白姐对你有意思!她带你来,管吃管住,什么事都偏你,还给你钱,你以为她只是好心吗?"

小叶的脸涨红了,却仍在争辩,"可是这也不能说……她对我……"

"好,就算这些都不算……"小婷恨恨地说,"那前几天我还看到她色眯眯地看你呢!就在你晾衣服的时候!这难道还不能算吗?"

小叶被她说得又惊又疑,又无比尴尬,垂下头去不再说话。

"我看你也不愿意跟她好,是吧?"见他这样,小婷心中倒燃起了希望,"她比你大这么多,肯定也不会真把你当男人,说不定只把你当面首……如果得不到你,肯定不会善罢甘休……我们赶紧跑吧!我还偷到了点钱,即使我们逃走后暂时找不到工作,也能顶一阵子的!"

小叶咬了咬牙,表情忽然变得非常凝重。

"那咱们就快走吧!"小婷以为小叶动心了。

"不能这样做。"小叶抬起头来,盯着她的眼睛,斩钉截铁地说,"这样太不负责任了!"

"什么不负责任?"小婷像被人用鞭子迎面抽了一记。

"对你的家人。如果你跑了,你家里的人该怎么还那笔钱?你难道一辈子都不再回家了吗?你难道就这样把所有的亲人都抛弃了吗?还有你竟然偷窃……偷窃虽然罪名不大,但也是犯罪啊!你想要一辈子背着这个案底吗?"

小婷像泄了气的皮球一样瘫了下去,半响才凄凉地说:"难道我就必须回去嫁给那个又丑又跛的怪物吗?"

小叶想了想后,忽然胸有成竹般笑了:"没关系,我有办法。"

"什么办法?"小婷瞪着大眼看着他,不敢相信他真有办法。

"你去把钱放回原处,我们去找白姐!"小叶一把拉住她的手。

"白姐不会帮我们的!再说,再借白姐的钱,我该怎么还啊?"小婷拼命地挣扎着。

"你相信我!"小叶攥紧了她的手,朝她自信满满地一笑。小婷被他的笑容击中了,忽然对他无比的信任和依赖,乖乖地跟着他跑出了大院。

第五章 小男生的智慧

小叶一直跑到白小枝的家门口——白小枝的房子是新买的,在附近的公寓楼里——"砰砰"地敲门。白小枝睡眼惺忪地来开门,一见门外站的是他,吓得倒退了一步,心头一阵紧张,又一阵迷乱:半夜三更的,他来干什么?

小叶朝她笑了笑,接着便往旁边一让,小婷畏畏缩缩地从他身后走了出来,低着头扯着衣角,不敢正眼看她。

白小枝心里猛地一沉,心里陡然出现了一个奇怪的念头:这小子该不会是想和小婷好,让她批准吧?

"白姐,这么晚来打扰真是抱歉,"小叶微笑着说,"因为发生了一件很棘手的事情……"说着朝身后看了看,"我们可以进去说吗?"

"啊,可以,赶紧进来。"白小枝赶紧把他们让了进来,竟莫名其妙地紧张了起来:他们到底要说什么?

等白小枝关上门,小叶拉着小婷的手,用沉痛的语气说:"白姐,小婷遇到大麻烦了。她家里欠了人家三万块钱,说好还不上就把小婷送给人家做媳妇。现在她家真的还不上了,便要拿小婷抵债,让她嫁给一个又丑又跛的人。"

"什么?"白小枝又惊又怒,"这怎么可以?"

"是啊,这种事当然不能发生。"小叶盯着白小枝,满脸祈求地说，"您心肠这么好，当然不会看着这种事发生吧。求您帮帮小婷，好吗？"

白小枝一怔，神情立即变得晦涩起来，原来是想找她借钱啊。她的确挺可怜小婷，但三万元钱也不是个小数目。她的钱都是她一分一毫攒来的，而这三万块借给小婷，恐怕要打水漂了……但她能因为舍不得这三万块钱，就让小婷的一生就此完蛋吗？

小叶看出了白小枝的犹豫，微笑着说："关于这三万块钱，小婷决定分批还。她决定每个月从工资里拿出三百块钱来还给你，这样八年就能还完。也许你会觉得长，但小婷也只能这样还了。希望你行行好，帮小婷一把吧！"说着用胳膊捣了捣小婷，小婷会意，赶紧给白小枝跪下了。

白小枝赶紧把小婷扶起来，仔细回想了一下小叶提出的方案，觉得这小子脑子真不错。这样不仅让她的利益有保障，还侧面确保小婷能在这里长期工作，算是双赢的局面。而且，就算她是以小人之心度君子之腹吧，小叶这样说，说不定也是为了激将她。只要她不是那种城墙脸皮的铁公鸡，都会觉得不好意思，十有八九会借钱。没想到这小子在生活细节上狗屁不通，在大事上脑子倒挺清楚，她还真要对他另眼相看了呢。

白小枝答应借三万块钱给小婷。小叶找白小枝借了纸笔，拟了个借款合同，让白小枝和小婷都签上姓名，两个人各持一份。一开始白小枝碍于面子，说大家都是熟人，不用写字据了。但小叶坚持要写，说以免以后出现不必要的麻烦。白小枝仔细想了想，觉得他做的也对——现在她和小婷亲亲热热，各自认账，但以后如果出了什么纠纷，事情指不定会变成啥样，写字据还是有必要的。白小枝越发觉得小叶这小子做事有模有样，说不定还是个人才——哈哈，也许现在的大学生都这样，在大事上颇有见地，生活能力却偏差。

把钱交给哥哥带回家之后，小婷找到小叶，一个劲地致谢，谢过了之后又夸他："看不出你真厉害，这么一件大事，轻轻松松就解决了。你了不起……好像去白姐家之前你就认定她会借钱给我们，你这么料事如神啊？"

"我怎么会料事如神啊，我又不是诸葛亮，"小叶笑了笑，"我只是觉得她心肠挺好，应该不会见死不救。只要能稍微保证她的利益，她应该是会帮你的。"说到这里他的笑容忽然变得有些狡黠，"而且如果真像你说的，她对我有觊觎之心的话，她就一定不会在我面前吝啬。"

"啊！"小婷一惊，接着脸红了，"这么说……你是……这样你不就欠了她的情了么？她会不会……"

"放心，"小叶不以为然地笑了笑，"她是个头脑清楚的人，也是个有身份的人，应该不会做什么愚蠢的事情，我自己再小心点就是了。"

"哦……"小婷低低地应了一声，但心里还不是很放心。

小毛辗转听到了小婷的事情，对小叶无比感激。

"你真够哥们儿！"小毛对他竖起了大拇指，"讲义气！简直是大侠！"

"啊？"小叶被他说得莫名其妙。

小毛朝小叶的肩膀上重重一拍："你就别再装了，我心里都清楚！你拒绝和小婷私奔，一定是知道我喜欢小婷，不愿夺我所爱，对吧！否则小婷这么漂亮，你能不动心？！你真是太太太够哥们了！"

小叶哑然，暗想小婷虽然有些姿色，但还没像小毛说的那样魅力无敌。大概是情人眼里出西施，小毛喜欢她，就把她当女神了。

"小叶，今后你就是我的兄弟！"小毛用力地一拍胸脯，"我之后就算为你上刀山下火海,也不带皱眉的!"

"哦,好,好……"小叶一开始哭笑不得,最后却舒心地笑了起来。不管怎么说,有个哥们儿还是不错的。

夏天天亮得很早。小叶睡眼惺忪地起来洗漱。院子里有个水池,供员工夏天洗漱用。他往水池边走,忽然瞥见白小枝朝他走过来,他想起了小婷说的话,便假装没看见她,往另一个方向拐去。没想到白小枝竟然跟了过来。

小叶心里一慌,赶紧加快了脚步。

"你跑什么啊你?"白小枝快步跟了过来,在他肩膀上一拍,"你扣子扣错了!"

小叶一惊,往身上一看,果然看到自己把第二个扣子扣到了第三个上,脸上顿时像火烧一样热了起来,赶紧把扣子重新扣了一遍。

白小枝看着他扣好扣子,一脸的光明正大——只要她认为自己应该是光明正大的,她就是光明正大的。

"你头发好像长了。"白小枝又朝他头上打量了一下,"去理个发吧。小伙子就该精精神神的,头发长了就颓废了。"说着便把小叶拉到了刘雨的理发店里。小叶见她这么关心自己,不禁有些迷惑。但见她对自己又完全像是长辈对小辈的关心,不禁更加迷惑。

刘雨正在给一个人老心不老的"艳婆"烫螺丝烫,便叫朱林给他剪。朱林看着在一旁等待的白小枝,心里涌起了万般迷惑。

白小枝看着朱林给小叶理发,仍是一脸的光明正大。如果她刻意疏远小叶,更显得她心里有鬼。她相信自己对小叶并没有什么不良的念头,所以完全不用避嫌。不过朱林却似乎有些不大对劲。难道他觉得她对小叶有意思,真是搞笑……她忽然想起了米娜让她娶一个男人的建议,看着朱林躲躲闪闪看她的目光,忍不住悄悄翻了翻白眼,在心底骂道:见鬼去吧……

朱林就是觉得白小枝的表情怎么看都暧昧,又疑又怒,忍不住偷偷地让小叶吃了个暗亏:他在小叶的发底,偷偷少剪了一剪子。头发润湿的时候看不出来,等再洗一水,晾干了之后,头发就会支棱起来,要多难看有多难看。

小叶虽然没有意识到朱林的愤怒,但明显感到了一种奇怪的氛围,不好意思地对白小枝说:"白姐,我一个人在这里就可以了,店里忙,你还是回店里去吧。"

"好吧,我还正想着回店里去呢。"白小枝说完便走了,丝毫不拖泥带水。之后小叶回到店里,发现白小枝对他的态度完全正常,这才感觉到自己可能怀疑错了。之前他对白小枝全神戒备,没想到这戒备全都落到了虚处,心里竟像使岔了劲般的不舒服。

转眼间同学会又要到了。据白小枝所知,她当年的同学十有八九都结婚了。虽然知道自己去同学会就是晒孤单,但白小枝对同学们并不感冒。她相信自己以后总会结婚的,现在的孤单只是暂时的,没必要凄凄惨惨的。饶是如此,她在同学会上听到那些婚姻美满的女同学谈配偶谈孩子的时候,还是有些不爽。那感觉是迟缓的,渐进的,就像酸雨敲打冻土,一点点地浸润,一点点地侵蚀。为了驱散这糟糕的感觉,白小枝开始大口喝酒。她本来酒量甚大,今天却不知怎么的,很快就有了种醉醺醺的感觉。

"哎呀,对不起,我迟到了。"一个衣着考究、相貌英俊的男人急匆匆地走进来,微笑着接受大家的嗔怪。白小枝只用眼角瞟了他一眼,心里就掀起了巨大的波澜。

这个人叫禹风,是他们班的数学课代表,体育明星,第一帅哥,也是白小枝曾经暗恋过的人。要说人什么时候最容易恋爱,那大概就是初中和高中的时候。那个时候人情窦初开，看身边的人都很可爱，很容易便会爱上谁。然而这时的爱情虽然产生得容易，在人心中的分量却一点都不轻。正因为是最初的爱恋，所以才最纯真，最美好，最让人回味。那时白小枝就坐在禹风的前面，经常找他借书，借文具，有时还抄抄他的作业。禹风从不嫌烦，不管她借什么都给她。白小枝当时也不知道自己暗恋他，只觉得自己很喜欢找他借东西，用他的东西很快乐。高中三年一转眼就过去了。白小枝高中毕业后直接单练创业，禹风则考进了好的大学，两个人的生活就此失去了交集，渐渐地失去了联系。在那之后的某一天，白小枝在回忆自己的高中生活的时候，意识到自己是爱过禹风的，而那个时候，他们已经相隔天涯。

三年前有个同学发了迹，便不辞辛劳地寻到了所有同学，开了一次同学会，让大家共同观赏他的成功。白小枝就是在那个时候和禹风再次相见的。为了在同学们面前更新自己的成就，那位发迹的同学每年都要召开一次同学会。白小枝和禹风就每年都能见到。每次和禹风相见的时候，白小枝总是静静地坐在一边，不和他搭讪，甚至也不怎么朝他看，心中却掀起层层涟漪，一圈圈地扩散开，扩散到心的边缘，再狠狠地撞回来。这次尤其如此。

禹风是不屑于吹嘘自己的生活的，但自然有八卦的人帮他吹。听说禹风现在在跨国大公司工作，年薪一百万。妻子是名校Ａ大的校花，现在在国企工作，年薪也有五十万。白小枝坐在一边，把这些全听在了耳朵里，恨不得把耳朵堵起来。但是她知道这绝不是嫉妒。她根本没有资格嫉妒。她和禹风之间从来没有开始过，她和他本来就是两个世界的人。她只是觉得气苦，觉得老天不公平：为什么早早地把人家的婚姻安排得这么美满，却把她忘在一边呢？

为了驱散这种糟糕的心情，白小枝大口喝酒，很快便醉了。

她也记不得自己喝了多少，但总觉得自己还没喝够。但不管她怎么想，她的确已经醉了，连看东西都是重影的。饶是如此，她硬是装成没醉的样子，谢绝了别人送她的好意，自己打了一辆的士。上车后却不急着回家，而是叫司机把她拉到了她的饭店。

白小枝在饭店静静地蹲在黑暗里，像头敦厚而又忠实的家畜。白小枝微笑着看着自己的饭店，笑容渐渐变得酸涩，最后几乎变成哭容。每次在发觉自己缺失了什么东西的时候，她都会仔细看看自己的饭店。那是她仅有的，也是最宝贵的财富。每次看过饭店，她都会觉得自己的心被填满了，不再会感到空虚难过。而今天，她却强烈地感觉到自己拥有的不能弥补自己缺失的。她苦笑着抚摩着玻璃门，忽然脑袋一晕，靠着玻璃门滑了下来。

小叶从后院里走出来，准备去前面小吃店买零嘴，忽然看到白小枝坐在饭店门口，顿时被吓了一跳。他打算过去扶她，却决定先观察观察——他可不想惹麻烦，便闪到电线杆后的黑影里躲着。

白小枝靠在冰冷的玻璃门上，感到玻璃的冰冷正透过她的头发，一点点地侵入她的头皮。她轻轻地叹了口气，忽然很想哭。但她觉得自己不应该哭。既然不哭，那就笑吧。她憋足了劲，把想哭的冲动变成了笑声，从喉咙里硬挤了出来。笑声很高，但是颇为凄凉。

小叶吓了一跳，躲在黑暗里不敢出来。

饶是笑声凄惨，但笑了几声之后白小枝还是觉得心情舒畅了些，心里也升起了一股豪气，忽然站起来大叫起来："什么禹风？有什么了不起？什么大学校花嘛，有什么了不起？什么年薪一百万，年薪五十万……我一定能比你们过得更幸福！"

她的声音一直冲上云霄，在夜空中回荡，估计惊扰了不少人的好梦。大喊了几声之后白小枝觉得心头舒坦多了，哈哈一笑准备回家，忽然觉得一阵迷糊，一屁股坐到了地上。她用手撑着地，想站起来，却发现自己怎么都站不起来了，感觉就像陷入泥潭似的，手和脚都使不上劲。

看着白小枝在地上扭来扭去，小叶终于看不下去了，从黑暗中冲了出来："白姐，你不能坐在这里……我送你回家！"说着便把白小枝从地上扶了起来。虽然刚才白小枝的那番嘶喊叫得他更加迷糊，但他实在无法再袖手旁观了。

"我不用你扶，我自己能回家……"见到小叶之后，白小枝忽然有了种不服输的劲儿，猛地向左跨了一步，却因为膝盖酸软，猛地往下一挫。

"哎呀呀！"小叶赶紧扶住白小枝，连劝带哄，"别这样，白姐，喝醉了又不丢人……你就让我送你回去吧……"

"我不用……"白小枝顽固地推着他的手，脑忽然一晕，手便使不上劲了。

"别闹，别闹，"小叶苦笑着扶牢她，"乖啊！"

乖？白小枝瞪大了眼睛：你小子小我这么多，竟然敢对我说"乖"？你也不看看……白小枝想要抗议，无奈胸中一阵烦恶欲呕，这话便说不出来了。

第六章　熟女的烦恼

小叶拦了辆出租车，把白小枝送回了家。白小枝拿出钥匙开门，却怎么都没法把钥匙插进锁孔。小叶叹了口气，接过钥匙打开门，忽然听到身边"扑"的一响，白小枝竟然已经瘫到地上了。

小叶赶紧把白小枝扶起来，白小枝眼睛已经睁不开了，迷迷糊糊地叫道："我卧室……卧室里有茶叶，你给我煎点茶汁醒酒……"说完了便人事不省。

"哎呀……"小叶皱紧了眉头，推测左边的那间是她的卧室，便把她运了进去。出乎小叶的意料，白小枝的房间竟然布置得很可爱。草莓花纹的枕头，向日葵花纹的窗帘，床上还放了一只小布熊。小叶皱着眉头笑了笑，把白小枝运到床上，又去给她煎茶汁。白小枝喝了一碗茶汁，忽然大口一张。小叶感到自己的胸前一阵温热，低头往身上一看，顿时发出了一声惨绝人寰的尖叫。

不知过了多久，白小枝忽然感到嘴里塞满了苦意，幽幽地醒了过来。一睁眼就看到小叶眼睛睁得老大，端着个茶杯，目不转睛地看着她。

白小枝品了品味，发现嘴里是茶味，又觉得肚里胀鼓鼓的，皱起眉头问小叶，"你灌了我几杯？"

"三杯。"小叶说着又从水壶里倒了一杯。好吧,原来他是把茶叶倒进水壶,直接放火上烧的。

"你想要灌死我啊……"白小枝赶紧推开他递过来的水杯,仔细想了想,不禁哭笑不得,"你是不是不把我灌醒不罢手啊?"

"当然了,好多人在醉酒中猝死,我当然得把你弄醒!"小叶振振有词地说。

"我还没这么脆弱……"白小枝撇了撇嘴,忽然看到他身上的衬衫有些眼熟,"你这件衣服……怎么……"

"哦,这个,"小叶笑着捻了捻衣襟,"这是我从你的衣柜里找的。没想到白姐你还有比较中性的衬衫,真是帮了大忙了!"

衣柜?白小枝心头突地一跳:衣柜可是女性的秘密之地啊!他怎么能随便乱翻?还随随便便穿人家的衣服……这小子怎么这么没规矩啊?

"你……怎么能随便穿我的衣服?"白小枝恼火地说。

"我的衣服被你吐脏了啊。"小叶竟然不以为然,"如果我一直穿着你也会觉得恶心的。"

"可这是我的衣服啊……你怎么能不打招呼随便穿……"因为衣服是贴身的东西,白小枝忽然感到有些害臊。

"这有什么关系?"小叶撇了撇嘴,抓住衣襟就要脱衣,"既然你不高兴,我脱下来就是了。"

"算了算了,你穿着就是了!"白小枝忽然想起他那结实的腹肌和胸肌,脸上猛地一热,赶紧甩甩手。不知为什么,她觉得让这小子光着上身和自己待在一起很不妥,甚至还有些怕。

"你被吐脏的衣服在哪里?我帮你洗洗。"白小枝站起身来。她刚从醉酒中醒来,头还有些晕,说要帮小叶洗衣服,也只是客气话而已。

"在卫生间。"没想到小叶没有一点眼色。他跷着二郎腿在垫着白小枝亲手绣的垫子的椅子上坐下,笑嘻嘻地朝四周打量,忽然白小枝的书桌上放着一只粉晶小狐仙,立即伸手去拿。

白小枝赶紧把狐仙抢过来,低下头咕哝道:"这是从网上买的。"

"哦,"小叶缩回了手,盯着小狐仙,笑得很开心,"桃花小狐仙啊……你用它招桃花的吗?"

"是……"白小枝忽然觉得无比害臊,恨不得找个地缝钻进去,又见小叶笑得开心,忽然怒气勃发,"你在嘲笑我吗?"网上的那些言论,让白小枝以为男性对她这样的大龄未婚女性都是歧视的。

"没有啊。"小叶赶紧收起笑容。然而即便如此,也不能让白小枝的尴尬减轻一星半点,反而更怀疑他想法不堪。白小枝盯着他,心中的怒气渐渐沉积,幽幽地叹了口气:"算了。我知道你们想什么,你们是不是在想我这个三十岁的剩女,心里想男人都要想疯了,却还在假装镇静,可怜可笑,对不对?"

"没有啊?"小叶倒挺诧异,"你很着急吗?"

"啊?"白小枝一开始以为这小子在戏耍她,气得七窍生烟,但见这小子一脸诚恳,不似作伪,倒很意外,"你觉得我不该着急吗?"

"不呀,我觉得白姐这样挺好的啊。"小叶仍然是一脸的诚恳。

"好?"白小枝更加诧异,试探着问他,"你不觉得我……挺老了吗?"

"老什么啊?你现在正是风华正茂的时候。"小叶倒觉得岂有此理。

这句话让白小枝很受用,又试探着问他,"那你觉不觉得,我现在还单身,有什么不妥?"

"没有啊。单身很好啊。单身很自由啊。而且只要是单身,未来就有无限的可能啊。"

听了这话之后白小枝心里很是舒坦,但仔细一想,这小子恐怕是因为涉世未深才会说这种话,便凄然一笑:"你会这样认为,是因为你还年轻。其实,人到了一个年龄段之后,随着年龄的增长,会觉得未来越来越窄。如果没有得到……没有得到想要的东西的话,会害怕未来也得不到……"白小枝触动了自己的心事,语气变得幽怨凄凉,"甚至会害怕未来会空无一物,非常非常的迷茫……"

小叶静静地听着,忽然"扑哧"一声笑了出来。

"你笑什么?"白小枝懵了。

小叶用手指揉了揉鼻子,脸上还带着笑容,"没想到你平时一副大姐大的样子,竟然也有柔弱的一面。"

"那又怎样?"白小枝又羞又恼,感到全身的血都在往上蹿:难道这小子刚才在假装?其实他从头至尾都在耍她?

"这样很好啊。之前我一直以为你是那种铁板一块的女强人……没想到你还挺可爱的!"小叶柔声说。

可爱?白小枝懵了,再看小叶的眼睛,赫然发现他满眼温柔,顿时更懵。

"你刚醒,一定没有力气,衣服还是我来洗吧。"小叶转身朝卫生间走去。白小枝这才回过神来,冲着小叶离去的方向翻了翻白眼:这小子怎么没大没小啊,他怎么能说我……可爱呢?白小枝觉得自己应该很生气,用力地鼓了鼓嘴。可她心里完全不是这么回事儿。不但不怎么气恼,似乎还有些……高兴?

小叶洗好了衣服,挂到阳台上晾上,又回到白小枝的面前坐下。和他共处一室让白小枝有些不自在，偏过头说："你回去吧。"

"不会吧……"小叶咧了咧嘴，"现在已经是半夜了诶，很难打到车的。"

"打不到车你走过去呗，不要太娇气！"白小枝撇了撇嘴。

"现在是刑事案件多发期，我一个人走过去多危险！"

"你一个男人怕什么？"

"我是男人又不是超人，"小叶不满地大声抗议，"遇到两个男性犯罪分子照样得完蛋！"

白小枝被他逗笑了，嗔道："那女性犯罪分子你就不怕了？"

白小枝便留小叶在家里住宿。她拿了枕头和被子，把客厅的沙发布置得舒舒服服的，让小叶睡到上面。第二天一早她就把小叶叫醒，叫他换好衣服，赶紧去饭店。

"好……你不一起走吗？"小叶挠了挠头发。朱林的特殊剪法已经起了作用，他的头发与众不同地翻翘着。这种头型放到别人头上一定丑死了，放到他的头上却仍很帅气。

"我怎么能和你一起去啊？"白小枝红着脸嗔道。

小叶略一思忖，坏笑了起来："那样就会让他们发现我们昨晚是在一起的对不对？"

白小枝一怔，脸顿时一阵滚烫：这小子干吗说得这么暧昧啊？她想出声呵斥，却不知为何开不了口。

小叶嘻嘻一笑，穿好鞋走了。白小枝在家里逗留了一个小时才往饭店走，走时随便理了一下小叶睡过的床铺，忽然摸到了一个硬硬的东西。

这是一个藏银坠子，牛头形的，肯定是小叶的，唉呦，这小子怎么一路掉东西啊？

小叶回到饭店的时候，大家已经开始干活了。小叶一言不发地走到菜筐边，开始捡菜。小毛瞅了个机会，悄悄地靠近他，"唉呦，哥们儿，昨天你怎么一夜未归啊？干什么去了？"

小叶笑着反问道："你觉得我干什么去了？"

小毛捣了捣他的胳膊，压低声音嬉笑道："是不是跟女孩子开心去了？"

小叶的眉头微微一颤，不知为何笑得很暧昧，"我哪有这么神通广大，刚到个地方就能泡到妞儿。"

"那你去干什么去了？"小毛不大相信他。

"找了个网吧，包夜去了。"小叶故意揉了揉肩膀，"我依稀记得我之前经常上网，想看看能不能通过网络找回点记忆。"

"哦。"小毛点了点头，满含同情地看了他一眼，就不再胡乱问了。

"小叶，你出来一下。"白小枝出现在了门口，她尽量想装得若无其事。实际上也没发生什么事，但不知为何气氛就是有些异样。

小叶窃笑了一下，低着头走了出去。小毛觉得他们有些奇怪，便溜到门口，偷听他们说话。

"这是你落在我家的，"白小枝把坠子塞给小叶，用嗔怪的语气说，"你看看你，到哪里都落东西。"

小叶笑着吐了吐舌头，没有说话。

白小枝朝厨房张望了一下（小毛见状赶紧藏起来），压低声音用恐吓的语气对小叶说，"你没跟他们说你昨天晚上在我家吧？"

小毛正躲在门边偷听，一听这话差点跳起来。

"我没跟他们说啊。"小叶狡黠地眨眨眼睛，"我跟他们说我去包夜去了。"

"这就好……"白小枝又朝厨房打量了一下，"以后也要注意，千万不要说漏嘴……这些人的嘴黄着呢，被他们知道不知道会编出什么话来。"

小叶"扑哧"一声笑了出来。

"你笑什么？"白小枝觉得他笑得古怪，脸微微一红。

"我觉得就算被他们知道也没什么啊，"小叶调皮地笑着，"我们都是单身，他们能说什么呢？"

听到这话后小毛骇然地张大了嘴巴：在他听来这等于是小叶承认自己和白小枝在一起过夜了。

白小枝被他说得脸上起烧，抬手想要打他，最终却放了下来，"别说得这么暧昧……你小子在耍我玩儿是吗？你要是再胡乱扯，我揍你我！"

小叶笑着朝她挤了挤眼睛，没有说话。见他这样白小枝格外不好意思，忽然想起从刚才到现在，她和他之间的对话、氛围、甚至小动作，竟然似乎都很暧昧，赶紧转过身走了。一边走一边在心里大叫：这是怎么回事啊？这不对了这个！

小叶笑着看着她离去，不知为何笑得有些惘然。他走回厨房择菜，发现小毛罕见地在认真拔毛择菜。他没有在意，低下头就去捡菜，恍惚觉得小毛朝他偷看了一眼。他赶紧转过头去，却发现小毛低着头。虽然觉得有些奇怪，但他并没有在意，低头继续择起菜来。

小毛一直从眼角偷看他，在他择菜后更是盯着他死看。当初大家虽然都笑言白小枝是看小叶帅才把他捡回来的，但那时都是在开玩笑，谁也没有真以为白小枝和小叶会搞到一块去。在听说"白小枝和小叶在一起过夜了"之后，小毛的震惊程度不亚于看到彗星撞地球。他想找小叶问个明白，却又不敢问，更不敢跟别人说。他现在的感觉就跟发现国王长了驴耳朵的理发师，又惊又怕又不敢外传，不说却又心痒难熬。

今天的客人出奇的多,连白小枝都要帮着端菜递饭。见生意如此之好,白小枝乐得都要合不拢嘴了,前前后后跑得飞快。她用托盘托着一盘炒鳝片走进一个包间,猛然看到里面的一男一女正腻在一起:女人坐在男人的大腿上,男人搂着女人的肩,女人正夹着一筷菜朝男的嘴里送。

白小枝赶紧咳嗽了一声,那对男女却不以为意。白小枝撇了撇嘴,暗想这一对的关系大概不正当,放下菜就出了门。关门那一刹那,她正好听到那男人腻腻歪歪的声音说:"洛蝶,你真好……"

洛蝶?白小枝赶紧停住了脚步。洛蝶不就是禹风老婆的名字吗?难道禹风的老婆在偷吃?会这么凑巧?白小枝把包间的门推开了一条缝,朝那个女人仔细看了看,然后飞奔到柜台里,打开电脑,找到了洛蝶公司的网页。洛蝶的公司她听那个八卦的同学说过,是个很有名的证券公司,洛蝶是他们公司的王牌投资顾问,他们公司网页上有她的照片。

包厢里的那个果然是禹风的老婆。白小枝呆呆地看着照片,心里涨起一团怒气。别人要找禹风那样的老公还找不到呢,她有禹风那样的老公还偷吃?实在太可恨了!

白小枝对着照片义愤了一会儿,最后却只能无声地苦笑,她管这闲事干吗?她跟禹风有什么关系?来的都是客,她只要确保客人们吃饱付钱就行了,管他们检不检点干什么?

虽然这样想了,但洛蝶和那个男的付钱出去的时候,白小枝还是偷偷跟出去了。虽然洛蝶不认识她,但跟踪的人总是心虚,白小枝一路上不是躲在电线杆子后面,就是从墙根下溜,尽量不让洛蝶看到她。

洛蝶和那个男人搂搂抱抱地走进了一家小旅馆。看来他们怕别人发现,尽到僻静的地方幽会。白小枝在旅店门口呆站了一会儿,拿出手机想通知警察来这里查黄——好像在警察查黄的时候,在一起的男女只要没有身份证,都要被带回去问话的。如果洛蝶被警察逮住了,那禹风差不多就能知道了。但仔细想了想后觉得这实在太无聊,便转身回来了。回来之后长吁短叹:她现在越发觉得老天不公平了。

第七章　私奔

忙碌的一天终于结束了。小叶用力地伸了个懒腰，在院子里溜达，冷不防小婷从黑暗中闪了出来。

"你有事吗？"小叶微笑着朝她上下打量。

小婷穿了一件碎花连衣裙，裙摆有点短，脸上施了点淡妆，脚下蹬着高跟凉鞋，身上似乎喷了点香水。

"你晚上有空吗？"小婷腼腆地笑着，下意识地摸着手腕上的银镯。

"有什么事吗？"见小婷这副样子，小叶已经猜出她想做什么了。

"有朋友送了我两张票，美国大片，一块儿去看吗？"

"哦，这个……"小叶想起小毛痴恋小婷，正在想借口推辞，冷不防小毛从黑暗中跳了出来，上来就说："你们在一块儿聊什么呢，让我也加入好不好？"

小婷撇了撇嘴，正准备嗔他，小叶却抢先开了口："小婷弄到了两张电影票，正找人和她一起去看呢。"

"哦，电影啊，我喜欢看。"小毛朝小婷手中的电影票看了看，立即夸张地笑了起来，"这电影我正想看呢，你有票，正好啊，我们一起去看！"

"我约了人了！"小婷攥紧了票，朝小叶看去，小叶赶紧摇了摇手:"我今天有些累了,想赶紧睡。"

小婷的脸"唰"地一下涨红了,恨恨地跺了跺脚,转身便走。

"哎,你别走啊……"小毛赶紧追过去,却见小婷把票撕碎了,一把扬在了风里。小毛呆呆地站住了,看着小婷走远,低下头唉声叹气。小叶赶紧走过去,拍了拍他的肩膀。小毛用力握了握他的手,低声说:"你很够哥们儿……谢谢!"

第二天的生意依旧红火。小婷的胳膊上溅上了汤汁,到后面来洗,正好遇到小毛来水龙头边淘米。小婷看到小毛后立即转身,小毛放下米就跟了过去,气急败坏地说:"小婷,你停一下,你……"

小婷恨恨地转过身,朝小毛一推:"你不要再缠着我了!我不喜欢你!我是不会和你在一起的!"

小毛的脸"唰"地一下涨紫了,呆呆地看着她。

小婷被他看得很不舒服,偏过头恨恨地说:"还有,以后不许你阻碍小叶和我交往!昨天,他不愿和我去看电影……就是你闹的吧?"

"什么叫我闹的?"小毛气得浑身发颤,想要高声大吼,但怕事态失控,还是竭力控制着音量,"他那么大一个人,我能管他喜欢谁吗?他不和你好,是因为他不喜欢你!"

"我不信!"小婷用力一梗脖子,"你又不是他,怎么知道他不喜欢我?!他一定也是喜欢我的,只是碍着你,不敢跟我好……就算他现在不喜欢我,我只要愿意争取,他以后一定会喜欢上我的!"

小毛气得发疯,一时糊涂,吐出了要命的半句话,"他是不可能跟你好的,因为他已经跟……"说到这里他猛地感到一阵惊慌,赶紧刹住了,但已经来不及了。小婷听出他话里有毛窍,一把抓住他,"你说什么?他是不是跟人好了?快说!"

小毛不敢回答，抬脚想逃，无奈小婷死死地拽住，他根本迈不动步。他见小婷一副要从眼里伸出手来的样子，又是惊恐又是嫉妒，最后一咬牙，"这里不是说话的地方，你跟我来！"

小叶在厨房里静静地捡菜，正在讶异小毛怎么去了这么久还不回来，忽见小婷一阵风般走了进来，张大奎朝小婷打招呼，小婷应也不应，径直走到小叶面前。小叶赶紧站了起来，见她脸涨得发紫，眼眶中还含着泪，顿时被吓了一跳："你怎么了？"

小婷没有答话，忽然抬手给了他一记耳光。

小叶被打愣了。

小婷这一巴掌用尽了全力，连手都打痛了，她甩了甩手，掉头就走，同时泪水夺眶而出。大家狐疑地看着小叶，小叶却比他们还迷惑。

晚上收工时，白小枝听到了小叶被小婷打了的消息，赶紧喊小叶来问。只见小叶的半边脸颊上印着通红的指印，果然是打重了。

白小枝吸了口冷气，用嗔怪的语气问道："你们到底怎么了？你怎么惹得她下这种重手打你？"

小叶苦笑了一声："我也不知道啊。她就这么忽然冲进来，打了我一耳光。"

白小枝更迷惑了，又找到小婷，问到底出了什么事，没想到小婷低着头不发一言，无论怎么问都不吭声。白小枝又惊又疑，找到小婷的室友小敏，才算问出了个一鳞半爪。小敏说小叶唯一得罪小婷的事就是昨天没陪小婷去看电影。因为这种事而起争执……难不成他们是在因为感情闹别扭？

到了现在的年龄之后，白小枝一看到小年轻因为感情闹别扭，就会感到很异样。虽然她还没有认真恋爱过，但到了这个年龄，她就觉得感情是需要以非常认真的态度呵护和维护的，绝不可以用游戏的态度应付。小叶还很年轻，也许在和小婷闹着玩，如果是这样的话，她真要好好说说他。

白小枝把小叶找来，目光压住他，用沉缓的声音对他说："你和小婷吵架的缘由，我已经知道了。"

"吵架？哪有？"小叶赶紧争辩，"今天是她忽然进来，打了我一耳光……"

"你不用再瞒我了，"白小枝盯着他的眼睛，语气中带了少许气恼，"你和她在谈恋爱，对吧？"

小叶尴尬地笑了笑："我和她没有在谈恋爱，是她自己找我……"

"做男人可不能这样啊！"白小枝大声打断了他，"也许你觉得小婷配不上你，但你既然和她谈了，就要对她认真！"她在上高中的时候见过这么一个男孩子，为了排遣寂寞，随便和同班的女生谈起了恋爱，后来觉得没意思了，就把她甩了。那女孩找他理论，他就翻脸无情，说只是那女孩一厢情愿地缠着他，他从来没有喜欢过她。小叶现在的样子，让她想起了那个男生。

小叶知道白小枝误会了，苦笑着解释："白姐，你误会了……我真的和她不是……"

"你不要狡辩了！"白小枝以为他还在抵赖，顿时恼了，"你不要以为你还年轻，就可以玩弄感情！不要以为自己还是个孩子，就可以为所欲为！你早就不是个孩子了！是男人，就要为自己的所作所为负责！"

小叶吓了一跳，抿了抿嘴，不再说话了。他知道白小枝对他的误会已经很深，三言两语是解除不了的，恐怕他现在越争辩，白小枝就会越愤怒。

白小枝见他住了口，以为他知道自己理亏了，就不再用话刺他。她揉了揉太阳穴，幽幽地叹了口气："你……再和小婷好好谈谈吧，就算你不想和她在一起，也要做到善始善终。如果你们还有在一起的可能，最好跟她和好。一个人，对感情，一定不可以用游戏的态度。"

小叶没有说话，慢慢地低下头了，脖子上鼓起了青筋。

白小枝以为他被自己说服了，一时疏忽，说了几句不妥当的话："唉，也不是我说你，恋爱这东西，不是随随便便就能谈的，必须等条件都具备的时候。你正处在非常时期，我看还是老实点好……"

小叶一激灵，猛地抬起头来，白小枝猛然瞥见他的眼里满是愤懑和悲伤，这才意识到自己说错了话，下意识地捂住了嘴巴。

愤懑和悲伤的神情在小叶的脸上只持续了一瞬，很快就黯然沉积了下来。

"是啊，"小叶凄凉地笑了一下，自怨自艾之情难以言喻，"像我这样的人有什么资格谈感情呢？我一无所有，连自己的名字都不记得，只能寄人篱下，窝在厨房里择菜，有什么资格跟人谈感情？只会耽误人家，对吗？"

"我……我不是这个意思……"白小枝后悔万分，想要说自己不是这个意思，仓促间却不知道如何表达。

小叶深深地叹了口气，转身冲了出去。白小枝追出门去，只见他的身影已经消失在了黑暗里，只能怔怔地刹住脚步。想起自己刚才说的话，越想越后悔。她把今天的事又仔细地回想了一遍，忽然发现仅凭自己知道的信息，完全不能判定小叶是在玩弄小婷的感情。她实在太武断了，就像对小叶有成见一样……等等！成见？说起来，她似乎一听说小叶和小婷好就感到很生气，然后就把小叶想得很不堪……哦？难不成是……白小枝猛地捂住脸，发现自己的脸烫得像有火在烧：难不成……

她是因为那句话……因为懒懒说她可以把小叶娶回家……所以才对他特别有戒备心,以至于有了成见?

发现自己可能错怪了小叶之后,白小枝赶紧又找到小敏,仔细询问有关小叶和小婷的"情事"。小敏人有些迟钝,说话也不成章法,但白小枝还是从她的话中窥明了事情的真相:原来真是小婷一厢情愿地单恋小叶,小叶没有任何错误,完全被她错怪了!

发现自己的错误之后白小枝想立即找小叶道歉。她走到厨房,发现小叶正在那里闷头择菜。她朝他走近了几步,发现他脸上的表情阴郁得像沼择,而且是隐藏着怪物的沼泽。白小枝本想立即找他道歉的,见他这副模样倒有些犹豫。她好歹是他的老板,也比他大很多。如果这小子不识相,不接受她的道歉,她的脸该往哪里搁?

"今天的菜怎么样?"白小枝佯装无事地走近小叶,用僵硬的语气打了个招呼。

"还好。"小叶头也没有抬,声音僵冷得像石头一样硌人。

白小枝碰了个小钉子,一言不发转头就走:现在肯定不能跟他道歉……他肯定会让她没脸的!

白小枝刚走到大堂,小婷就来找她请假,小婷眼红红的,看她的目光很是古怪:"白姐,我今天有些不舒服,想请一天假。"

"哦,行,你好好休息……"白小枝知道失恋是很痛苦的,二话没说就准了假。小婷道了谢,低着头走出饭店,她回头看了看饭店的招牌,目光变得无比怨毒,然后狠狠地朝地上吐了口唾沫。

小婷走进刘雨的理发店,一屁股坐到朱林面前的椅子上:"你给我换个发型!"

"唉呦,你要换什么发型?"朱林看出小婷有些不对劲。

小婷没有答话，朝墙上一指，朱林朝墙上一看，顿时笑了："唉呦，小婷，你要理那种发型，不就成了不良少女了么？"

"我就是想不良一下，"小婷冷笑着说，眼眶又红了，"这世上还有'良'的人吗？"

"唉呦，是不是什么人惹我的小婷妹子生气了？"朱林笑着拍了拍小婷的肩膀，"谁这么大胆，敢惹我的小婷妹子生气？"

小婷的眼圈更红了，声音也更冷："那个人你惹不起！"

"哦，好好好，我惹不起，"朱林赔笑道，"不过小婷妹妹，你听哥哥一句话，我们惹不起他已经够倒霉了，如果再因为他折腾自己，不更倒霉吗？不瞒你说，你选的那个头型，实在不配你这花容月貌。这头一剪好，就变不回来了，如果你执意要剪，可就一失足成千古恨了啊！"

小婷被他逗笑了，啐了他一句，"没想到你还挺能说会道的呢，就照你说的办吧！"

"好咧！"朱林开心地应道，"我知道有个发型特别适合你，我免费给你剪。今天下班后我请你吃饭，陪你聊聊天，好不好？"

朱林请小婷到一个小餐馆吃饭。这里的水煮鱼和炒鳝片特别有名。小婷要了一瓶白酒，自斟自饮，等她喝到第四杯的时候，朱林赶紧抢她的酒杯："你不能再喝了。嗨，到底是谁惹了你了，让你这么郁闷？"

小婷重重地出了口长气，凄然地一笑："朱林，你觉得白姐人怎么样？"

"白姐啊，"朱林的眼珠滴溜溜地转了几转，"人还不错啊。"

"哼哼，"小婷冷笑了几声，"对哦，我这个问题和人品无关……呵呵，女人都喜欢男人，尤其是又年轻又帅的男人……早知道她把小叶捡回来是当面首养的，我就不动那心思了……"

"面首？"朱林的眼睛瞪圆了，赶紧朝她凑近了些，"到底发生什么事了？"

　　朱林黑着脸回到房间，一进门就把门口摆的小板凳踢飞了。小宋正抱着他那巴掌大的电视机死看，被他这么一吓，差点把电视扔了："唉呦，小林子，你干吗，你吃错药了？"

　　"有人捷足先登了。"朱林黑着脸，坐下来就拍桌子打板凳，"我的白姐啊！"

　　"捷足先登？谁？"小宋吃了一惊。

　　"就是那个，什么都不会的，上次跑丢了的，还要我们找的那个臭小子！"朱林吐痰一般说出这几句话，跳起来破口大骂，"那小子，凭什么啊？他凭什么跟白姐好啊？想傍白姐，他配吗？他会干什么啊？只能在厨房里捡菜！捡菜是个人都会做！我还会理发呢！理发可是技术活啊！如果给个人叫他理发，他不把人家头削了就不错了！他凭什么跟我比啊？我长得也不赖啊？白姐怎么会看上他呢？"

　　小宋在一旁听着，越听越觉得他的话不像话，忍不住打断他："你就别在这里发神经了！傍富婆这话说起来还能好听吗？"

　　"我在认真地烦恼！"朱林脸红脖子粗地吼道。

　　"我看你是在认真地搞笑！"小宋嘴一撇。

　　"你……"朱林气噎住了，坐倒在椅子上，光喘气不说话。

　　"我说，林子啊，你就别气闷了。"小宋半带揶揄地说，"现在经济发展，妇女解放，有钱有貌的富婆有的是。刘哥不是认识开美容院的吗？叫他给你介绍几个富婆，保管比白姐更有钱更漂亮！"

　　"不是这么回事！"朱林恨恨地说，一纵身窜到上铺，蒙头就睡。

　　小宋没有理他，继续看电视，等到看累了才睡下。

　　小宋睡到半夜，忽然感到有股细细的气息吹到脸上，他迷迷糊糊地睁开眼，忽然看到一张脸杵在他面前，还睁大眼睛看着他。

"赫！"小宋抱着被子弹了起来，之后才发现床边的人是朱林，不禁又惊又恼，"你干什么呢你？半夜三更不睡觉……吓人玩啊你？"

朱林没有回答，他低下头，重重地叹了口气，然后抬起头无比郑重地说："我已经仔细想过了……我只想傍白姐，其他人我不想傍。"

"嗨，"小宋哭笑不得地说，"这么说你喜欢她了？"

"应该说是爱吧。"朱林红着脸咕哝道，"她年纪大什么的，我已经打算认了。"

"嗨，"小宋皱着眉头笑了，"好了，就算你真心爱她……可是人家现在已经有……有爱人了啊。你总不能硬过去把小叶推开，再对白姐说'请你爱我'吧。"

"他对白姐一定不是真心的！"朱林愤愤地捏紧了拳头，"他一定是想让白姐帮他发财，等达到目的后再把白姐蹬了！"

"啊？"小宋讶异地看着他，苦笑道，"你难道不打算这样吗？"

"我当然不会这样了！"朱林涨红了脸，"我是想和她一起创业……夫唱妇随地……过日子……"

"得了吧你！"小宋不屑地瞥了他一眼，"等她年纪大了，你还愿意跟她在一块儿吗？少假罗曼蒂克了！"

朱林不说话了，憋了半天才憋出一句："不管怎么说，她被我骗总比被他骗好！得想个办法揭露他的真面目！小宋！你是我的兄弟，你一定要帮我！"

小宋呆呆地看着他，已经不知道该说什么好了。

自从发现自己错怪小叶后，白小枝就一直加倍留心小叶。

只见他一直都无精打采,似乎受了很大的伤害。然而白小枝知道,真正让他受伤的,并不是她错怪了他,而是对他处境的"不恰当描述"。那样会让他格外觉得自己无依无靠,一无所有。向他道歉容易,要治疗他的心伤却很难,所以白小枝一直佯装无意地在他身边晃悠,却总是没法跟他谈话。

第八章　找回年轻的自己

这天收工之后，白小枝忽然发现小叶一个人坐在马路边上，夜幕里他的背影显得特别的凄凉孤寂，身边放了一个玻璃瓶。因为隔得远，白小枝看不清这个瓶子上写的是什么，但从形状判断它应该是酒瓶子，赶紧走上前去，伸手便去抢那瓶子。

"别担心，是饮料。"小叶听到了白小枝的脚步声，等她走到身边才不紧不慢地说。

白小枝一惊，拿起瓶子一看，果然它是一瓶用玻璃瓶装的雪碧。她苦笑了一下，把瓶子递还给他："这种瓶子可很罕见啊，你从哪里弄来的？"

"就在旁边的小店啊。"小叶拿起瓶子灌了一口，"不过不是买的，是开店的小姑娘送给我的。"

"她和你关系怎么这么好啊？"白小枝知道那个小丫头，小小年纪就有铁公鸡、铁算盘之风，说她会白送别人东西，简直不可思议。

"也许她看上我了吧。"小叶冷笑了一声，"您不会再说我玩弄她的感情吧？"

白小枝一怔，恼怒地笑了："你小子，嘴怎么跟马蜂似的……看你嘴毒的，怎么得理不饶人啊？"

"得理不饶人？这么说您知道您搞错了？"小叶瞥了她一

眼，依然是冷笑着。

"是的，我知道我错怪你了！"白小枝长叹一声，蹲在他身边，"不过我知道你生气并不仅仅是因为我错怪你……而是因为我说你是……非常时期的那句话吧？"

小叶撇了撇嘴，没有说话。

"其实，"白小枝咬了咬嘴唇，用痛悔的语气说，"我不是歧视你……更不是嫌你累赘，只是……"

"没关系，您说的是实话。"小叶盯着路灯下的街心，一副不以为然的样子。

"你还在生气对不对？"白小枝感觉自己没辙了，她从来不会哄小孩，不管大小孩还是小小孩，都是一样。

"是啊，生气，虽然知道您说的是实话，但还是生气。"小叶依旧绷着脸，嘴边却浮起一丝狡黠和调皮的笑意。

"那你说该怎么办？"白小枝看出他心情回转了。

"放我一天假，然后带我出去玩。"小叶转过脸，一本正经地看着白小枝。

白小枝一怔，嗔道："你开什么玩笑啊？你这么大一个人了，还要我带你出去玩啊？"

"我没钱啊。"小叶嘴一撇，"不跟着你没钱花。"

"你……"白小枝哭笑不得，"那你要多少钱零花？"

"这要看明天的情况，我可能花得很少，也可能花得不少。"小叶朝白小枝的口袋瞄了瞄，嘻嘻一笑，"如果你不想去的话，可以把你的银行卡给我，我自己刷。"

"你想得美！"白小枝赶紧护住了口袋，看来她真得陪这小子去一趟了。

"你明天想到哪里玩？"白小枝没好气地问小叶。

"我还不是很确定，"小叶笑着遐想了一下，"先去游乐场吧。"

"游乐场?"白小枝回想了一下,发现自己好像有些年头没去了。

"是啊,游乐场,"小叶坏笑了一下。

白小枝觉得他的笑容中大有文章,仔细一想,顿时明了:"你是不是觉得我是那种不会去游乐场的'老人'啊?告诉你,我还没老到那个程度呢!"

小叶哈哈大笑起来,笑得非常开心。

白小枝叫小叶直接从饭店出发,到游乐场门口等她。第二天她一到游乐场,就发现小叶笑呵呵地等在门口,一手拿一个棉花糖。一见她来了,立即迎了上来:"给,白姐,这支可是七彩的呢!"

"哦?"白小枝接过棉花糖,觉得有点好笑,"你这么大还吃棉花糖啊?"

"有什么奇怪吗?"小叶把棉花糖往嘴里一塞,调皮地眨了眨眼睛。

白小枝又觉得他是在讽刺自己老了,立即抗议:"你又在偷偷笑我老是不是?告诉你,我也是八零后诶!"

"没有啊,"小叶笑着把嘴边黏着的糖丝扯掉,"我只是觉得,没必要把食物按年龄段划分啊。只要觉得好吃,就拿来吃呗。"

"哦?"白小枝觉得他这几句话倒挺有道理,低头尝了尝棉花糖。哇,真软真甜!白小枝大口咬了几口,觉得自己又回到了孩童时代,真是无比的幸福。小叶偷看着她,痴痴地笑了起来。白小枝低声嗔了他一句,脸上微微红了一红。

游乐场里都是年轻的男孩女孩,还有不少是成双成对的。所有的女孩,不管是有男伴的还是没男伴的,从小叶身边走过的时候都要惊喜地笑起来,然后再用异样的目光打量白小枝几眼。

白小枝被她们看得很不舒服,低声对小叶说:"他们在看我们什么?"

"大概是看我长得帅吧。"小叶故意做出一副骄矜的样子。

"那她们干吗看我?"这时候碰巧又有几个女孩看她,白小枝感到更加不舒服。

"大概以为我们是情侣吧。"小叶嘻嘻一笑。

"胡说八道!我当你大姐还差不多。"白小枝嗔道。

"是啊,所以她们很惊讶啊。"小叶笑得非常促狭。

白小枝又羞又恼,抬手便要揍他:"你这小子……蹬鼻子上脸了你!"

"我又没说你老!你只是穿得有些成熟了。"小叶一面笑一面躲,"你要是找几件青春的衣服穿上,保证和她们一样!"

"你就别贫了!"白小枝见他们打闹引来了更多人的注意,赶紧放下手来。

小叶笑着揉了揉鼻子,朝左边一指:"我们去坐云霄飞车吧。"

云霄飞车?白小枝看了看那在空中旋转穿梭的飞车,有点犹豫。老实说她这个人不是很喜动,云霄飞车这种东西,实在是……她下意识地朝小叶瞥了一眼,发现他正似笑非笑地看着她,心里顿时蹿起一道火苗:这小子是不是觉得她老得已经不能坐云霄飞车了?

"好,我们去坐吧!"白小枝大步朝云霄飞车走去,"我们得赶快点,否则就要等下一班了。"

虽然话说得漂亮,往身上系安全带的时候,白小枝还是感到心尖在颤。她僵硬地坐在位子上,在心里默数着:一、二……

"啊——"车子猛地开动了,白小枝觉得自己射进了空中,不由自主地大叫起来。接着车子在空中旋转穿梭,白小枝就觉得自己像个失控的离子一样在无垠的宇宙中乱窜。

"啊——啊——啊——"白小枝一声接一声地大叫，听着自己的叫声却觉得很陌生。不知是不是心理作用，她似乎听到小叶在旁边一个劲地笑。她感到很难堪，但这种感觉转眼便烟消云散。她正在空中乱窜呢！还有空管这个？

时间似乎已经过去了很久，却又似乎只过去了一瞬，白小枝忽然发现自己不害怕了。她惊诧地睁开眼睛看了看，忽然感到这感觉妙不可言。她身上的每一个细胞似乎都兴奋起来了，一种难以言喻的愉悦在心头飞速地扩散。她又开始放开喉咙大叫，不过这次是兴奋地大叫了。

"你感觉怎样？"从云霄飞车上下来之后，小叶笑着问白小枝。

"还好。"白小枝笑着回答，膝盖却有些发软。"很久没这么兴奋过了。"

"我猜你也很兴奋，"小叶坏笑了一下，"整辆车就数你叫的声音最大。"

白小枝微微有些难堪，但很快便释然了，现在不需要计较这个。不知为什么，坐过云霄飞车之后，她似乎活力全开，看什么都好玩，什么都想去玩，她一路小跑，去玩气枪打气球，坐摩天轮，逛鬼屋……一点都没有发现现在已是小叶跟在她屁股后面跑了。

"我们去坐旋转木马吧！"白小枝看旋转木马的马做得很漂亮，似乎很好玩的样子，便拉小叶去坐。从旋转木马上下来后她意犹未尽，极目远眺还有什么好玩的，忽然发现小叶正用古怪的目光看着她，似乎在竭力忍笑。她一惊，仔细一想，顿时省悟，红着脸说，"你那张脸是什么意思？你觉得我坐旋转木马很好笑吗？"

"也不算很好笑吧，"小叶"扑哧"一声笑了出来，"不过……这个旋转木马……实在是太低龄化了些。"

　　"低龄化？"白小枝朝旋转木马看了看，脸涨得更红，"连你也觉得这个低龄化吗？"

　　"当然了，"小叶又在竭力忍笑，"一般十几岁的女孩儿才会喜欢坐旋转木马吧。"

　　白小枝顿时觉得脸上喷火，转身就走，"我'返老还童'了！怎么样？！"

　　小叶追了上来，笑着说："不过你在坐旋转木马的时候，表情真和十几岁的女孩儿一样，真有趣！"

　　白小枝转过头来，正要发作，却见小叶一脸温柔的笑意，丝毫不见揶揄和嘲讽之意，不由得有些迷糊，"你不觉得好笑吗？"

　　"当然不啊，很可爱啊。"小叶似乎不是在说谎。

　　"唉，你又说我可爱了……你没大没小啊你？"白小枝红着脸嗔怪他，心里却很受用。哪个女人不喜欢被人夸年轻啊？

　　又走了几步，路边有个卖冰淇淋的，白小枝给小叶买了一筒巧克力的，给自己买了一筒草莓的。小叶朝白小枝的手里看了看，偷笑了几声，白小枝知道他大概在说"她吃东西也很可爱"。脸又红了一红。不知为什么，虽然知道小叶是在"开玩笑"，但她每次被小叶说"可爱"的时候都会不知所措。

　　"从你对那些玩意的新鲜劲来看，你一定很少来游乐场玩吧？是因为忙吗？"小叶一边吃冰淇淋一边说，他吃东西时很秀气，浅浅地咬一口，冰淇淋只触到他的唇底。

　　听他的口气，不像是在讽刺她生活方式老气。白小枝笑着叹了口气，幽幽地说："是啊。我很少出来玩，高中毕业之后就很少玩了。"

"为什么？"

"因为要创业啊。"白小枝握着冰淇淋，思绪又回到了那艰辛的以往，"我学习不好，没有考上大学，父母叫我复读，我却知道自己根本不是那块料，再读下去也没用。再说我的理想也只是开一家好的饭店，于是我跟家里拼死拼活地抗争，说服父母让我自己创业，我自己没有钱，便找父母借了一万块钱。不过这一万块钱借款是有附加条件的，我跟父母约定，如果我在一年之内不能站稳脚跟，我就任由父母安排我的命运，不得有丝毫异议。"

"一万块钱当然不够开饭店，我只能开个小吃摊，我自己学了几手，在学校门口卖麻辣串。我这个老板比学生们也大不了几岁，学生们觉得好玩，都来买我的麻辣串，因为这个，我的生意倒挺好的。"

白小枝的嘴边掠过一丝苦涩的笑意，继续说："在这一年里我没有攒够开饭店的钱，但总算是站稳了脚跟。我自己对这个成绩很是满意，我的父母却嗤之以鼻，他们又来劝我回去读书，我抵死不回去。他们生气了，扬言不再管我，我赌气从家里搬了出来，租了间房子住。我到这个时候才算真正面对社会。"

"后来又过了一年，我总算攒够了开大排档的钱，便找了个大学，在大学旁边开了个大排档。那个时候挺苦的，只雇了一个厨师烧菜，端菜啊，收钱啊全得我自己忙，每天都忙得头晕眼花，一回家就想往地上瘫。这样拼死拼活地忙了几年，总算挣到够开小饭馆的钱了。然而刚开始时却不顺利，每天来不了几个客人，我天天守在店里，急得两眼发花。后来生意越来越差，渐渐地连房租都付不起了。我千方百计地筹钱，房东经常堵在门口要收房子。那时候我真是叫天天不应，叫地地不灵。还好我最后撑过来了。我到现在都不知道我当时是怎么撑过来的，现在想起来，心里还'咝咝'地冒凉气儿。不过正因为有过那么一段岁月，我对自己特别有自信，觉得以后无论是什么样的困难都无法打倒我。"

小叶默默地点了点头，看白小枝的目光里多了几分崇敬。

"当然，我遇到的困难不止那一次。前几年市里治安不好，经常有流氓来店里滋事，那时候店里的人谁都不敢出头，包括那些大男人都躲在我的身后。就我一个人站到最前线，跟那些流氓周旋。"

小叶动容道："你一个女人怎么跟他们周旋？"

"软硬兼施啊，据理力争啊，必要时再装装横啊。"白小枝淡淡地笑了笑，"有一次真是危险，也真是疯狂……那次我气疯了，拿着菜刀要跟他们拼命，才把那些流氓吓走了。当时气迷了没觉得怎样，后来回想起来真是后怕。如果他们不是那么外厉内荏，直接跟我过招的话，我这条小命恐怕就没了。唉，我这个人也真是的，一怒起来就什么都不怕了……这可是个致命的缺点！"

小叶想象了一下当时的情况，咂舌道："当时真是很危险……白姐你真了不起！"

"哪里了不起啊，胡乱装横而已……你觉不觉得你白姐真是个疯女人？"

"哪有，现代好女人的标准就是要上得了厅堂，下得了厨房，斗得过小三，打得过流氓！"小叶煞有介事地说。

"真的吗？"白小枝被他逗笑了。

"不过，"小叶忽然郑重地说，"以后如果遇到这种情况，我一定不会让你孤军奋战的，不，由我来打头阵，你站在我身后就好！"

"啊？"白小枝一惊，心头猛地沸热起来，接着又感到了莫名的慌乱，赶紧岔开话题，"每天要忙这么多事情，当然没空出去玩了。这几年生意好做了，招的人也多了，我稍微空闲了一点。不过以前累习惯了，即使有空也不想乱跑，只想在店里待着，踏实。"

"哦，你真是了不起，"小叶的脸色晦涩下来，似乎很惭愧，"和你比我就差远了。我在学校的时候，即使有课，也要跷课出去玩……"

"在学校的时候？"白小枝一激灵，"你想起来了？"

小叶一惊，忽然抱住脑袋，深深地弯下腰来："是的……我好像想起了一些片段……这是什么时候的来着……唉呦……头好疼……"

"你别勉强自己想！"白小枝赶紧扶住他，"头疼就别想了！"

小叶喘了几口粗气，慢慢地直起腰来，神情依旧是恍惚的。

"都是我不好，一定很难受吧。"白小枝见小叶脸色苍白，感到颇为心痛，"我带你去吃顿好的……你要吃什么？"

小叶朝她瞄了一眼，试探着问："吃什么都可以？"

"是的，吃什么都可以。"

"那我就不客气啦！"小叶开心地笑了。

第九章　狭路相逢

小叶果然很不客气。他把白小枝拉到一家西餐馆，点了份极贵的牛排套餐和一大堆美食，光听他报菜名白小枝就心惊肉跳。以她的经济实力，这顿饭还是请得起的，但她自己从来没有这么奢侈过，现在如此破费，当然会肉痛。为了让钱包少出点血，她只给自己点了一盘沙拉，一份土司。

牛排很快便上桌了，小叶津津有味地吃了起来，白小枝意外地发现他用刀叉用得很纯熟，以前应该经常吃。看来这家伙还不是一般人家的孩子，竟然因为失忆流落到她这里捡菜，真是倒霉到头了。

小叶发现白小枝正看着他，讶异地看了看她，白小枝赶紧把目光转向别处。小叶这才发现她的面前只有一份沙拉和土司，顿时皱起了眉头："你怎么就点这么一点东西？"说着把自己面前的美食推到她的面前。

"哦，没关系，我不饿。"白小枝赶紧把美食推回到他的面前。

"不饿，也要尝尝这个，"小叶切下牛排最好的一块，用叉子送了过来，"这是正宗的加州牛肉，可好吃呢！"

白小枝本来觉得从他手里吃东西有些不妥，但她今天特意不想扭捏，便张口咬下了这块牛肉，没想到她刚把牛肉咬到嘴里，就听到旁边传来了窃笑声："你看那个女的，让小男生喂他吃饭呢!"

白小枝的脸顿时热得火烫,尴尬地朝旁边看了看,没想到一看就大惊失色:这个女人不是洛蝶吗?又跟一个男人在一起……这个男人还不是上次那个!

洛蝶见白小枝看她,笑得更加开心,挤眉弄眼地朝那个男人说:"你看那个女人,还在看我们呢!"

白小枝赶紧把脸转过去,真是奇怪了,明明是洛蝶做丑事被她看到了,她自己却慌张得像做贼似的。

洛蝶和那个男人偷偷打量着他们,继续嗤笑:"你看这女的,看起来快到三十岁了吧?"

"差不多吧……虽然不显老,你看她那成熟的样子,应该到三十岁了。"

"那男孩却看起来很小呢,姐弟恋?"

"我看是这女的包小白脸吧。"洛蝶撇了撇嘴,竟是一副鄙夷的神情——也不看看她自己有没有资格鄙视别人。

"哦,包小白脸啊……"那男人朝小叶看了看,嘿嘿一笑,伸手摸了摸洛蝶的下巴,"那你也是我包的喽。"

"你干吗啊!这是在餐厅,别疯疯傻傻的。"洛蝶笑着嗔了那男人一句,接着便坐到那男人身边,和他摩肩擦脸,腻成一团。白小枝又是生气,又是替他们害臊,一张脸涨得红红的。

小叶扭头看了看洛蝶他们,微微地皱了皱眉头,回过头来问白小枝:"那两个人在干吗啊?疯疯傻傻的。"

"你到现在才发现吗?"白小枝哭笑不得,现在的小正太啊,神经咋就这么大条呢?

从餐厅出来,白小枝想着之前看到的事情,一直皱着眉头。这洛蝶还不是一般的浪啊,竟然和两个男人……不,说不定她看到的只是冰山一角,说不定她还有很多很多男人……天哪,如果她有很多很多的男人,那她把禹风当什么?

"怎么了?心情不好吗?"小叶看着她的脸,关切地问。

"哦,没有,我只是走神了。"白小枝怕小叶误会她心痛请客的钱,赶紧露出笑脸。

"那就好,"小叶朝街边看了看,忽然"扑哧"一笑。

"你笑什么?"白小枝朝他看了过去。

"没什么,"小叶笑着挠了挠脑袋,"其实我一直觉得很奇怪……但我现在明白了。"

"明白什么?"白小枝觉得他话里有话。

"我一直很奇怪,你年纪不算大,说话为什么总是老气横秋的,今天才知道,原来是因为吃了太多的苦。"小叶端详着她,声音柔柔地说。

"我……老气横秋吗?没有吧?"白小枝又羞又恼,却也很心虚,赶紧回想了一下自己平时的言行。

"有一点,"小叶嘟了嘟嘴,"以你的年龄,顶多能当我的姐姐,可听你跟我说话的语气,活像我的阿姨!"

"有吗?"白小枝闹了个大红脸,越发心虚了,"我说话时……真那么老气?"

"要多老气有多老气,"小叶把嘴一撇,郑重其事地说,"白姐,你听我说,饱经沧桑不一定要心理老化,人经历的事情越多,就越应该保持一颗童心!这样才能更好地生活,才能更积极地应对以后的挑战!"

"哦……"白小枝鸡啄米般点着头,她从没想到自己会被小叶教训,但此时听他的话还觉得蛮服气的。

"要想活得年轻,首先要从着装开始,"小叶朝街边的橱窗里一指,"你要买点青春的衣服穿!"

"啊?"白小枝看了看自己身上,讶异地笑了笑,"我穿得不算素吧。"今天她穿的是一种烂醉般的颜色，很是艳丽时尚。

"青春不等于艳丽！"小叶撇了撇嘴，把她拉近街进的小店，"我们是要想办法让你显得更青春！"

"啊？"白小枝被他说得有些动心，仔细地看了看店里的衣服，唉呦，这店里的衣服花色和式样都挺粉嫩，一看就是二十出头的人穿的。要是平时，她肯定看都不看，但今天被小叶教唆后，竟很有装嫩的兴趣，用心地在衣服堆里挑来挑去，最后挑中了一件淡蓝花色的衣服。

她问小叶这件衣服怎么样，小叶伸出大拇指，白小枝舒心地笑了，没想到他接着把拇指朝向地面："还算年轻，不过不太适合你，依我看，这件很好。"说着朝另一件衣服指了指。

白小枝朝他指的方向一看，顿时骇笑出来：天哪，这件连衣裙是天边云霞般的颜色，公主袖，V字领……简直青春到无敌了！他以为她今年几岁啊？

"别开玩笑了！我又不是小姑娘。"白小枝没有朝那件衣服多看一眼，又低头欣赏起自己挑的那件衣服来。

"白姐，那件真的很适合你。"小叶凑了上来，拼命地向她推荐那件衣服。

"算了吧。"白小枝嘴一撇，"我要穿那件衣服上街，不被人当成花癫疯才怪。"

"你就试穿一下吧，如果不适合就不买呗，光是试一下又不会有什么损失。"

哦？白小枝眼珠转了几转，又朝那连衣裙看了一眼，小叶说的也对啊，试一下又不会有什么损失，而且她内心深处也痒痒的，想看看自己到底能不能穿这裙子——世上有哪个女人愿意服老啊？

这裙子做得很是贴身，一开始白小枝身上有汗，裙子贴到了身上，使她误以为自己身材偏胖，穿不上了，着实虚惊了一场。后来经她慢慢扯拽，终于把衣服端端正正地穿到了身上，她伸手摸摸，觉得应该不算小。她犹豫着踱出试衣间——她真怕自己穿上这衣服会像裹粽子一样，心虚地朝小叶看了看。

小叶一看到她就竖起了大拇指，她赶紧往镜子前一站，顿时痴了：天哪，这还是自己吗？

云霞色的裙子泛着梦幻般的颜色，衬得她皮肤雪白，体形窈窕，衬得五官清秀精致，难描难画。这个裙子当然不能让她回到二十岁，但让她焕发光彩。镜子中的她一看就不是青涩少女，却有一种难以言喻的青春气息。小叶真是太有眼光了，他怎么知道这条裙子能让她这么漂亮呢？

白小枝立即掏钱买下了这件裙子，这件裙子价格不菲，还了价之后仍然不菲，但白小枝不心痛。这个裙子简直让她看到了一个新的天地，不，应该是小叶让她看到了一个新的天地。想到这里她感激地朝走在一旁的小叶看去，却发现他似乎有点不好意思，一见她看他就下意识地揉揉鼻子。

哈哈，白小枝暗地里乐了，难不成他已经被她的美丽俘获了？哈哈，真是好玩。

当然，她没有把这种想法当真，全是自己给自己开的玩笑。

转眼就要到饭店了，白小枝叫小叶回房间休息，自己去店里视察。她穿着这条裙子走进店堂，服务员们立即一阵骚动，走进厨房，也立马引起了一阵骚动。白小枝的虚荣心得到了巨大的满足，轻摆着腰肢走了出去，她一出去张大奎就和另一个厨师咬耳朵："白姐是不是找到对象了？今天穿得春意盎然啊！"

小婷回厨房端菜，听到了他们的谈话，冷冷地接到："什么'春意盎然'？我看是臊气逼人！"

大家立即呆了，小婷自知失言，赶紧端着盘子逃了出去。

小叶回到房间，躺倒在床上，跷起二郎腿，看着天花板遐想了一会儿，他起身找了几张纸和一支笔，就伏在床上画了起来。他画的是一个体态丰腴、身材高挑的女人，非常仔细地描绘她身上的衣服，她身上的衣服式样新颖、花纹精致，要多好看就有多好看，是市场上从未卖过的。

他盯着这件衣服看了一会儿，脸上露出微笑，又仔细描绘起女人的脸来，这女人五官精致，笑容妩媚，竟有几分像白小枝。小叶画好她的脸后并不停笔，又在她的身边画了一个小伙子，这个小伙子穿着他今天穿的衣服，胸前挂着一个藏银的牛头坠子，俨然就是他自己。小叶看着画上的两个人，露出了甜蜜的微笑，似乎已经陶醉了。然而这幅神情只在他的脸上持续了一瞬，接着他便像被刺痛了一样皱起眉头，三两下把纸揉成一团，扔到了垃圾桶里。他看着垃圾桶发了一阵呆，然后又拿起笔画了起来，他画的是一张少女的头像，用的是素描的笔法，画的是那么的细致，连每根眉毛，每根头发都清清楚楚。这是个很漂亮的女孩，鹅蛋脸，柳叶眉，水汪汪的大眼睛似乎会说话。小叶默默地看着她，表情慢慢凝固，最后变得像冰块一样冰冷坚硬。

自从知道洛蝶和不同的男人有染后，白小枝的心里就结下了一个疙瘩，她把这件事告诉米娜，米娜只是淡淡地笑了笑。白小枝觉得米娜的笑容有异，仔细一想，立即省悟："你该不会认识洛蝶吧？该不会还知道她的丑事吧？"

米娜晦涩一笑，"是的，我认识她，有钱人的圈子是很小的。"

"那你也知道她和不同的男人有染喽？"白小枝盯着她的眼睛，"她的丑事已经泛滥到尽人皆知的地步了？"

"也不算尽人皆知，"米娜的嘴边扬起一丝鄙夷，"知道她的事的人也不多，我只是少数的知情人中的一个。"

"哦。"白小枝想起洛蝶那放纵的样子，又是愤恨又感到恶心，"这女人也真是的，有了丈夫还不够，还要搞野男人……有一个野男人还不够，还要搞几个……你说她是不是天生淫荡啊？"

"也不能这样说。"米娜冷笑着说，"她要搞那么多男人，也是事业的需要。"

"事业的需要？"白小枝一惊。

"是啊。"米娜朝她眨了眨眼睛，"你以为她是怎么当上金牌投资顾问的？"

白小枝一怔，耳边闪过那个男人说他是在"包"洛蝶的言论，立即明白了，原来她是用肉体换来的投资委托啊。

"我的天……原来是这么回事……"白小枝感到又恶心又好笑，"她以前也许需要这样干，但她现在已经结婚了，老公又很能挣钱，干吗还要干这营生？"

"话可不能这么说。"米娜不可名状地一笑，"在事业上，女人也不甘示弱，而且，用肉体换利益换习惯了，轻易也停不下来。"

白小枝不说话了，她现在才算真正领略了张爱玲的那句名言："人生就像一袭华丽的旗袍，上面爬满了虱子"。在洛蝶华丽的外表下捻出虱子，让她心里不知是什么滋味。说真的，刚听说洛蝶的丰功伟绩的时候，她觉得很不平衡，觉得自己的事业也无足轻重了。后来竟然发现洛蝶的事业其实很不堪，那感觉真像从谷底一下蹿到了山顶，她不仅可以凭借自己清清白白的事业狠狠地鄙视她，还可以站在道德的制高点上，狠狠地谴责她。这下她的心里不仅平衡了，还有着一种难以言喻的胜利者的愉悦。可即便如此又能怎样？洛蝶虽然很不堪，但她照样霸着禹风这样的好丈夫。有时老天就是这么不公平。像洛蝶这样的奸邪无耻、狼心狗肺的女人往往就能霸着好男人，像她这样勤劳善良、正直的好女人反倒被晾在一边，真是奇哉怪哉。

　　白小枝不是矫情的人，这点事想了一会儿也就算了，只挂心一件事：禹风知道他老婆的事情吗？如果知道了，他会怎么办呢？

第十章 小叶是逃犯?

这天白天,吃饭的客人相对较少,小叶得空从厨房里溜了出来,在饭店附近散散步——蒸汽缭绕的厨房里最闷人了,他正好趁这机会透透气。

"喂,那小子,你站住!"一个声音针尖一般刺进了他的耳膜。

小叶眉毛一扬,用冰冷的目光朝身后一扫,发现小宋和朱林正横眉立目地站在他身后不远处。

"这小子,你过来!哥们儿有话对你说!"朱林一脸凶蛮,肌肉却有些僵硬,他这幅嘴脸是模仿碟片里的黑帮老大的,简直是画虎不能反类犬。

小叶轻蔑地哼了一声,掉头就走。

"你干什么去?"小宋和朱林跑了几步,挡在小叶面前,"你听不懂人话吗?我叫你站着你听不见?"

"你们不像好人,我不敢跟你们说话。"小叶冷笑着说。

"我们不像好人?"朱林见小叶用戏谑的目光看着他的头发,用手一摸,顿时了然,接着便恼羞成怒,"我在理发店工作有错啊?这是老板叫我理的!"

原来为了提醒顾客理较贵的发型,刘雨让店里的人全都理成店里的招牌发型。因为朱林的脸型很适合嘻哈风格,刘雨便给他理了个爆炸头,还染成了七彩,这种发型一看就意识不良,小叶说朱林不像好人,倒也不为过。

小叶竭力忍住笑,故意一本正经地说:"那他也在理发店工作啊,为什么他的头规规矩矩的?"说着朝小宋一指。

小宋的长相颇具"高大全"的感觉,当然不能理花哨的头,刘雨给他理的头是板板正正的,是比朱林像好人。

"那是因为他的脸型比较板正,所以老板……"朱林解释了一半,忽然省悟小叶是在耍他,顿时火冒三丈,"你在耍我是吧?你好大的胆子!是不是皮痒了?"

小叶轻蔑地笑了笑,朝理发店的方向看了看,"如果我在这里大喊打人了,你的老板能听见吧?"

小宋赶紧拍拍朱林的肩膀,提醒他压压火气,然后跨前一步,义正词严地对小叶说:"你不要跟我们胡闹!我们是来跟你谈正经事的!"

"你们是来谈正经事的?这还真有趣啊。"小叶大声冷笑。

"你别在这里胡乱搅和!我问你,你到底是谁?到这里来干什么?"小宋绷起脸来,大声质问小叶。他每说一句话,朱林就跟着应一声,他本应在这次"对话"中唱主角,此时却只能在一旁应声。

"这个我也想知道啊。"小叶用戏谑的目光看着他们。

"你别在这里装蒜了!"小宋嘴一撇,"什么失忆啊,都是电视里玩的把戏,我就不信好好的一个人,能莫名其妙把自己的名字都忘了!你老实交代,你到底是什么人?"

"抱歉,说我失忆是医生的诊断,公安局的民警们也认可了这一点,你有什么疑问的话,可以先跟他们咨询讨论。"小叶高挑着眉毛看着他们,依旧没有把他们放在眼里。

"你……"小宋被气得噎住了。

"好！我们不管你以前是干吗的！"朱林猛地嚷了出来，"但现在你要本分！我警告你，别打那些歪门邪道的主意！告诉你，我们，还有街坊邻居们，都在看着你呢！"

"不本分？哈哈。"小叶笑了起来，"我还是第一次听到这种说法。谁跟你说我不本分了？白姐吗？饭店里的客人吗？"

"白姐她当然不会说你不本分了！"盛怒之下，朱林有些口不择言，"她已经被你迷……我告诉你，不准打坏主意！如果你再敢胡作非为，我第一个不会放过你！"

"哦——"小叶拖长了声音说，"我明白了，原来你是以小人之心度君子之腹啊。原来你想勾引白姐，怕我抢先啊！"

"这……"朱林噎住了，心里懊悔不迭：糟了，把底露了！

小叶冷笑了一声，忽然闪过来一把抓住朱林的领子，朱林见他的目光像刀子一样，顿时怵了三分。

"我才要警告你不要打坏主意，"小叶盯着他的眼睛，说的每一个字都是从牙缝里挤出来的，"白姐是个单纯善良的女人，我不许你接近她！还有小婷……如果你伤害了她们当中的任何一个，我立即叫你死得难看！"

"你……"朱林听出了他语气中的杀意，吓得呆住了。

"你干什么？快放手！"小宋冲过来掰他的手。

小叶轻蔑地看了小宋一眼，把朱林朝小宋一推，转身扬长而去，朱林怔怔地看着他，忽然跳起来朝他后背踢去。

"别惹事！"小宋赶紧拽住朱林。

小叶回头看了看，鄙夷地笑了笑，不以为然地走了，朱林看着他离去，气得眼都直了。

"这小子一定不是好人！"回到理发店之后，朱林开始歇斯底里地发泄，"看那小子凶得，跟痞子似的，身上一定有案底！我呸！你凶又怎么样？我可不怕你！呸！就算你是杀人犯，我也不怕！"

"得了吧，"小宋对小叶也很愤慨，但觉得朱林说得实在不成话，"他不可能是杀人犯。他不还在警察那里留底，让警察帮他找家人吗？要是他是在逃的杀人犯，警察能视而不见？"

"这可不一定，"朱林来劲了，"网上通缉的那些人，都是案子破了后才被通缉的，如果他做的案子还没破，警察不知道他是谁，照样对他视而不见！再说报警找他家人的是白姐，又不是他自己。而且，就算他不是杀人犯，也可能是在故乡做了什么坏事才跑到这里的，说自己失忆是怕别人知道他的名字或籍贯后，顺藤摸瓜查到他的底细！"

"你们说什么呢？什么'怕查到他的底'？"刘雨忽然进来了。

"呃……"朱林吓得住了口，仔细一想却觉得刘雨可以利用——他还是可以和白小枝说上话的，赶紧迎了上去，"刘哥，我们是在说对面小叶的事情。"

"小叶？怎么了？他不规矩？"刘雨立即紧张了起来。

"还没有……不过我们很怀疑，"朱林担忧地说——他越来越觉得自己猜得对——"小叶既不是出车祸，又不是坠崖，只是发烧睡了一觉而已，怎么可能失忆呢？我觉得他失忆是装的，大概他在家乡干了什么坏事，混不下去了才逃到这里。怕别人知道他的姓名和籍贯后，顺藤摸瓜，查到他的底细，才骗人家说自己什么都不记得了。"

刘雨紧张地听着，过了半晌才低低地说："事情未必会这么坏吧……别轻易把别人往坏处想，如果冤枉了别人……会很难为情的！"

他嘴上虽这样说，眉头却皱得快要滴出血来了。朱林知道自己诡计得逞，偷偷地朝小宋吐了吐舌头，小宋撇了撇嘴，伸出大拇指朝向地面。

　　之后刘雨便一直想着这事，俗话说"关心则乱"，他不由自主地把事情往最坏的方向想，想得比朱林还要离谱——他甚至怀疑小叶是连环杀人狂。开膛手杰克不就是在大肆犯案后隐匿在人间了吗，还有猜测说他逃到了遥远的美国，还在那里改名换姓……这和小叶的自称失忆……

　　哎呀，呸呸呸！刘雨用力地甩了甩头：刘雨啊刘雨，你想哪里去了？这又不是写小说。你也这么大人了，怎么还像小孩子一样浮想联翩？仔细想了想后他觉得自己实在可笑，便不再纠结于这件事，但这件事却在他心里烙下了。

　　转眼过了几天。刘雨的一个朋友来本市探望亲戚，请他去饭店小聚，这朋友叫刘庞，是刘雨小时候撒尿和泥玩的朋友，几年前做起了生意，游走于各大城市，也算是见多识广，每次和刘雨见面都能给刘雨带来很多新鲜的信息。刘雨穿戴整齐，带着轻松的心情去赴宴，没想到在路口和小叶不期而遇。

　　小叶斜眼朝他一瞥。

　　不知是不是心理作用，刘雨觉得小叶这一瞥满含邪恶，忍不住朝他多看了几眼，这一看便注意到了他胸前的藏银牛头坠子。好家伙，这坠子乌黑锃亮，形貌狰狞，真像坏人戴的东西。

　　刘庞早已在饭店摆下了丰盛的宴席，备好名烟等刘雨到来，等刘雨来后先是照例给他一个熊抱，给他点烟夹菜，再天南地北地一通乱扯，扯至半酣，刘庞冷不丁又扯到了婚娶的问题上——刘庞今年三十五岁，也是未曾婚娶，却喜欢催刘雨结婚。刘雨不想在这个问题上纠缠，便以攻为守，"胖哥（其实刘庞本名叫刘胖，后来出来做生意，觉得这个名字不雅才改名叫刘庞），你就不用为我操心了，我已经找到了一个，就差挑明了，倒是你，比我还年长呢，是不是得赶快找个对象啊？"

"哎，哥不是不想找，"刘庞似乎被戳到了心病，若有所思地点了一根烟，"只是难找啊……跟我年龄相仿的女人，大多是离婚带着孩子的，不带孩子的也和前夫纠缠不清。那些未婚的吧，都是些高学历女性，和我没有共同语言，说难听点就是死矫情。当然了，像咱们这样有身份的人（刘雨苦笑），找个徐娘半老的似乎有些委屈了，但那些小姑娘，我又实在不敢找。（刘雨插嘴，"为什么？"）怕被她们要，你不知道啊，现在的小姑娘，厉害着呢。你看她一脸清纯，傻不拉唧的，其实心里都成精了，弄不好就被她们骗得只剩下裤衩了……"

刘庞越说越郁闷，赶紧换了个话题，"算了，不说这个了，我跟你说说我这阵子听到的新鲜事。"

"新鲜事？"刘雨耷拉着眼皮问，被刘庞这么一闹，他也感到很不爽。

"绝对新鲜，而且非常刺激，"刘庞来了精神，朝刘雨靠了靠，用诡秘的语气说，"这件事就发生在B市，据说B市半年前，忽然出现一个可怕的变态，这个变态专门尾随下班的妇女，施以强暴后还用刀子划破她们的脸。短短的几个月间，受害者有几十个！据说公安厅都被惊动了，给B市的警方下文件，限期破案。B市的警察倾巢出动，在全市布网蹲守，硬是没把他逮到。据受害的妇女说啊，这个凶手是个小伙子，长得还蛮俊的，一眼看去根本不像罪犯。奇怪的是，不知她们是受惊过度了还是怎么着，叫画像的警察画像的时候总是说不清他相貌的细节，只能记起来他胸前戴着一个藏银做的牛头坠子……"

牛头坠子？刘雨猛地想起小叶来，顿时心头一凉，仔细想了想后猛地出了一身冷汗：天哪，怎么越想越觉得这坏人像小叶啊？

"那后来怎么样了？"刘雨紧张到了极点。

"后来也巧,那凶手做下十几宗案子后就忽然不做了,销声匿迹了!"

天哪……刘雨感到自己心都颤了:是不是跑到本市来了,然后藏在某人的店里了……完了,越来越像小叶了啊!

"这是真的吗?"不知不觉间,刘雨的脸都白了。

"当然是真的,"刘庞没有发现他的异常,朝他横了一眼,"网上都写着呢,你要是不信,上网看看去,我笨嘴笨舌的,可能讲得不够细,也不够精彩,网上讲得才叫活灵活现呢!"

"是……是吗?"听到这案子之后,刘雨再也没有心思喝酒了,满心只想着回去上网,一看究竟。

无奈刘庞谈性极佳,一直缠着他说到了下午两点,之后还非要跟他去看看他的理发店,刘雨只得应允。刘庞到刘雨门口的时候已经醉得站不住脚了,刘雨担心他随时会瘫倒在地上,再像破裂的皮球般漏出一大堆呕吐物。他扶着刘庞找白小枝求助——听说她店里有特制的醒酒茶,当然了,他也想借这个机会见她。

"哎哟,醒酒茶啊,有有!"听刘雨说明来意后,白小枝立即从柜台里拿出了醒酒茶——这是她专门找人配的。自从她上次醉得狼狈万状之后,她就觉得自己应该常备这个东西。

"哎呀,谢谢……"刘雨赶紧接过醒酒茶,同时偷偷地朝白小枝身上打量,今天的她在脑后梳了个圆髻,特别的清爽利落。身上穿了云霞色的连衣裙,青春得看不清年龄,衣领上还吊了枝玉兰花,特别的清新淡雅……

白小枝忽然对着刘雨身后露出了诧异的神情,刘雨一怔,赶紧朝后看去,顿时张口结舌:只见刘庞正呆呆地看着白小枝,如遭雷击般的惊愕和呆滞,脸上的毛孔竟也张着。

"你……你怎么了?"刘雨在这一瞬间怕到了极点:刘庞

不会在这里发酒疯吧。

"呃，你好，"刘庞忽然从呆滞的状态中醒了过来，"我叫刘庞。"他仍然大着舌头，语气却极礼貌，说着朝白小枝伸出手来。

"哦，你好……"白小枝犹豫着伸出了手。

"你一手都是酒和油，跟人家握什么手啊？"刘雨想都没想就打开了刘庞的手。

"哎哟，呵呵……"刘庞不好意思地笑了起来。

"你赶快把这个喝了，我扶你去店里休息休息……"刘雨怕刘庞节外生枝，把醒酒茶给他灌下去，然后再连推带扶地把他扶进了店里——理发店的楼上就是他的住处。刘庞也没有反抗，坐在他的床上久久地发怔，过了一会儿才傻笑着冒出一句："这妞真棒啊。"

"什么？"刘雨像被蝎子蜇了一下：这小子该不会看上白小枝了吧。

"哎，哥们儿，你住在她对面，应该知道得多……"刘庞涎着脸贴了上来，"这妞多大了，有男人没？这店是她自己的还是男人帮她开的？"

"你问人家的事干什么？"刘雨感到非常反感。

"嘿嘿……想了解她吗，"刘庞笑得很花痴，"我跟你说，我一看到她，我的脑子里就开始唱，'人海之中，找到了你……'一点都不夸张，真的是一看到她就唱……"

刘雨翻着白眼看着她，只想把他的脸推一边去。"人海之中找到了你"是《射雕英雄传》的插曲《一生有意义》的第一句，是刘庞的爱情主题曲。小时候刘庞一见到喜欢的女生就唱这首歌，难不成这小子对白小枝一见钟情了？

"你就别痴心妄想了！"刘雨粗暴地推开他，"人家已经有主了！"

　　"什么主啊？有钱吗？还是有貌？"刘庞大着舌头说，一脸不服气。"跟我比咋样？我告诉你，不管那是什么样的男人，我都有信心和他比一比……我钱也有，长得虽然不是貌若潘安，但我也算是相貌堂堂啊！"说到这里竟还捻了个兰花指。刘雨觉得身上的每一个毛孔里都要长出一个鸡皮疙瘩来，一把把刘庞推倒在床上，"你别胡扯八道了！赶紧睡觉吧你！"

　　刘庞被推倒后还在叽叽咕咕说个不住，刘雨隐约听见他说："就算这两样都不行，我还有心……不是有个名作家这样说吗，女人最喜欢男人的温柔……"他的声音越来越小，最终几不可闻，不一会儿鼾声大作。

　　刘雨皱着眉头看了看他——被刘庞这么一闹，他心里更乱了，转身便打开电脑上网。这个消息在网上并不火热，他换了几种搜索方法才在本市的一个论坛里发现了描述B市案件的帖子。这个帖子不知是谁写的，不知是不是要为公安系统保密，很多地方都晦涩不清，唯一清楚的就是对凶犯脖子上的牛头坠子的描述，作者对牛头坠子的描述非常详细。刘雨对照描述一想，顿时惊怕莫名：这不就是小叶的坠子吗？

第十一章　果然很奇怪

刘雨第一个想到的就是去跟白小枝说这件事，跑到门口的时候却定住了，光凭一个坠子是不能说小叶就是变态凶手的。如果他弄错了，不仅会很难为情，也会搞僵自己和小叶的关系，以后和白小枝说不定也不好相处——男人在处理喜欢的女人的事时，最是瞻前顾后，怕东怕西的了。他怔怔地看了对门半天，蔫蔫地回到屋里，决定先观望几天再做决定。

这几天白小枝的店里也出了点小事故。小婷不知道怎么搞的，暴躁得要命，经常和顾客发生冲突，要在以往，白小枝可以立即把小婷开了，问题是现在小婷欠了她三万块钱，如果把她开了，那三万块钱就没处要了。一想到这里白小枝就非常恼火，觉得自己被小叶算计了。既然是他"算计"的她，就让他代替小婷跑堂吧，让小婷顶他的班去择菜！

"好啊，我早就想出来干了，天天待在厨房里闷死人了！"听了白小枝的话后，小叶一脸春风。

"真的吗？"白小枝忽然想起他脾气也挺臭，不信任地看了他几眼，"你可别跟客人发生争执啊。"

"你放心啦，我不会让你失望的！"小叶调皮地朝她眨了眨眼睛。

好家伙，这么自信啊？白小枝撇了撇嘴，也由此有了兴趣——她倒想看看他在客人面前能表现得多好。

说来也巧,小叶第一天到厅堂上班,店里就来了两个麻烦的客人。这两个客人看模样是A大学的女学生,清一色的长发加黑框眼镜,也许是因为离家远没人宠,生活不顺心情不好。现在的女大学生,有一部分举止很怪异,要么表情孤傲得像女皇,要么神情冷峻得像别人欠她钱,要么表情僵木得像得了自闭症,要么声音小得像蚊子哼哼。而今天这两位四样都占全了。白小枝站在柜台里就觉得这两位很是碍眼,恰恰她们的桌子就在小叶分管的区域,看着小叶微笑着朝她们走去,白小枝不由得有些紧张。

"您们好,请问想吃什么?"小叶微笑着朝她们打招呼。

她们朝小叶瞥了一眼,表情依然很冷峻:"你们这里有什么招牌菜吗?介绍一下看看。"

小叶翻开菜单,一样一样地指给她们看,她们的表情依然很冷峻,一副这餐厅里只有她们俩人的样子,白小枝越来越紧张,生怕小叶会忽然发火,还好,小叶一直都没有发火。她们也乖乖地吃完走人,没有惹是生非。白小枝松了一口气,也就此对小叶放心了。

第二天,白小枝惊诧地发现店里来了十几个A大学的女生,这里离A大学不近,一下来几个女生实在不能说常见,她们一见到小叶就发出了啧啧的赞叹声,然后聚在一起一通偷笑。白小枝忽然发现昨天那两个"四全人物"也在其中,顿时了然:我的天,不是吧,她们是为了看小叶而来的?这小子这么有魅力吗?

那些女生果然都喊小叶点菜,然后缠住他叽叽咕咕说个不停,虽然她们如此热情,但小叶并不怎么领情,跟她们说了几句就礼貌地告辞,去招呼其他桌去了。这些女生不仅没有生气,看他的目光反而更具倾慕，在一起聊得更欢了。白小枝一边骇笑，一边下意识地追着小叶看：她还真没想到他还有这本事——她是不是要让他当饭店的代言人啊？

"白姐呀，我又来了，抱抱……"店门口忽然跳进来一个穿着职业套装的女性，笑嘻嘻地跑到柜台前。

"哎呀，你来了啊。"白小枝虽然有些不好意思，还是隔着柜台跟她抱了一下——每次她都是抱不到不罢手的，然后再亲自领着她到窗边的一张空桌坐下，亲亲热热地陪她说话。

"懒懒，今天想吃什么？"这女生名叫莫续兰，但白小枝更喜欢叫她懒懒，这丫头一到双休日就特懒，能下次楼就是奇迹。

"当然是辣子鱼啦——多放点辣——"懒懒故意拖长了声音，一副馋涎欲滴的样子。

"好好，"白小枝抬手叫小叶过来，"叫张大奎多放点辣，再拿瓶啤酒来，我陪懒懒喝一杯。"

懒懒的口味比一般人重一倍，也特喜欢喝点小酒。

"哎呀，白姐，工作时间还是不要喝酒吧，省得又醉得像上次一样！"小叶一边往菜单上记菜名，一边用管家婆的语气对白小枝说。

"一瓶啤酒没事啦……"白小枝脸红了红，忽然有些恼，"你看看你，还管起我来了，干你的事去吧！"

小叶嘴一撇走了，但从白小枝的角度能清楚地看到他吐了吐舌头。懒懒目送着他走远，忽然"嘻嘻"地窃笑起来。

"你笑什么？"白小枝被她笑得丈二和尚摸不着头脑。

"嘿嘿……"懒懒眼睛弯着，一脸促狭和调皮，"白姐还真跟得上潮流啊！"

"什么？"

"嘿嘿……"懒懒朝她凑了凑,表情更鬼了,"现在不是说成功女性找对象时应该适当地往下看吗?嘻嘻……叫我们往下看,其实就是叫我们娶个男人进门……嘻嘻……不过得帅,不帅免谈……"

白小枝心头一酥,接着脸便像被火烤一样烫了起来,"你别胡说……他只是我招来的小工!"

"是吗?"懒懒的眼睛弯得很邪恶,"可是刚才他说你时的口气,活像是个教训大老婆的小丈夫……"

"呃?"白小枝心中一动,不由自主地回想了一下他刚才的神情,忽然惊悟自己这样相当可耻并且无聊,又羞又恼地打了懒懒一下,"你胡扯什么啊?"

"哦,呵呵呵,我可是实事求是的哦……"懒懒一边躲,一边嘿嘿坏笑。

"再胡扯我抽你……"白小枝难为情地看了看四周,扯了扯她的衣袖让她安静。

"嘿嘿……这小伙子看起来很幼稚啊,多大了?"懒懒不再喧哗,却笑得更加促狭,凑近她压低声音问。

"他真的不是我男友……他是我做好事……从堤坝上捡来的。他好像是因为发烧,失忆了,连自己的名字都记不得,是警察安排他在我这里住的!"白小枝急于澄清事实,反而说得模糊不清。

"哦,就是说……是像捡宠物一样捡回来的喽,哎呀呀,宠物情人呀……"没想到懒懒嘴巴一咧,说得更邪恶。

"你这丫头……怎么这么喜欢胡扯啊!"白小枝红着脸嗔道,她知道懒懒虽然说得这么起劲,其实并没有如何当真——这家伙就是喜欢胡扯,可能只是在逗她玩。唯一让她停止胡扯的方法就是转移话题,反守为攻。

"你光顾着说我,也不说说你自己的事,你找到男朋友了吗?"

"我不是早就说过了吗?我在三十岁之前是不会考虑结婚的。"懒懒故作潇洒地一摊手。

"那也只剩四年了,从现在开始谈正好!"白小枝故作正经地说。懒懒今年二十六岁了,正处在一个说小不小,说大不大的尴尬年龄。

"哎哟,白姐,我现在还不打算谈恋爱啦!"懒懒用娇嗔的语气说。虽然她装得很随意,但眉宇之间还是透出了些许尴尬和慌乱,"现在婚姻市场很不景气,就算着急去找,也未必能找得到好的。在我看来,现阶段的我只应该好好工作,等到我有车有房,垄断本市的宅子产业之后,再全城招夫,那样才能找到好的!"

虽然并不歧视她的工作,但听到懒懒说"宅子"的时候,白小枝还是忍不住想笑。懒懒口中的宅子可不是活人住的大楼,而是死人用的阴宅,换言之,就是墓地。懒懒是白小枝在给父母买阴宅的时候认识的(她的父母都还健在,她买阴宅只是为防阴宅涨价),因为话很投机,便成了朋友。说真的,光看样貌和个性,白小枝真看不出懒懒是卖阴宅的。懒懒样貌秀美阳光,性格又这么开朗——说真的,在遇到懒懒之前,白小枝根本无法想象一个卖阴宅的人性格能这么开朗。大概就是因为她从事的职业比较沉重,才特意表现得开朗一些吧。然而就是她这份开朗,给她的职业增添了几分喜剧意味,让白小枝一听她说自己的工作就想笑。

虽然懒懒嘴上讲得很消极,但白小枝并不觉得她找对象有困难。殡葬业虽然听起来有些晦气,但是薪酬丰厚,只要有钱,现在的人根本不忌讳那些。懒懒的容貌身材全是上等,年龄也不算大，她如果想找对象，随时都能找出一个，她的问题不是找不到，而是不想找。不知为什么，她总是对找对象抱着消极态度，甚至抱着抵触的态度，真不知她心里是怎么想的，唉。白小枝虽然只比她大四岁，跟她却像差了一代似的，根本弄不懂她心里在想什么。

"全城招夫啊……那你想找什么样的呢？"白小枝笑眯眯地问，虽然她挺不赞同懒懒的想法，但不能直接提出异议——否则懒懒非没完没了地跟她论战，只有先顺着她说，然后不露痕迹地提出点异议。

"什么样的都可以啊。只要是好人。"懒懒夹了一筷辣椒放进嘴里，既像在品味，又像在幻想，"最好是帅哥。"

"那现在找不一样吗？"白小枝感到很好笑。

"那不一样。"懒懒放下筷子，一本正经地说，"现在我要找对象的话，肯定要受到金钱和地位的束缚，选择面就相对较小，但等我有了钱之后，事情就完全不一样了，我可以在社会各阶层挑选我喜欢的男人，束缚仍然有，但要比现在小得多了。"

呃？这席话听起来荒诞不经，但似乎也有几分道理，白小枝想了想之后骇笑道："那你就不怕对方是冲着你的钱来的？"

"现在谁找对象不看钱啊，"懒懒夸张地朝白小枝挤挤眼睛，意思说"你out了"，"我认识一个事业单位的男人，长相身高家庭都不咋地，可就是只找公务员，不是公务员见都不愿见面。我还认识一个女的，长得也蛮漂亮，自己是教师，父母是国企职工，按理说已经很不错了，可她的公婆就念着一个曾经追过自己儿子的女的，是个副教授，父母是官员，总想教唆儿子离婚。还有一个女的，本来是银行的职工，后来失业了，硬是被自己当公务员的老公甩了。现在的男人也和女人一样看重经济基础，从穷到富都一样。即使是那些千万富翁,还都想着找亿万富翁的女儿,或是省长的女儿,靠她们来拔高事业呢。游戏规则就是这样,只要适应就好了。"

白小枝嘴张了张,却什么都没说出来,说真的,懒懒说的倒也是实情,没想到懒懒能用玩笑的口吻把这么沉重的事情说出来。虽然在这种潮流下,白小枝这样的女人在择偶上还是比较有利的——虽然她的事业看起来不大,但眼红的人多得是——但白小枝就是觉得不大舒服。女人都不喜欢只在经济基础上被人爱。这个问题对她来说算是沉重的,至少不大想谈。懒懒竟能若无其事地谈起她,倒显得比她还老成。看来白小枝真是不了解她。

"好了,不说这话了,吃菜吃菜!"懒懒嘻嘻一笑,又从盘里夹了一块鱼肉,大快朵颐起来。白小枝在心里叹了口气,也从盘里夹了块鱼。就在这时,小叶端着一瓶啤酒过来了,在白小枝面前放下,盯着她看了一眼:"白姐,酒我放这儿了哦,你一定要悠着点喝,千万不要喝多了。"

"好了好了,"面对他的"婆婆妈妈",白小枝异常地尴尬,"就一瓶酒,我还能喝成怎样啊?你赶快干活去吧。"

小叶走了,懒懒盯着他的背影,格外邪恶地朝白小枝挤了挤眼睛。白小枝撇了撇嘴,感到挺受挫,费那么大劲转移话题,结果话题还是转到自己身上了。

懒懒吃得油光水滑,高高兴兴地回去了,白小枝送她出门,正好跟刘雨打了个照面,刘雨正表情晦涩地盯着她这边看,一和她对眼立即把脸转了过去,她并没有如何在意,转身就回店里去了。刘雨偷眼看她的动静,一见她脸色顿时沉了下去。前天刘庞醒酒之后,仍对白小枝念念不忘,追着刘雨问白小枝到底有什么男朋友,男朋友到底是谁,他们发展到什么阶段了,他刘庞还有没有机会。刘雨被他搞得心烦意乱,胡乱扯几句打发他,然后就催他赶紧回家了。说真的,他倒不觉得刘庞会跟他抢白小枝——他们毕竟是铁哥们儿。但刘庞这样无形中也给了他很大的压力,像刘庞这样的竞争者一定还会出现的,他有自信能打败他们吗?再说就算不算这些竞争者,白小枝的身边……也已经潜伏了一只小狼狗!说不定还是一只吃人的狼狗!

这些天他一直在注意小叶的行踪,他发现小叶每天都有几次自己出来逛,而且每次都神神秘秘的,时刻注意着是不是有人盯梢。刘雨对此浮想联翩,怀疑他是不是犯案去了。但他出来逛时都是白天,没有人会在光天化日之下犯案,所以刘雨就怀疑他是不是去踩点去了。有一天晚上,他又从卧室的窗户里看到小叶偷偷地从店里溜了出来,赶紧套上鞋跟了出去。

不知是不是因为是黑夜的关系,小叶的身影在刘雨看来影影绰绰,似乎心怀鬼胎。刘雨小心翼翼地跟在后面,脚步一下比一下轻。他在回忆自己之前打架的场景,寻找打架的感觉——他已经五年没打架了。如果他看到了小叶的"犯罪事实",小叶肯定会对他施以暴力,他不能全无准备。

说来也邪,小叶一出这条街就转入了一条没有路灯的小巷,刘雨的心猛地一提,在进巷口的时候有些犹豫,而他一犹豫就出了问题,等他走进小巷的时候,小叶已经不见了。他吓了一跳,三步并作两步冲到巷子的另一头,左右张望,巷口左边是一个网吧,右边是大街,空荡荡的。刘雨立即冲入网吧查看,网吧里挤满了人,光线也很差,但刘雨判定小叶不在这里面。刘雨怔怔地出了网吧,脊背上有些发凉:小叶总不会凭空消失吧?小叶难道像武侠小说里的大盗,能飞檐走壁不成?

第十二章　风声鹤唳

刘雨这一夜都不曾睡着，第二天找借口到白小枝那里查探——也许是一夜未睡脑子有些钝，他只能想到找白小枝要醒酒茶一个借口。

"你又有朋友喝多了啊？"白小枝笑问，抬头看到刘雨脸色很差，顿时皱起了眉头，"我看是你自己喝多了吧？"

"啊？没有……"一被白小枝责难，刘雨竟有些不知所措。

白小枝才不信呢，用配好的药粉泡了一杯醒酒茶递给他，"什么没有啊，你看你的脸！一定是宿醉未醒……哎哟，不是我说你，你们给人理发，最重要的就是保持清醒，否则一剪子下去，轻则让人头皮开花，重则能让人丢了耳朵！"

白小枝是笑着说这话的，责难之中带了些娇嗔的语气，刘雨感到心头酥麻麻的，不小心露出了些许暧昧的笑容。就在这时，刘雨忽然感到一缕犀利的目光射了过来，往左一看，正到到小叶一脸鄙夷地看着他。

刘雨一惊，不由自主地站正了。

"哈哈哈……"门口传来一阵嬉闹声，一群女生走了进来，一进来就把小叶围到了中间。

"你们这是……"小叶茫然地看着她们。

"她们都是你的粉丝！"一个戴着黑框眼镜的女孩挤到了

小叶面前，眼睛里闪着兴奋的光，"我把你的照片放到了我们学校的论坛上，没想到一下就火了！她们都很喜欢你，想来看看你工作时的样子！"

嗬？白小枝骇笑着朝那群女孩看过去，又看了看小叶，这么说这小子成网络明星了？这小子这么有魅力？你看那群女生看他的目光，活像看明星似的。对了，这个说把他照片放上论坛的女生似乎就是小叶第一次接待的女生，没想到这丫头平常一副自闭症的样子，办起事来还真狂热啊！

"你真了不起！"戴眼镜的女生继续说，"今天来的只是你的一小部分粉丝，还有很多女生准备陆续来看你呢！我打算把你的照片放到外网上去，你一定会大火的！一定会比烧饼帅哥还要红！"

小叶一直苦笑着听着，听到这里的时候脸色猛地变了，他朝那女生看了看，忽然绷起了脸，用严厉的语气说："对不起，请不要把我的照片发到网上！也请你把校园论坛里的照片撤下来！"

"为……为什么？"那女生没想到他会突然变脸，一脸的惊骇和委屈。

"我只想安静地在这里打工，不想被打扰，"小叶斩钉截铁地说，"请你不要破坏我的生活。"

"哎，小叶，如果你能红，那是好事啊！"白小枝赶紧插嘴。

"您是希望多来客人吗？"小叶用凌厉的目光看向她。

"哎哟，不是……"白小枝被冤枉了，又羞又恼又委屈，"我是说……干吗把我想得那么下作啊！我是说，如果你成了网络红人，你家里的人不就能知道你的位置了吗？这样你不就能尽早和你的家人团圆了吗？"

"啊？"女生们又惊讶又兴奋，"你和你家里的人失散了？

真的吗？"

小叶没有理睬她们，把白小枝拉到角落里，低声说："白姐，事情没这么简单……我哪这么容易红啊，如果我没有红，反倒惹来一群跟踪狂，那我的生活，还有我们店的生意，恐怕都要受到不可估量的影响。再说网络也是谣言的滋生地，如果某些不负责任的家伙，觉得我不顺眼，不负责任地给我编个来历出来，胡乱传播的话，对我也是莫大的伤害……若是有哪个坏人，自称自己知道我家的情况，过来敲诈的话，也是莫大的麻烦……我觉得还是应该把这事交给警察比较好……"

白小枝觉得小叶说得挺有道理，但也不是十分有理，正要提出异议，却见小叶用渴望认同的目光看着她，她心头一软就不再多说了。

"那你就耐心地等吧……的确，让警察负责找，安全些……你不用担心我这里，我这里你住多久都可以！"白小枝说这话纯是本着同情之心，说到最后忽然发现自己说得似乎有些暧昧，不由得怔了一怔。

小叶听了她的话之后欣慰地笑了，忽然发现自己不知不觉中已把手放到了白小枝肩上，赶紧把手挪了开来。白小枝也是刚发现这一点，也感到很不好意思，下意识地朝刘雨看了一眼，没想到一眼便看到刘雨脸绷着，黑得像锅底。

白小枝有些诧异，但也没往心里去，她走向那群女生，和小叶一起解释小叶的难处，请她们不要再把小叶的照片往网上传了。那些女生同意了，那个戴眼镜的女生回去就把小叶的照片从论坛上撤了下来。小叶不放心，还特地去网吧，仔仔细细地搜了一遍，确认网上确实没有自己的照片后才罢休。他回店里的时候忽然感到了两股凛冽的目光，回头一看发现刘雨正斜靠在店门口盯着他看。

哼。小叶轻蔑地笑了一笑，他早就发现刘雨在白小枝面前的时候格外紧张，早就猜出他喜欢她，这老小子大概是觉得他和白小枝过于亲近了，在喝干醋。哼哼，既然喜欢喝干醋，你就好好地喝吧！小叶对刘雨挑衅地盯了一眼，转眼就进了店门，刘雨看着他进去，脸色更加难看。

他可不只是在喝干醋，在他看来，小叶不愿别人把他的照片放上网，实在是太可疑了。是不是因为他做过什么坏事，怕被害者找到他？以前说他像那个变态犯人的确有些牵强，现在却是越看越像了。

为了进一步取得证据，刘雨溜到小叶的窗户底下偷听偷看，此时正是晚上。小毛躺在床上呼呼大睡，小叶则伏在台灯底下画什么东西，刘雨贴到窗棂上，眯起眼睛仔细看。小叶画的似乎是一个个人形……是一个个身穿华服的女人，咦？怎么忽然停下了？

小叶伏在桌子上，凝固般一动不动，盯着画看，刘雨看不见小叶的表情，却觉得小叶的表情一定非常可怕。

小叶盯着画看了一会儿，忽然拿起剪刀，把所有的纸都剪成了碎片。刘雨心中一凉，全身的肌肉都绷紧了：他以前看过一个变态杀人狂的电影，凶手在杀人之前都会把受害者的画像用刀割碎，相当于犯罪预备……

小叶叹了口气，忽然朝窗口走了过来，刘雨吓坏了，赶紧缩到窗户下面。小叶站在窗口粗重地呼吸着，似乎很烦躁。刘雨似乎听到他在低声念叨："白姐……白姐……"刘雨吓坏了，仔细去听，却又听不见了什么了。小叶在窗前站了好久，终于转身离开了，刘雨赶紧撤走，一边溜一边往回看，满头满手都是冷汗：难不成小叶要攻击白小枝？他该提醒白小枝注意……可他该怎么跟她说呢？虽然小叶很可疑……但他还是没有证据啊！

以后一连三天，刘雨都在密切关注着白小枝，看着她早上来店里，看着她在店里忙一天，晚上再关上店门回家。他有很多机会跟她说话，却一直开不了口。转眼就要到白小枝的生日了，他从柜子里翻出一条黑珍珠项链，看着它不知该如何是好。这是他去年买给白小枝的生日礼物，却到了今年都没有勇气送出去，今年总该送给她了吧。如果他再没有勇气，就太熊包了……可是今年的情况更复杂啊！搅进了小叶的事儿……让他哪还有心情送礼物啊！

白小枝生日这天晚上，刘雨靠在门口，看着白小枝的店面出神，兜里正揣着那条珍珠项链，他正在进行着荒诞不经的幻想：如果小叶真是变态的话，他也许会在白小枝今天闭店后尾随在她后面，对她进行突然袭击。而他刘雨，就可以在关键的时候出现，把小叶打翻制服，然后再把项链捧到白小枝面前，顺便表白……这真像好莱坞电影，在现实中是绝不可能发生的。

小叶今天休息，一早就出去了，到现在都没有回来。再说白小枝对他颇为可亲，他应该不会对她施以暴力——在刘雨看来，变态只会对瞧不起他的女性施以暴力……

闭店的时间到了，白小枝把店门锁上，跟店员告别，脚步轻快地朝家的方向走去。白小枝的新居离这里很远，白小枝一在店里待晚了，就回老房子去睡觉。她径直往老房子的方向走，看来没给自己安排什么节目……这傻大妞，该不会又把自己的生日忘了吧，刘雨心头一热，想要走出去叫住她，就在这时，他的视野边缘忽然出现了一个黑影，啊！是小叶！

刘雨惊讶地张大了嘴巴，简直怀疑自己是不是在做梦——难道他的幻想要实现了？小叶悄悄地跟在了白小枝身后，刘雨赶紧跟了出来，一边跟一边把身体藏在黑暗里。

也许因为从没有这么仔细地看过小叶的背影,刘雨忽然发现小叶非常非常的结实,他还听人说过,小叶肚子上六块腹肌清清楚楚。他的手里拎了个塑料袋,坠坠的,里面好像有什么重物……啊!不会是凶器吧?是板砖?还是闷棍?天哪……他记得之前那个名动京师的打闷棍的就是把闷棍放到塑料袋里拎着的……他腰间鼓鼓的也有些奇怪……难不成他把凶刀藏在那里面?天哪,他该不会是想先用钝器砸晕白小枝,然后再把她拖到暗处施暴……最后再划破她的脸?

白小枝走入一个较偏僻的地段,周围暂时没了其他行人,小叶忽然加快了脚步,刘雨以为他要展开攻击,不顾一切地冲了上去,一把从后面抱住小叶,他是从后面,连他的手肘和腰部一起抱住的,只要小叶手抽不出来,除非他能把脚踢过肩头,攻击他的脸,刘雨就不会遭到攻击。

小叶猝不及防,赶紧用力挣扎,刘雨拼命地箍住他,一不小心栽倒在地,把小叶也带倒在地。

白小枝回头看见两个人缠斗,第一个反应竟是撒腿就跑——尽量不惹麻烦是市井生存守则中最重要的一条。但因为好奇,还是回头看了一眼,一看大惊:"刘雨?小叶?你们在干什么?"

"小枝!你快跑啊……"刘雨竭尽全力箍住小叶,脸涨得通红,"他要害你!"

"呃?"白小枝和小叶同时大惊,倒是小叶惊得厉害些。

"他要害我?为什么?"白小枝一头雾水,还下意识地朝他们走近了一步。

"哎呀,他是变态!"刘雨气喘吁吁地叫,却因说话而分了神,不小心手臂松了一松,小叶趁机挣脱他,朝他之前拿着的塑料袋冲去——在打斗中已经被甩得远远的了。

刘雨以为他要拿凶器,抢先朝塑料袋冲去,一把抓起它:"你这里面有凶器是不是?"

话刚出口却发现塑料袋里似乎过轻,伸手到里面一抓,竟抓出了软软一团布料,竟是一件女式时装。

刘雨呆了,他看了看时装,又看了看白小枝和小叶,表情无比迷茫,"这是怎么回事?"

"我还想问你呢!"白小枝惊怒交迸,小叶更是满脸激愤地站在一旁,恨恨地盯着刘雨。

刘雨便把事情从头说了一遍,白小枝又惊又疑,迷惑地朝小叶看了看,小叶一脸铁青,冷冷地问刘雨:"你多大了?"

刘雨猛地变了脸色,"你这是什么意思?"

"你竟然因为网上的帖子胡乱怀疑现实中的人,你这三十多年是怎么活的?"

小叶的话极是尖刻,刘雨的脸立即紫胀起来:"什么叫胡乱怀疑?根据那些受害妇女的描述……你、你脖子上的坠子和变态戴的坠子一模一样,你、你这怎么解释?"

"哼,"小叶取下脖子上的坠子,拎到刘雨面前,一字一顿地说,"知名品牌,某季主打,全国发售,全国有这个坠子的人没有一万,也有八千,难道说他们都是嫌疑人?"

刘雨脸涨得更加厉害,指着他说:"那也只有你嫌疑最大!你为什么不愿把自己的照片放上网?是不是怕受害人认出你?"

"理由我早就说过了,我记得那天你也在,还要我对你再说一遍吗?"小叶盯着他的眼睛,针锋相对。

"那根本没有说服力……"刘雨牙一咬,"那好,我们不纠缠这个……那天我从你窗边路过,我看你在画人像,然后用剪子把它们剪碎,然后我还听到你在那里念叨白小枝的名字,你……你到底对她安的什么心?"

"呃?"白小枝惊诧地朝小叶看去,小叶的脸红了红,声音忽然放低了下来,"那是……设计图啊,我是在设计这件衣服。"说着朝刘雨手中一指,"我觉得你应该有更衬你的衣服,所以就为你设计……我是前天设计好的,今天趁放假,到裁缝铺,用一天的时间做好了……我剪碎的,是我枪毙的图纸,念着白姐的名字,是因为在想象她穿什么样的衣服合适,这有什么不合理的?"他最后几句话是对刘雨说的,声色俱厉,满含愤怒。

"这……"刘雨想了想,顿时张口结舌,"这么说……你今天跟在白小枝后面,是为了给她礼物?"

"是啊。"小叶冷笑着说,"我是想找个适当的机会给白姐一个惊喜……没想到被你当变态抓了!"其实他今天偷偷跟在白小枝后面,也是想给她一个别样的惊喜,是想走到僻静的地方,叫声"打劫"之后跳出来,先吓她一跳,然后再把礼物奉上,没想到还没来得及实施就被刘雨抓住了。哈哈,如果他来得及实施自己的计划,刘雨恐怕会被吓得更厉害吧。

刘雨呆了,白小枝听说小叶要送她礼物,说不出的惊喜和羞涩,从刘雨手中接过那件衣服,对着路灯展开来。衣服历来是穿在身上才能显出好看,这件衣服又被刘雨捏皱了,路灯的灯光也不甚亮,即使在这种情况下,这件衣服还是说不出的秀气,说不出的时尚,在路灯下几乎要发出光来。

小叶靠过来,捏了捏衣襟,用歉疚的语气说:"这用的是新上市的 A 布料……这布料并不算贵,但看起来还不错,也可以撑撑场面……对不起,现阶段我只能用这种布料……"

"这种布料很好啊,我看比平常店里的还强些,"白小枝看着衣服,心里说不出的喜欢,"这是你花一整天做出来的吗?真是太珍贵了……真不知道该怎么感谢你……"

刘雨看白小枝这么高兴,顿时醋海翻波,大声说:"就算我是误会你了……但是我对你的怀疑也不算全错!说什么发了烧就失忆了……哪有这么容易就失忆了！你到底是不是在装失忆？是不是在家乡做了什么错事，才跑到这里的来避难的？"

小叶的额头上猛地暴出了青筋。

白小枝见刘雨目光炯炯地盯着自己，顿时一怔，说真的，刘雨说的这个问题，之前她也曾经想过，不过没有认真去想——她还是相信小叶不会撒谎的。但此时听刘雨提起，心里还是不由自主地闪过一丝疑虑，下意识地朝小叶看了一眼。

没想到小叶正以期待的目光看着她，一看到她目光中含有疑虑，脸色迅速转冷，白小枝心头一震，后悔不迭，却已经来不及了。

"哼，"小叶冷笑着说——笑容中带着嘲讽的意味，不知道在嘲讽谁——"看来不把这个案子搞清楚不行了呢。那个帖子在哪个网站？带我去看看！"

第十三章　超级大乌龙

刘雨立即把白小枝和小叶带到家里,打开电脑找到那个帖子,让白小枝和小叶看。小叶看了那个帖子,半晌不语,然后冷笑着说:"那你就去和B市的警方联系一下吧,让他们过来,看看我是不是他们要找的人。"说罢转头就走。刘雨被他这副拽样激怒了,大声说:"你以为我不敢啊!我明天就打电话!"

小叶没有理他,一步不停地走了出去。白小枝皱着眉头看了刘雨一眼,深深地叹了口气,也离开了。她心里很矛盾,虽然知道刘雨是好意,但看到小叶生气的样子,又忍不住想怪他。而且,他还连累她被小叶怨恨了,更让她心头堵得慌。

刘雨呆呆地看着她离去,掏出那串黑珍珠项链,狠狠地扔到了垃圾桶里。这么多年来,他只敢把感情藏在心底,在一旁默默地看着她,任凭爱情在心底翻涌澎湃,却一直不敢在她面前露出一星半点。今天他竟鼓足勇气抓捕小叶,还准备向她表白,对他来说是多么大的感情爆发啊,是多么的不容易啊,可她竟丝毫不领情,竟然……还怪他!

刘雨先是感到愤怒难平,接着便自怨自艾,过了好久才恢复平静——不过也是充满了忧愁的平静。他的目光漫无目的地在屋中游离,突然停在了垃圾桶上,他盯着它看了一会儿,又走过去把项链捡了出来。他和白小枝还不一定会玩完,而且,这项链花了他好几百，也算个值钱东西。

第二天，刘雨一到上班时间就给B市的公安局打了电话，讲述情况的时候他憋足了一口气，就等着电话那头传来惊叫。

后面的事情却让他瞠目结舌。

警察竟然对他说B市根本没这个案子，问他是从哪里听到的谣言！

刘雨呆呆地放下电话，觉得整个世界都碎成了一堆，乱七八糟地在他眼前晃悠：这到底是怎么回事？没有案子……那帖子是哪儿来的？

电话铃又响了，刘雨看了看来电显示，差点落荒而逃：是白小枝的电话。她一定是打来问情况的！

刘雨呆呆地看着电话，就是不敢接。第一个电话因为时间限制而挂断了，第二个又紧接着打了过来。刘雨没有办法，只好拿起话筒，用颤抖的声音说："喂？"

"你给B市的公安局打电话了吗？结果怎么样？"白小枝的声音满含急切。

"是……打电话了……"刘雨觉得自己说的每一个字都像石子硌着他的喉咙，"他们说的……有些奇怪……说没这个案子……"

"没这个案子？！那你……你搞什么鬼名堂啊？"白小枝果然又惊又怒。

"你先别急……"刘雨急了，"可能是贴帖子的人搞错了地点……我再去仔细问问……"

白小枝"砰"的一声挂断了电话，刘雨吓得一哆嗦，一时间懊丧万状，上天无路入地无门，恨不得死了算了。

白小枝放下电话，仍然气愤难平，看到小叶面色晦暗地在厅里忙来忙去，又感到非常的尴尬和羞愧。那件衣服她已经试过了,真是非常的时尚大方,秀气合体,胜过市场上任何品牌的衣服。她得到厚礼,本应该好好地感谢小叶,此时却不知道该如何跟他说话。本是一件好事,却被刘雨那家伙搅成了件尴尬事。她想找个机会和他搭话,却又怕他不给她面子——在有的时候,这小子就是个愣头青。

"哎……"白小枝打算先试探性地跟他搭搭话,"今天累不累?"

"刘雨那边有消息了吗?"没想到小叶一开口就是这句话。

"呃,这个……"白小枝尴尬地笑了笑,"他打电话过来了,说那边的警察说没这个案子,可能是搞错了……"

"哦。"小叶又低头忙碌了起来,他用抹布仔细地擦着桌子,似乎要把桌子擦得发出光来。

白小枝悄悄地吐了吐舌头,这小子这副模样,谈话还真进行不下去。她转回柜台里看账本,忽然刘雨又打来了电话。

"小、小枝,你听我说,"也许是因为紧张过度,刘雨的语气怎么听都有些气急败坏,"我再去查查……也许这个案子是在别的城市发生的,不仅是网上说,我的朋友也提过……你等我一下,我一定会查出来的!"

"那你就赶快查吧!"白小枝没好气地说,"啪"的一声挂断手机。她现在越发觉得刘雨是在无理取闹,也越发觉得自己傻——竟然会因刘雨的话产生疑虑。她走到小叶身边,赔着笑说:"小叶,刘雨大概是闲得没事,胡思乱想吧,也许根本没这事,你不要再生他的气了,这件事就这么结束了,不要再想了,好吗?"

"不,这件事并没有结束。"小叶的语气冷冰冰的,"刚才是刘雨的电话吧?刚才他一定是在说即使这案子不是B市发生的,也可能是别的城市发生的,对吧?"

"哦……"白小枝没想到他料事如神，一时间茫然失措。

"我知道您心里一定还有疑虑。"小叶用力地擦着桌子，"不要强迫自己相信我……我没关系的。"

"你……"白小枝气往上冲，却又拉不下脸训斥他，他这话虽然让她很火大，却也没有不敬的地方，再说她之前也有不对的地方。她朝他瞪了瞪眼，勉强把气咽下去，转头去包厢区看顾客吃得怎样，没想到刚回来就听到两个服务员在过道里窃窃私语。

"没想到白姐这么厉害一个人，也会被人拿住啊。"

"是呀，你瞧她在小叶面前的时候，简直是唯唯诺诺的啊。"

"这可真新鲜，只听说男人会被小媳妇撒娇挟制，没想到女人也这样……"

"是啊，谁听说过大老婆会被小丈夫拿住啊？"

白小枝气往上冲，脸也涨紫了，看来她不能再对小叶客气了。现在这些人都怎么了啊，她原以为自己对小叶客气一点，人家顶多说她是个烂好人，没想到这些人竟说她和小叶不清白，这些人都怎么了啊？

为了不让这些人再胡思乱想下去，白小枝绷着脸走向小叶："你小子，不要再装模作样了好不好？对你客气一点就蹬鼻子上脸了？"

小叶猛地朝她回过头来，脸陡然涨得通红，白小枝吓了一跳，心里也猛然感到痛悔——自己怎么这么莽撞啊？都三十岁的人了，怎么能这么容易被闲话控制情绪？小叶刚刚被冤枉过，现在又被这样训斥，心里那会是什么感觉啊？

白小枝忐忑不安地看着小叶，不知道该怎么办——只有他"接招了"她才知道该怎么办啊，然而小叶偏偏没接招。他脸色慢慢转为苍白，低头又去擦桌子了。白小枝僵在那里，又是尴尬又是忐忑，不知道该怎么办，却也不能再站下去，只好转头离开了——人是离开了，心眼却依旧放在小叶身上。

然而只有心眼放在他身上是显然不行的。这天晚餐时间刚过，大家就发现小叶不见了。对他一直怀恨在心的张大奎立即叫白小枝清点财物，看看小叶是不是偷了钱跑了，结果被白小枝用眼神剐得不敢再说。倒是真心担心小叶的小毛说了个很糟糕，但是很可能发生的事：小叶该不会是受了伤害，又跑了吧？

虽然小叶之前也玩过失踪，事后被证实没出什么乱子，但发现他失踪后白小枝还是一样的惊慌。因为经过这些天的接触，白小枝发现他是个非常敏感，内心甚至可以说是脆弱的男孩。上次没出事，恐怕是因为他受的冤枉不大，这次他受的冤枉却是非同小可，他要是想不开，做了什么伤害自己的事情，也不是不可能的。

白小枝又立即发动所有人去找。然而就凭他们这几个人，要在偌大的一个城市里找一个可能还在特意避着他们的男孩，根本就是很难做到的事情。白小枝在市里狂蹿了一个小时，连个消息都没问到，正在仓皇忧惧之时，忽然看到河边围了一群人——这是唯一一条贯穿本市的河流，有个不详的名字叫害人河。之所以叫这个名字，是因为这里淹死过很多人——不知是因为这里自杀比较方便，还是真有什么魔力——每年都有很多人在这里投水自尽。白小枝一看这里围着人就有一种不祥的预感，冲过去一问，顿时一股惶恐压顶而来：原来刚才有一个小伙子在这里闹自杀。一开始坐在桥栏杆上，任人怎么劝都不下来，还不准人接近，后来不知道怎么了，他忽然情绪激动，跳了下去，现在联防队正在组织人员下去搜救。

一听这话白小枝的心顿时凉到了冰点，语气也结上了冰碴，一开口就迸裂了,"那……那小伙子长什么样?"同时目不转睛地盯着对方的嘴唇,希望他说出和小叶不像的形貌特征。

"那个人看起来大概二十出头,"那人思忖着说,"短头发,高高瘦瘦的,但是看起来很结实,长得很有书生气,清清秀秀的,一发起脾气来却很厉害……"

白小枝的眼珠不由自主地向上翻去,心也如坠岩般向黑暗中直坠下去:天哪……他说的活脱脱就是小叶啊!

然而她的头脑只懵了片刻,之后又变得异常清醒,她猛地扑向栏杆,抓着栏杆往下看。

"哎呀,你干什么……"围观的人神经过敏,觉得她的样子也是要寻短见,下意识地来拉她。

"我是跳水的人的朋友!"白小枝推开他们的手,"他怎么样了?"

"不知道……"离她最近的是一个五十岁上下的联防队员,"刚才已经下去捞了几次了,依旧没有捞上来。"

"为什么?"白小枝如遭电机般全身一颤,又朝河里看了一眼,"这水流并不湍急啊……怎么会找不到呢?"

"主要是那孩子跳下去的时候背了一个包。"联防队员看着水流,叹着气连连摇头,"大概里面装了砖头还是什么的,一下子就沉下去了……这里的水质又很差,能见度低,又不知道是不是被暗流冲偏了方位……几次都找不到,"说到这里又重重地叹了口气,"唉……也不知道是为了什么事……年纪轻轻地就寻死,还这么坚决,怕自己沉不了底,还要带着砖头下去啊!"

白小枝怔怔地听着,觉得自己也像被卷进了河底的暗流,浑身冰冷地摇转乱撞。她感到眼睛酸胀得要命,眨了眨眼后竟然泪如泉涌。

"小叶，你这笨蛋……"她对着河水泣不成声，"仅仅是受了一次冤枉而已……而且又不是我冤枉你的……竟然因为这点事就投河，你笨蛋啊你……你这叫我怎么跟你家里交代啊……就算对你家人能交代得了，我自己良心也不安啊，你这不是害我吗……"

电视台的人（估计是那人刚闹自杀的时候被喊来的）见她哭泣，赶紧把镜头对准她。白小枝觉得非常反感，忍不住朝他们大吼："拍什么拍？想拍我痛哭的样子，再拿去做新闻？！把别人的痛苦拿去赚收视率赚钱，你们有没有良心啊？！"说着便伸手拍打镜头。

记者和摄影师都被吓到了，忙不迭地往后撤，记者小心翼翼地拿着话筒，一边后退一边播报："投水者亲友的情绪非常激动……"

搜救人员下去了一趟又一趟，投水者依然没有踪影。白小枝目不转睛地看着河面，表情僵木，泪如零雨。终于有结果了，搜救人员拽着一个躯体浮了上来。白小枝全身的血液顿时都涌上了头顶，想去看，又不敢去看。就在这时，有一个人轻轻地拍了拍她的肩膀。

她回头一看——这不看不要紧，一看她脑中就"嗡"地一响，接着便恍如做梦：这不是小叶吗？小叶在他身后？他灵魂来见她了？

但白小枝很快便省悟这是荒诞无稽的，小叶活生生地站在她的面前，而那跳水的是？啊！她现在才发现刚才那联防队大叔说的几乎是现在大学生的典型形象，她是过于担心，才把这个典型形象硬生生地套成了小叶的形象。

"哎呀，你这坏小子……"白小枝想要吼他骂他，开口后却是惊喜的哭腔，"你怎么现在才出来啊你！你可知道我快吓死了……我还以为你投河了呢!"说到这里忽然想起一件事,顿时又火冒三丈,"不对啊,你小子……你怎么知道我在这里……你是不是一直跟着我?!"

"不,不是……"小叶赶紧摇手,"我在附近的饺子店坐着呢……后来看到了傍晚的即时新闻栏目,才知道你在这里……"

"什么?!我上新闻了?!"一听这话白小枝的下巴差点飞出去。

"是啊。"小叶微笑了一下,眼中似乎有晶亮的液体在流动,"是啊……上了傍晚的新闻,虽然有所延迟,但是还是很及时……我看到你在里面哭叫,还冲撞记者……"

"什么?!"白小枝失声惊叫,接着恨不得找个地缝钻进去,"那一定很丢人……"

"没啊。"小叶微笑着看着她,眼中的亮光在渐渐升温,"我觉得很好啊,显得你好善良,好……"说到这里语气忽然有些异样,就像蒙上了一层微热的水汽,凝结后滴下一滴滴的粉红,"我对你来说,真的那么重要吗?"

"当然重要了!"白小枝笑着一把抹去眼泪——然而不知道是惊吓的后遗症还是什么,抹去眼泪后她竟然又是眼泪泉涌,大声说,"虽然我们不是亲友,我甚至连你的名字都不知道,而且我也知道你对我其实也很有意见……但是我既然帮了你,就会帮你到底……既然你来到了我的店里,我就会把你当作亲人一样照顾……我一直把你当作弟弟照顾的,你懂吗?"

小叶的目光本来在渐渐升温,听到这话后目光却忽然晦暗了下去,低低地说一声,"原来是弟弟啊……"

"是啊,我就是把你当弟弟……"对小叶这微小的异常白小枝也有所感应,但是觉得自己没说错,就没有如何在意。

"好了，"她一把拉起小叶的手，"跟我回去！你跑得也累了吧，我回去给你做顿好吃的！"不知是不是她的错觉，小叶的手被她拉住的时候似乎微微挣扎了一下子，但是很快便顺服了。

第十四章　不能再暧昧

　　白小枝把小叶拉回家，打电话把所有的人都叫了回来，然后亲自下厨给小叶做了顿好吃的，她的手艺并没有张大奎好，但是做的菜都有一番婉约的风味，她觉得自己做的应该更适合小叶的口味。菜做好后她自己也觉得有点饿，便给自己下了碗"祖国江山一片红"的辣面——她现在也很喜欢吃辣，和小叶面对面坐着吃。

　　不知是不是因为劳累而精神萎靡，小叶吃饭的时候有些走神，胡乱吃了一些饭菜后，又对白小枝那碗红通通的辣面有了兴趣，"白姐，你放了这么多辣椒，不嫌辣吗？"

　　"没有啊。"白小枝"哧溜"啜了一口面条，"我喜欢吃辣……哈哈，你不吃辣，恐怕不知道，吃辣的感觉很过瘾的……即使很疲累，吃了辣椒后也可以精神百倍。哈哈，其实小时候我也不喜欢吃辣，但是后来听我妈说能吃辣的人能当家，我想当家，就开始锻炼吃辣椒，一开始辣得够呛，后来却觉得味道还不错。不过真正变得没有辣椒不下饭，还是在张大奎来了之后……"

　　她说话的时候完全无心，小叶却是很认真地在听。

　　"吃辣……当家，就是说成熟的意思吗？"他喃喃地问。

　　"大概就是这么回事吧。"白小枝又啜了口面条。

　　一顿饭很快便结束了。白小枝困得要命，心想小叶应该也是，便催他去睡觉，自己则回家去睡。小叶口里答应着，却在白小枝走后溜到外面买了一袋腌辣椒——据上面的描述，这是四川的野山椒，应该很辣。他回到宿舍，趁小毛不注意，偷偷地把腌辣椒带上床，取出一根放进嘴里，用力一嚼。

他的脸立即痉挛了，表情痛苦得就像被火烫了，然而即便如此他仍是紧闭着嘴巴，艰难地把辣椒嚼细了咽下去。

因为小叶和店员们的关系本来就不好，再加上刘雨闹出的乌龙他们也些许知道了一点，因此他们对小叶还是有颇多猜疑。白小枝对此也是心知肚明。消除猜疑的最好方法就是让他们无可猜疑。还真得找出那个帖子的真相呢，但是怎么找呢？白小枝犯起了愁——她对自己读书不多的事情从没有遗憾过，现在却觉得很遗憾——她现在只是上网看帖的水平，对网络的事情只是一知半解……是不是读书读多了，就能看清网上大体都是些什么事情了？

然而这个难题很快便自动解决了。几天后电视里播出了一条新闻，说本市一在校大学生穷极无聊，在网上散播谣言，说B市发生恐怖的残害女性的案件，引发了一定范围的恐慌，并让很多无辜男性受到怀疑。警察通过侦查，已经将造谣者抓获。新闻里还插播了一下造谣者被抓捕时的景象——是一个胖乎乎的圆脸小伙，戴一副黑框眼镜，被两个警察挟着，一脸的倒霉像。白小枝看到这篇新闻时哭笑不得，接着又欣喜异常，等小叶回来后兴高采烈地告诉了他。

"是啊，抓到了，我已经知道了。"小叶的反应竟然只是淡淡的。

"是啊，抓到了……"白小枝的感觉就像被人灌了一嘴的凉水，"你怎么一点都不……"

"当然了。"小叶依然是淡淡的，"是我报的案……其实那个人真实身份的线索也是我提供的,严格来说警察只是去抓人而已。"

"啥?!"白小枝呆住了——这个惊讶来的可真够猛,半响后才磕磕巴巴地说,"你……你是说那个人是你抓到的?"

"是啊。"小叶微微一笑,侧目朝左右看了看——不仅是白小枝,店里其他人也都是一副张口结舌的模样。

原来小叶这些天来一直在不动声色地调查这个网络事件。他通过搜索,发现有很大一部分帖子发表的时间十分相近,而且发帖人的用户名也很相近,所以他就判断这些帖子是一个人发的。接着他便搜索这个消息的源头,发现这个消息最初是发表在本市的一个小论坛里的。B市的事情首先在本市披露,这就有点问题。此外这个帖子和其他帖子有明显的时间差,估计是发帖人发现这个帖子很吸引眼球,尝到甜头后才在其他论坛发布的。综合这些疑点,小叶觉得这个什么"残害妇女案"是某人为了博人气而恶意捏造和传播的事件——现在就有一些十三点,为了博人气什么都干。认定了这一点之后,小叶便注册了一个用户,扮成粉丝接近发帖人。一般这种人都非常需要粉丝,而且暂时也没人就造谣之事找他麻烦,所以他毫无戒心地加了小叶的QQ,并和他聊了起来。在聊天的过程中小叶巧妙地钓出了他的相关信息——虽然不是非常明确,但已足以推理抓人,并把这些信息用电子邮箱发给了警察。警察照他提供的消息顺藤摸瓜,一下就把造谣者给逮着了。

听了他的话后白小枝惊得张大了口,半天合不拢——真看不出小叶还有这本事,她现在都恍惚觉得小叶闪闪发光了。半响才回过神来,大力地在小叶肩膀上一拍,"看不出来你还真有本事啊!这下可以被全市表彰了吧?"

"大概根本不会被表彰的吧。"小叶苦笑了一下,"我发的是匿名邮件啊。"

"匿名邮件？"白小枝骇然失笑，"为什么？"

"因为我也不知道我的推理是否对啊。"小叶耸了耸肩，"如果不对的话，岂不是成了对警方的恶意骚扰了，而且那个造谣者被抓进去后肯定很快就被放出来了，如果知道是我举报他的，肯定会报复我们的。我可不想为了出点风头而惹上没完没了的麻烦。"

"哦。"白小枝觉得他说的这些话也在理，仔细一想又觉得这反倒更显得他精细和务实，还是把他狠狠地夸了一通，又做了一顿好的给他吃。

然而出乎她意料的是，在她做菜的时候，小叶红着脸凑了过来，低低地说："这回给我放点辣椒吧。"

"诶？"白小枝怀疑自己是不是听错了，"你不是不能吃辣吗？"

"我打算学着吃，"不知道怎么回事，小叶的脸更加红了，而且似乎连声音都变红了，"白姐你不是说吃辣能当家吗，我也想以后能当家啊。"

"哦，好的。"白小枝哈哈一笑，就往锅里放了一勺辣椒——她丝毫没意识到自己的口味已经偏重，放的量对初学者来说过大了。小叶吃的时候自然有点受不住，他被辣得不停吸气，却竭力遮掩。白小枝被逗笑了，给他倒了一杯水，"觉得辣就别吃了呗，干吗勉强自己啊。"说着便端起菜盘子，"我给你重做一份吧，这个辣的我自己吃。"

"不，不用……"小叶赶紧阻拦她，"我可以。"说着硬是吸着气，就着水，一头汗地把一盘菜吃完了。白小枝又是诧异又是好笑，说你学吃辣又不是考大学，没必要这么拼命吧。小叶不答，只是微笑。如果她的恋爱经验丰富，或是恋爱触感再强一点,她就会明白其中的玄机。然而她没有明白,另一个人却明白了——小婷一直在暗处看着他们,目光也越来越怨毒。

自那天起,小叶就渐渐学会了吃辣,连张大奎烧的最辣的菜也可以伸筷子了。他笑着说吃辣果然像白小枝所说的,刚开始吃的时候很煎熬,吃惯了后就会觉得其乐无穷,欲罢不能。白小枝感到很开心——人都有这个毛病,看到身边的人被自己"同化"之后,都会很开心的。

也许是现在女孩的性格都变得麻辣,现在爱吃辣的女孩越来越多。为了让自己饭馆的菜辣得有风格,她特意去找本市的老厨师请教,买了一份菜谱。这位老厨师并没有什么公开的荣誉,也没考过什么等级——其实那些被吹得呜嚷呜嚷的人往往没什么真本领,真正有本领的往往是不起眼的市井众人。这位老厨师就是市井中的草根精英,烧的菜说不出的好吃。不过就是因为他没什么公开的荣誉,他这份技术含量很高的菜谱卖得很便宜。对此白小枝很是开心,走路回店的时候忍不住一跳一跳的,还无意识地哼起了歌儿。她刚到饭馆门口,就看到左侧有个人鬼影般地一闪。

她一开始很讶异,但很快就明白了,从那人影闪没的方向看,这个人肯定是刘雨。说起来自从那个谣言事件在新闻里得到澄清后,她就没再见过刘雨。想来也可以理解,他闹出了那么大一个乌龙,她要是他,他也没脸见她,进来也肯定见到她就躲起来。不过回首整件事,她对刘雨为什么会这么关心她有点疑惑。

其实也没什么可疑惑的,只要是女人,仔细·想就会明白了,想通了关联之后白小枝立即红了脸。刘雨大概是喜欢她吧,这让她有些意外,也有些失措——光这种反应就证明她并不喜欢他。当然了,在世俗眼里,刘雨对她来说是个还不错的对象,但是她一直对他没感觉。想到这里白小枝真有点浑身不自在。

对女人来说，如果发现有自己不喜欢的人喜欢她，都会有那么一点尴尬。而且这个人正好就和她对门，就更加尴尬了。不过就算尴尬也没办法，总不能把他的人变没了，之后就假装看不见吧。

这件事并没有让她纠结多久，因为她很快就发现了另一件可能很麻烦的事情，而且是发生在她门内的。小婷这些天有些奇怪，身上的衣服档次明显提高了，还买了一个手机。对此白小枝十分警觉：这小妮子不是学坏了吧？很有可能诶。她为了悔婚欠了三万元债款，又和小叶没好成，本来又心高气傲，有可能承受不了这些压力和失败，做些亵渎她青春的事情……这可不行啊！虽然她和小婷没什么亲密关系，实际上关系也不大好，但是她既然在她店里做事，她就不能看着小婷变坏！

白小枝准备找个时间找小婷说道说道，然而小婷竟抢先一步约了她见面。白小枝狐疑着去了见面的地点——店后的一块空地，发现小婷正一脸通红地站在角落，她的表情很奇怪，一脸的傲气和不屑，却也满含着心虚和自卑。白小枝更怀疑了，慢慢地走到她的面前。

"给你！"小婷从怀里掏出一个大信封递给她。

白小枝接过来一看，嘴顿时张大了半天合不拢：里面竟然是一沓崭新的大钞。

"你数好了，一共三万……之前你从我工资里扣掉的那些零头我就不要了……我们的账两清了啊！"小婷用冰冷的声音大声说。

"你这小丫头……"白小枝呆瞪着她，"你不是做了什么坏事了吧？"

小婷的脸猛地涨得比茄子还紫："你胡扯什么啊？！别把我看得这么扁好不好！"

"那这些钱是哪儿来的?"白小枝依然呆瞪着她,"你别告诉我你有本事挣!"

"呸!我说过你别把我看扁了!"小婷更加愤怒,"我这是凭大脑……凭知识!"

小婷说别看她家现在混得这么差,但是她家祖上在新中国成立前可是倒腾古董的——不过白小枝听说的是她家祖上是帮人盗墓的,对玉石很有研究。她从小在家里听祖辈说道,也懂一些,这几天她心情不好,去鬼市买玉佩转运——鬼市可不是闹鬼的地方,而是本地的一个自发形成的集市,因为那里的商户基本上全是无证占道经营,而且卖的都是些乌七八糟,来历不明的东西或者假货,所以被称作鬼市。结果在一个地摊上发现了一个玉石刻的观音。

她一看就觉得这个观音光头不凡——虽然上面布满了包浆,看起来很古旧肮脏,但是宝光内敛,似乎不是凡品。而这个摊主却只要二十块钱,小婷立即把玉佩买了下来,仔细琢磨,觉得这玉佩不凡,便拿去寄卖行。她不知道这块玉到底值多少钱,只是"漫天要价"地要了六万元,心想如果老板觉得这玉不值这价再谈就是了,没想到老板竟然没还价,爽快地给了她六万元。

白小枝呆呆地听着,满脸都是怀疑和骇笑——这听起来就像电视剧里的故事——如果小婷说的是真的,那么寄卖行的老板这么爽快只能证明一件事,那就是这块玉的价值至少是六万元的十倍以上。而这块玉却只是小婷从地摊上买来的——要是她说是从坟里刨出来的倒更可信一点。如果顺便逛个地摊就能碰上天价玉,那现在发财就太容易了。

小婷知道她不信,也没有多加解释,只是涨红着脸说:"信不信由你,反正这钱来的是正当的,我没什么亏心的!"

白小枝盯着她,有点信了——她做生意做了这么久,也练出了点看人的本领,从表情看小婷应该没有撒谎。而且越是心虚的人才越会解释,小婷这样不屑多说,反倒证明她可能说的是真的。

白小枝爽快地把钱收了下来——这本来就是她的。看小婷的样子是不愿再在她的店里干下去了,但她并不需要担心她以后没钱用而拒收这些钱——她不还有三万么。在本市三万块钱虽然不能干什么大事,租个小店面做生意活命还是够的。即便已经想到了这些,她还是不放心地朝小婷瞄了一眼——这个不是装出来的,而是下意识的举动。"你以后准备怎么办?"

小婷微微偏了偏头,露出一副风吹残叶般的表情,"准备租个小店面,做点小买卖……虽然不见得能发什么财,但是活命应该够……我是乡里来的丫头,就像在田里乱飞的野草籽,飞到哪里都能活吧。"

"哦。"白小枝低低地应了一声:看她那样子,心里应该有千般恨万般怨。为了谁?还为了小叶吗?

"不过,白姐。"小婷忽然冷笑一声转了话题,"我的下半辈子已经定了(一听这话白小枝骇然失笑:真是孩子话,这就叫定了?),那你之后准备怎么样呢?"

"怎么样?"白小枝有点丈二和尚摸不着头脑,"我当然是继续开饭店啊?"

"不是!"小婷涨红了脸——她没想到自己话题转换得如此失败,"我是问……你和小叶准备怎么样?"

"我和小叶?"一听这话白小枝简直要骇笑,"我和小叶……"忽然明白过来,不禁呆若木鸡,直盯着小婷看:她问她和小叶"会怎么样"?难道在别人眼里,她和小叶已经是"应该怎么样",或是"必须怎么样"的情况了?

"你别想对我一推二五六,"小婷冷笑着说,"其实这些天,你和小叶在玩暧昧,咱们大家都看在眼里了。一开始你对那些嚼舌根的话很在意,后来竟渐渐默认了……我知道对于你这种'成熟女性'而言,做什么都要左算算右看看,下决定很难……但是同样身为女人,我想给你个忠告,那就是相比男人来说,女人耗不起,而且你还比小叶大八岁……你最好还是尽早做个决定,这样对你们都好!"

"我……"一听这话白小枝顿时又羞又恼,张口欲辩,甚至想破口大骂,最终却一个字都没吐出来。因为小婷说的好像是实情。

回首一看,她这些天的确和小叶越来越暧昧,而且她自己已经渐渐默认了这种状态。不知为何她竟然掩耳盗铃,假装不知道。

小婷得意地看着她呆滞的样子,眼中闪过一丝狡狯,"白姐,你是不是其实不想和小叶好啊?还是觉得你们只能玩点暧昧,根本不可能有结果的?"

"这个……"白小枝一呆,随即发现小婷的左手有些僵硬,注目一看,竟发现小婷的手里捏着个手机。白小枝略一思忖,随即了然,大怒反笑,"好啊,你这小丫头,还想用手机录音……是不是看韩剧看多了啊?"

小婷显然是想用手机录下她"坦白"的话,再去找小叶挑拨离间——这是在韩剧里经常出现的情节。

小婷的脸"唰"地一下涨红了,白小枝冷笑着盯着她,越看越觉得牙根痒痒。最让她生气的并不是小婷对她耍手段,而是她竟像已经知道她会说什么一样——肯定以为她会大义凛然地撇清自己,然后用手机录给小叶听就一切都搞定了。而且她似乎就只能"大义凛然"地撇清自己——这才是让她怒发如狂的根源。

说真的，她一直都明白自己和小叶不可能成为一对，最近却不由自主地陷入了暧昧里。她也明白自己以后未免事态失控，必须结束暧昧，却掩耳盗铃地藏在暧昧和决绝的空白地带里不出来。小婷这一闹提醒她必须做出决断，然而她却发现自己根本不愿意从那个空白走出来。她呆看着小婷，脸上红一阵，白一阵，脑中也一片混乱，胸中难以言喻的憋闷和愤懑，却不知道怎么发泄。

"怎么了？"小婷被她的样子吓到了——虽然她本意就是让她为难和恼怒，但看她这种样子又有点害怕。

白小枝如梦方醒，轻蔑地朝她冷笑了一下，转身就走。

感情这种东西之所以磨人，就是因为它产生的麻烦是持久和缠黏的，一旦惹上就很难摆脱。更宛如线团一般，越想着解决反而会越缠越紧。而且最要命的是，它似乎有非常强的麻痹性，让你不由自主地不想把它尽快解决，甚至逃避它，放任它存在并继续滋长。白小枝几乎是第一次尝到它的滋味，自然是手足无措地陷溺其中了。

第十五章　好女不易做

小婷很快就完成了未竟事宜，拎着行李走人了。走之前悄悄地约了小叶见面，却没跟他说什么话，只是满脸幽怨地塞给他一张纸条，然后足不沾地地跑了。

小叶狐疑地打开纸条，发现上面歪歪扭扭地写了几行字："我知道你肯定要生我的气，但是我还是要说。之前我和白姐见了面，问了她打算怎样对待你和她的事情，她吞吞吐吐的，并没有说出什么来，但是她的态度已经等于承认了。她没有真正把你当作男友看待，更没有打算和你有结果。你自己也一定能感觉到吧？我就不多说了，只是希望你一定要拎清，千万不要误了自己啊！"

小叶冷笑着看完纸条，盯着它发了一会儿呆，忽然恨恨地把它揉成一团，重重地丢在了地上。

小婷走后，店里除小叶之外的那帮爷们自然有些怅惘——有道是男女搭配干活不累，就算他们对小婷没什么非分之想，也觉得她一走店里就少了一道风景，干活闷气了些。白小枝也没觉得她这样走就一了百了。她还惦记着那块玉佩的真正来路呢，她总觉得那块玉佩来路不正，但希望只是自己多心。然而怕鬼偏有鬼，这天傍晚来了一拨警察，一脸严肃地跟白小枝询问，小婷到哪里去了。

"她……她在不久前辞职了……怎么了？"白小枝感到自

己的喉咙都硬了。

"我们怀疑她和一起抢劫杀人案有关。"带头的警察脸绷得像铁皮一样,"本月的1日本市A大学的卢教授全家被杀,家里大量现金和金银首饰以及一块天价古玉失窃。我们在本市的一个寄卖行找到了那块古玉,按照他的描述及其他人的证言,我们确认是你们店的徐小婷拿去卖的。我们现在要找她去协助调查,你知道她的去向吗?"

一听这话白小枝差点晕过去,说真的,她虽然已经想到这块玉的来路不正,但没想到竟会这么不正。抢劫杀人案啊!小婷真的铤而走险了?!

警察怀疑地看了看她——他们干公安很多年了,最擅长的就是察言观色,一看就知道白小枝受惊程度极高。

看到他们怀疑的目光后白小枝才如梦方醒,赶紧说:"小婷前几天才刚从我店里辞职……她说她在小摊上淘到一块古玉,卖给寄卖行后发了财……我当时就怀疑她这块玉来路不正……她没跟我说她去哪里了,但是我还有她的手机号……我立即打电话给她!"

奇了,小婷的手机偏偏打不通。警察们意味深长地对视了一眼。白小枝虽然没有公安那样锐利的目光,但还是明白他们想到了什么:他们肯定是以为小婷畏罪潜逃了……天哪,这样想来小婷真像是畏罪潜逃了……完了,这孩子会不会是急着要从店里离开才铤而走险,搞钱还给她?那她岂不是也要付间接责任啊?

白小枝真怕警察会把她也带去"协助调查",还好警方没有。他们只是要走了手机号码,并且叮嘱他们一定不要私自和小婷联系——其实就是不让他们告诉小婷,警方已经注意到她了。而且如果小婷主动联络他们了,一定要向警方报告。

警察交代完这些就走了。店里接着便炸了营,大家无比的惊恐加兴奋,干脆关了店"讨论案情"。

"我先说……"本店的八卦之王张大奎第一个发言——他早就想发表意见了,憋到现在已经是很少有的事情,"我当时就觉得小婷那块玉有问题,漏子哪是这么容易捡的啊!小婷肯定是杀人抢劫了!"

"呸!"刘大妈白了他一眼,"扯吧,就小婷那细胳膊细腿,能抢劫?还能杀人家全家?"

"你先别慌着呛我啊!"张大奎笑着嗔她,"我还没说完呢,肯定是小婷当主谋,找了几个小混混,杀人抢劫!理由是那块古玉应该是赃物中价格最高的,既然在小婷手里,就证明她是主谋!"

"这倒是有些道理……"刘大妈点了点头,店里的其他人也纷纷附和。看着其他人已经认定这是事实,白小枝有点欲哭无泪:你们就不能做点小婷不是凶手的推想吗?我可不希望她是凶手啊!

"我觉得没道理。"小叶忽然开了口,白小枝立即充满希望地看向他,张大奎和刘大妈的眼中却似乎冒出了电火花——他们对小叶可都是旧仇没忘呢。

"哎哟,那让咱们的大才子分析一下,"张大奎皮笑肉不笑地说,"我们洗耳恭听。"

听到他话中的暗刺后小叶只是微微一笑,"我不知道小婷是否真的参与了杀人抢劫,但是我觉得小婷应该不是主谋。首先,大家想想看,卢教授家中失窃的除了古玉之外,还有大量现金和首饰。现在大学教授可是最容易赚钱的职业之一,家中的现金和首饰的总价肯定超过六万元。如果小婷参与了杀人抢劫,她能分到的钱财肯定不只是古玉。既然能分到其他钱财,她为什么不用这一部分还债,而要着急变卖古玉,用卖古玉的钱还债呢?"

"简单啊。"刘大妈眼一翻,"因为古玉最贵重嘛。也许她把现金和首饰全给同伙了,自己只拿了古玉呢?"

"不可能。"小叶不以为然地一笑,"中国有句古话,叫'黄金有价玉无价',也就是说玉是种很难变现的东西。如果你是劫匪,你会放着容易变现的首饰和现金不要,而拿走一个可能卖不出去的古玉么?"

刘大妈说不出话来了。

"而且,从小婷把古玉低价卖出的行为看,她根本不知道这块古玉有多贵重。因此说'她是主谋,只要那块天价的古玉'是站不住脚的。比较说得通的解释就是这些抢劫犯根本不知道这块古玉的贵重,所以对它并没有如何在意,就……"说到这里他忽然顿住了,接着便露出了苦笑。"看来小婷还真和抢劫团伙脱不了干系了呢……"

大家一怔,但随即都明白了他的意思:恐怕那帮劫匪是觉得那块古玉不好看,以为没有什么价值,就顺手丢给了小婷——换言之,小婷是给那群抢劫犯打下手的。

想到这一点后大家面面相觑,半响说不出话来。

"那……其他的抢劫犯是谁呢?"张大奎迟疑地说,"小婷的社会关系并不复杂啊……而且要关系好到一起打劫的程度,应该是关系很铁的人……我们应该不会从来没见过吧?"

"啊,"小毛忽然惊叫了一声,接着满脸涨得通红。

大家都讶异地朝他看去。

"我……我想起来了……肯定是对面那俩小子!"小毛说这些话的时候满脸愤懑,"我们店里的人最近行动正常,不可能出去杀人抢劫的。而和小婷走得比较近的店外的人,好像就是他们俩……肯定就是他们俩!"因为小婷也曾经和朱林走得很近，小毛对朱林——连带小宋——很看不顺眼，因此对他们也较为注意，此时也连他们一起怀疑了。

白小枝一惊，用询问的目光看向大家，大家一开始也是愕然，之后却你一言我一语地说出了很多疑点——朱林最近好像在谋图做生意，到处瞎找"漏子"，好像是很缺钱。而小宋最近手上新添了一个硕大的金戒指，好像是新发了什么财。而且小婷在拿到钱离开之前，似乎还频繁地和他们在一起吃饭。几点凑合起来，还真像小毛所说的，他们两个是主犯，小婷是跟着他们打下手的。

小毛立即提议向警方报告情况。白小枝则有些犹豫：毕竟这些只是推测，并没有确凿的证据证明朱林和小宋真的涉案了。但是小毛坚持说他们只是向警方"反映情况"，又没有一口咬定他们就是犯人。再说就算他们说朱林和小宋是犯人，警方也未必会相信。所以他们尽可以向警方报告，即使说错了也不会有问题的。

大家也纷纷附和他的话。白小枝没有办法，只好答应了。他们刚汇报完情况不久，警方就把朱林和小宋带去"协助调查"。大家翘首以待——他们心里已经差不多认定他们就是犯人了。然而结果却大出他们意料——朱林和小宋没过几个小时就被放出来了，这就意味着他们根本没有嫌疑。

朱林和小宋都是年轻人，而警方对于年轻嫌疑人的态度往往都是很严厉的。小宋还没什么，朱林这人却一贯是外表很无畏其实很胆小，被询问时吓得够呛，之后也怒得要命，回来后忍不住跑到白小枝饭店后门——就是小毛住处的窗外——大骂："姓毛的！你这个丧尽天良的猴子养的！有本事你滚出来！老子今天跟你单挑！"

小毛一听"猴子养的"这四个字就毛了，立即从屋里蹿了出来,"你这小流氓骂谁?!"

朱林一见他眼睛就红了,一拳抡了过去,"你小子害人还有理了啊你?"

因为被小婷的事惊吓以及痛心过度,小毛的身上空空的并没有什么力气,这一拳竟然避不掉。

小叶眼疾手快一把捉住朱林的手腕,把他往旁边一掀,"有什么话好好说!"

朱林盯着他看了几眼——令人惊骇的一幕出现了,他竟然转瞬间就把怒气转到了小叶身上,"好啊!其实是你是不是?!是你教唆这个姓毛的害我的,对吧!"

"你说什么?"小叶被他说得莫名其妙。

"没错,肯定是你!就只有你才会使这些阴招!"朱林恨恨地盯着他,脸涨得几乎要喷血,"对,我就说这猴子般的家伙怎么变聪明了……这一切都是你指使的吧?!"

因为朱林的声音吼得很高,左邻右舍都被惊出来了,白小枝饭店里的员工更是倾巢出动,白小枝不知道为什么小叶也被卷入其中,不禁又惊讶又迷惑又关切。

小叶猛怒,但很快便冷静了下来,轻蔑地冷冷一笑:"你这家伙还真有趣……是不是有被害妄想症啊?我为什么要害你?你值得让我害吗?"

"你别跟我玩高贵!"朱林的脸涨得都要喷血了,"你当然要害我了……因为你恨我找你麻烦,因为你……觉得我在跟你争白姐……妨碍你傍她!"

旁观的众人立即目瞪口呆,接着爆发出一阵无声的骚动——对于这些市井中人来说,男女关系,尤其是大女小男之间的关系,绝对是让他们兴奋值达到最高的话题。而白小枝则是异常错愕,接着脸便红了。

小叶白净的脸顿时也涨得通红——大家都以为他要冲过去打朱林,没想到他最终却只是淡淡一笑:"不要拿小人之心度君子之腹了,我看你是想傍白姐,才把别人都想得和你一样吧。"

此话一出,刘雨错愕异常——但是他并没有觉得小叶是在胡说八道。因为他和朱林朝夕相处,朱林的某些"蛛丝马迹"他也有注意到,现在回首一想,发现可能真是如此,顿时又恼又恨,却不知道自己是否该恼该恨。

"我呸!"朱林已经完全失去了理智,"谁看都是你更像要傍富婆的!你天天赖在她家里,吃她的喝她的,还用她的钱,又天天谄媚巴结她……根本就是面首嘛!"他这一席话主要是在对小叶进行人身攻击,对他刚才说的话其实毫无支持力,却激发了小叶火山喷发般的愤怒。

眼见他就要忍不住怒气暴打朱林,白小枝却在他之前爆发了。只见她满脸通红地冲向朱林,高声一吼:"朱林你不要太过分了!小叶、小叶他是因为落了难,才到我店里来暂住的!你竟然这样污蔑他,又这样污蔑我,嘴和心思都太脏了吧!"下意识地环视一眼,发现大家都满脸兴奋,目不转睛地盯着她,顿时怒火更炽,"好吧,我本来看你小孩子家家的不懂事,想给你留点面子,便一直忍着没说……小叶说的对!就是你自己想歪心思,才把别人也想歪了!这里想傍富婆的人只有一个人,那就是你!每次见到我的时候都笑成那样……我都不好意思形容你!我真替你爹妈感到丢人啊!好好的一个男孩子,不想着靠勤劳致富挣钱,天天想这种歪心思……你这么不学好,对得起你爸妈吗?!我告诉你,你敢对我打歪心思,就是对我的侮辱,我才不是那种没脑子外加不要脸的傻女人呢!我……我就算一辈子不找,也不找你这样的!"

白小枝虽然平时待人宽厚,但被逼急了嘴巴也是很不饶人的。朱林听了后脸色立即灰了，眼里甚至都泛起了泪膜。白小枝看了之后怒气不但没有消，反而更加生气——这家伙算年龄也该是个小男子汉了，再说这丢人事也确确实实是他做下的，被人训几句就要哭啊，还能更不成器一点吗？

她一扁嘴，正打算继续训他，小宋忽然说话了，而且一开口就掷地有声："白姐，你要是这样说，小朱就太可怜了！"

"呃？"白小枝一愣，旁观的人也是一愣，之后则更兴奋。

小宋朝朱林看了一眼，用不容怀疑的语气说："这家伙以前因为不懂事，的确有些心术不正，但是他现在已经改好了。他这阵子在努力学做生意，想靠自己的双手挣钱，想成为真正可以让你依靠的男子汉。当然了，他很多想法很幼稚，做的很多事情最终也是白忙，但是我觉得只要他有这份心，就是好的。当然了，白姐你可以不选择他，但是我觉得你不应该这样说他。"

白小枝立即哑口无言，脸上红一阵白一阵：说真的，她并不怎么相信小宋的话——因为他和朱林是死党。但小宋目前所说的已经挤对得她哑口无言。

哑口无言的还有小叶。他满脸的愤懑和羞惭——小宋虽然只是在为朱林说话，但也在无意中羞辱到了他。他一遍遍地咬牙，想要说些什么，却最终什么都没说出口，转头冲进店里。白小枝想要追他，却心头一凛停住了脚步。回头环视一圈，发现大家都目不转睛地看着她，见她回头也不闪避，而朱林正是其中盯得最专注的一个——那是满含惭愧和羞涩的，却也是渴望得到认同和接纳的目光。白小枝心里顿时涌起一股说不出的滋味，却也因此无名火起，狠狠地别过脸去，也转身进了店里。朱林顿时像被严霜打了般蔫了下去，垂头丧气地往理发店里走去，忽然看到刘雨正冷森森地盯着他，心里顿时一沉，接着大叫不好：

糟了，怎么把他忘了呢？

晚上刘雨买了瓶老酒，买了两斤猪头肉和几个凉菜，单独喊朱林去喝酒。酒过三巡后，他叼起根烟，幽幽地叹了口气："你知道我喊你来是做什么吗？"

"我知道。"朱林小心翼翼地用目光溜着他，"我立即收拾东西从这里搬出去。"

"嗨！"刘雨骇然笑骂，"你以为我这是要赶你走吗？真是的……我干吗要赶你走啊？"

"不是吗？"朱林微微低着头，一双眼睛滴流乱转，"你不在意……我想和你争白姐吗？"自从刘雨为了白小枝弄出那么个大乌龙之后，他对白小枝的那些小心思可谓是人尽皆知了。

刘雨晦涩地一笑——令朱林惶惑的是，刘雨在笑容绽放的过程中竟然呆滞了片刻，就像刚刚意识到这个问题一样。

"争什么啊……这算争吗？"他幽幽地叹了口气，"如果她属于我们其中的一方……那才算争吧，我们都是她连一眼都不愿多看的人……还争什么啊？"

朱林哑然，刘雨也陷入了沉默。一时间，房间里一片死寂。

"不公平……太不公平了！"朱林忽然愤愤不平地开了口，"小叶那家伙有什么好？不就是会装吗？白姐竟然被他骗得团团转……真是不知道让人怎么说！"

刘雨没有答话，只是神色黯然地喝了一杯酒。

"我这不是嫉妒才说这话的……"朱林越说越气，"我就觉得小叶不像好人……哪儿那么巧会失忆啊！一定是之前在什么地方干了什么不堪的事情，才躲到这里躲藏和洗白的……就算那件案子是假的，也不代表他之前没有劣迹啊！说不定他就是个流窜的盗窃犯、杀人犯……"

刘雨还是没有说话，却明显大力地捏起了酒杯。

朱林越说越生气，忽然有了个想法，犹豫着看着刘雨，却迟迟开不了口。

"干脆我们一起好好查查那家伙的底细吧！"小宋忽然推开门走了进来，刘雨和朱林看到他都是愕然。原来小宋知道朱林和刘雨现在关系尴尬，怕他们单独谈话情况会失控，一直在门口偷听。

"你们不要误会。"小宋对张口结舌的朱林和刘雨说，"我对白姐并没有兴趣……我只为了哥们儿之义，真心地想帮助你们！再说白姐也是个好人，我也不希望她被坏人蒙骗！我们一起查查那个小叶的底细吧！"

朱林用力地点头——因为关系尴尬的关系他有很多话不便跟刘雨直说。小宋代他说了正好。然而刘雨却依然犹豫："这样……好吗？"

"这不是意气用事，更不只是争风吃醋。"小宋眉毛一扬，"是为了避免一个好女人被坏人欺骗……就说得肉麻点吧……这是所有有正义感和道德观的男人该做的。"

刘雨眉头一震，思忖了片刻，脸色渐渐转为坚定，然后用力地点了点头。

第十六章　鸡飞狗跳

　　虽然中午朱林他们闹出了那桩举街围观的事情，但本街的话题并没有在那件事上停留多久。大家还在翘首以待"疑似小婷杀人抢劫"的案子的最新进展，白小枝那边更是如此。虽然白小枝知道信息扩散是不可避免的，但是她还是尽量克制着不跟朋友说这件事。然而令她惊讶的是，懒懒竟然很快就知道了这件事，打电话来问她。

　　"你这么快就知道了？"白小枝很是骇异。

　　"什么这么快……"懒懒苦笑，"我怎么看都应该是第一批知道的人啊。"

　　她还真应该是第一批知道的人。原来买了小婷那块玉的店老板，和懒懒供职的丧葬公司有联系——现在有很多人为了炫富，喜欢让自己亲属火葬时佩戴首饰或携带奢侈品。而在懒懒公司旗下的殡仪馆工作的某些人手脚很不干净，就在死人入炉之前偷摸这些东西去卖。而那个寄卖行的老板做生意一贯不干净，经常收这些人的东西。然而世上没有不透风的墙，这件事很快传到了懒懒公司客户的耳朵里，到懒懒公司老板那里去闹。懒懒的老板立即惩处了这些人，觉得还不够，又对这个寄卖行的老板进行威吓和收买，让他以后再遇到他们公司的人来卖这些东西一定不要收，同时立即向他报告。虽然寄卖行老板和她们公司老板是又打又拉的关系，但中国人的朋友定义历来异常宽泛，他竟然和懒懒公司的老板经常礼尚往来，吃吃喝喝，还时时互相诉诉苦。这次他低价收了小婷的古玉，本想凭此大赚一笔，没想到没多久警察上了门，还把他当作嫌疑人审问了一通。他对此很感郁闷，对懒懒的老板诉了苦。对于中国人来说，奇闻一类的东西，历来是一个人知道全公司都知道了。懒懒听到这件事后非常震惊，怕白小枝店里也出了事，连忙来问。

白小枝听过之后骇笑不止，却忽然感到千愁万绪涌上心头，索性约懒懒过来吃饭，诉一诉烦闷的心绪。

张大奎听说懒懒要来，立即抖擞精神烧了几道丰美的辣菜。懒懒一来白小枝顿时像见到了救星，刚要说些什么，忽然听到手机响。

是一个陌生的手机号码。

白小枝狐疑地接通电话，听到电话那头是一个颤抖不止的声音："白姐……我是小婷……我好怕……你可以来救我吗？"

白小枝第一个反应是小婷被"抢劫犯同伙"劫持了，恨不得立即转告警察——可是现在即使打了报警电话也无法把她的话转告给警察，只有惶恐不安地倾听加切问。"你在哪儿？出什么事了？还好吗？"

"我……我……"小婷犹豫起来，声音也出现了剧烈的颤动。

"快点说出来啊！"白小枝急了，几乎要冲口问出"你是不是被劫持了"，好不容易才忍住，"你不跟我说我怎么去救你啊？！"

"好，我在大青山……"

"什么？"白小枝骇然——大青山可是本市最大的老坟滩。小婷躲警察都躲到老坟滩去了？难道那事她真有份？

"我是去……抓坏人的！"小婷一开始有些犹豫，之后却竹筒倒豆子了，"老实说吧，白姐，那块玉不是我从小摊上买的……是我从老坟滩捡的！我祖上不是盗墓的吗，我也想去墓地捡点漏子……"

"什么？"白小枝差点失声惊叫，"你还盗墓了吗？"

"没……没有……"小婷赶紧否认，接着带着哭腔说了段更像故事，而且让人哭笑不得的经历。原来她那天怀着盗墓的心思，去老坟滩查看情况。结果没看到哪个老坟看起来有料，却看到一块墓碑后有一块古玉。她虽然看不出古玉贵重，但凭家中所学，看出这块玉应该有些来头，所以便拿到寄卖行去碰运气。之后听说那是赃物，立即吓了个半死。冷静之后仔细思索，觉得可能是抢劫犯到那里分赃，把古玉掉在那里了。于是她便去墓地躲着蹲守，看看能不能见到他们回来找玉，再打电话报警。当然了，事情已经过去了这么久，他们未必会回来，但是她这并不是因为热血想要抓坏蛋，而是怕自己脱不了干系，而且从现在看已经脱不了干系了。然而她刚到墓地没多久，就碰到两条狗不像狗狼不像狼的东西，她吓坏了，便爬到墓地里的一棵大树上躲避。人在恐惧的时候潜能会爆发，她一下爬得很高。而野兽走后她松了口气，潜能回去了，再往下一看只觉得头晕目眩，结果就下不来了。熬到晚上实在受不了了，便给白小枝打电话。她一听说那古玉是抢来的就吓得不敢再用老手机号了，花几十块钱买了个电话卡凑合着用。她平时很喜欢看刑侦剧，还懂那么一点反侦察手段。

听了小婷的说法后白小枝将信将疑，胡乱答应一句"我马上就去救你"就挂断了电话。之后大家一合计，觉得小婷的话可能有水分，说不定是另有图谋，叫白小枝还是先报警。白小枝也觉得先报警比较好，就给警察打了电话。警方说他们立即去坟地，叫白小枝他们在家里等消息。然而这一等就等了好久，正在白小枝抓耳挠腮坐卧不宁的时候，警方忽然来了电话，说小婷情绪激动，赖在树上不下来，还说要是有人敢上树来拉她她立即伤害自己，所以等会儿会派个女警察来接白小枝去跟小婷谈谈，希望能缓和她的情绪。一听这话白小枝差点晕过去：这死丫头还真能给她找事儿，但还得咬着牙去。跟她一起去的当然是她的死党懒懒和小叶。

此时的老坟滩黑咕隆咚，却有一块地方灯火通明——那就是小婷待着的大树所在的地方了。白小枝乍一看到小婷所在的地方，下巴都差点飞出去：我的天，这死丫头是不是练过轻功啊……

可能是因为地处坟地而无人惦记着，这棵树足足有四五层楼高，而小婷就在最高的树杈上。她不知道小婷生在乡下，爬树功夫虽然烂到上得去下不来，但是光往上爬的话还是挺行的。当初那两条野兽把她撵到树下，还作势要往上爬，把她吓得一个劲儿地往高处爬，见到警察后受惊过度，自然是爬到最高处去了。爬到那里后警察还真不好救她。派警察搬梯子上树倒是容易，但是就怕她一时激动立即跳下来。放消防气囊吧，这里又是老坟滩，树下都是乱七八糟的老坟和荆棘，不好放。而且就算能在树旁的一圈放上消防气囊，他们也怕小婷身上带着什么利器，一见跳树威胁没戏了就自残。因此想来想去只有找人来安抚她，让她自己爬下来。而团队里的一个女警察听说小婷在这里虽然没有亲人，但和饭店老板白小枝关系还不错——很早之前的消息了，便把白小枝请了过来。

请白小枝过来的女警仰头对着小婷喊话："小婷，你的白小枝姐姐来了……"

小婷没等她说完就爆叫起来："白小枝！你来了啊？！我最恨的就是你！"

大家都用惊骇和责备的目光看向那个女警察，那女警察也是一脸骇然。

白小枝听后气不打一处来，也高声叫道："你恨我？！你凭什么恨我啊你？！我做什么了？！""我叫你不要跟警察说的吧？！你为什么要跟警察说？！"

"当然要跟警察说了！你不是什么都没干吗？！这样不是越早见到警察越早说清楚越好吗？！"

"我是什么都没干啊！但是天知道警察能不能相信我？！我是捡的，但是没有人看见，更没有证据……说真的要是我是警察，都会觉得是我干了……每年全国有那么多屈打成招的事情，我要是也被屈打成招了，那该怎么办？"

警察们齐刷刷地露出了委屈和愤懑的神色，白小枝也差点被这话呛晕过去：我的天，这家伙天天看电视看报纸看网络汲取的都是些负面消息啊……不过想来也难怪，小婷这样的弱势群体受到政府部分的规制比较多，有时难免对执法部门产生不信任甚至抵抗的情绪。

"小姑娘，这你不用担心。"一个队长模样的警察开了口，声音浑厚而大声，"我们警察办案讲的是证据。如果你没有犯案，你可以跟我们说案发当时你在什么地方，我们会到那里查访，看看有没有人给你提供不在场证明。就算你无法提供不在场证明，我们也会根据案发现场的各种痕迹来判定你是否有参与犯案。如果现场没有足够的证据证明你参与犯案，我们是不会把罪名硬栽在你头上的。"

"哦……是吗？"听语气小婷的心里似乎有些松动。

"那你就赶紧下来吧！"警察赶紧趁热打铁。

"不行！我不下来！"小婷的情绪忽然又激动起来。

"我的天，你还想干吗……"白小枝几乎要晕过去了。

"我下来也没用……"小婷忽然大哭起来,"我的人生已经完蛋了……这块玉既然是赃物,卖玉得来的钱肯定要还回去的……本以为我能用这笔钱重新开始我的人生了,结果还是被打回原形了……这下我的人生又都只剩下悲剧了……这些都是你害的……"

"什么?!"白小枝之前的情绪大部分是愤怒和委屈,现在却只剩下愤怒了。"什么叫我害的?!你这死丫头有没有良心啊?!当初你刚从农村里出来,畏畏缩缩的像个自闭症患者,其他的老板都喜欢雇看起来聪明光鲜的女孩子,根本都不愿雇你,是我觉得你看起来忠厚老实,才让你到饭店里干活,一点点地把你带出点人样来……还有你当初要被你家里人抓回家去嫁给一个丑瘸子,还不是我借钱给你解围的?!说是借,其实还是从我给你的工资里扣,羊毛出在羊身上,还等于跟你签订了几年的工作合同,你见过这么优惠的借款条件吗?我实在想不出我哪里对不起你。明明是你自己没把握好自己的人生,自己走偏了……竟然怪我,你摸摸你自己还有良心吗?"

白小枝这席话宛如高山流水,势不可挡,小婷被说得半响说不出话来。忽然哭得更加大声,"是的……我知道自己很没有良心……你对我有很大的恩德……其实,你一直是我心中的偶像……有自己的一家饭店,自己管着一窝人,赚着大把的钱,还是整条街男人的偶像……我很想成为你,但是我知道我一辈子都没法成为你……所以就很嫉妒……不过如果仅仅是这些,我是不会恨你的……如果你不占着小叶不放,我一点都不会恨的……"

大家的目光顿时齐刷刷地罩在了白小枝和小叶的身上——警察的目光多锐利啊,一合计就知道她所说的男人是谁。大家发现小叶明显比白小枝年轻很多,甚至稚气未脱,目光顿时不一样起来。白小枝顿时觉得脸上起烧,通过乱移视线来缓解尴尬,却发现带她来的女警察目不转睛地盯着她,目光似乎火辣辣的。白小枝立即心虚地看向她,却发现她是在对她使眼色。

白小枝立即明白了:她是叫她赶紧否认她和小叶的关系,先把小婷骗下来。白小枝赶忙也向小叶使了个眼色,怕自己动作太快小叶看不清,还盯住他的眼睛示意了许久。

小叶的脸色有些晦涩,但从他的目光来看他应该懂了。白小枝便朝小婷大喊:"你误会了!我和小叶……根本就不像你想的那样!我从来没有占着小叶不放……你完全误会了!"说着赶紧朝小叶使眼色,希望他也附和。小叶却没有作声。然而即便只是白小枝说话,小婷的激动程度也明显减低,只是依靠在树杈上抽泣。警方觉得差不多了,再次喊话让她下来,她却依然磨磨蹭蹭地不愿下来。这时白小枝真是气得死的心都有,"你这臭丫头,到底还想干什么啊?都要到这份上了,还不肯收场吗?"

然而就在这时,喊白小枝来的女警察看出毛窍来了,冷声问小婷:"小姑娘,你是不是不只是怕被屈打成招和感情不顺啊?你一定还有什么事吧?"

小婷的抽泣也戛然而止,显然被捅到了软肋。

"你还有什么事啊?"白小枝几乎要吼了,"别消遣我们了好不好?"

小婷微微一颤,带着哭腔,她的声音抖得活像心电图,"是的……我还干了件大蠢事……那另外的三万块钱……我也给用掉了……我自以为自己有鉴别玉石的本领,又买了一批玉石……结果这次看走眼了……买了一批假货……三万块钱全赔掉了……那个人也跑了……拾到赃物不上报,私自变卖,还还不出钱来……我肯定要被追究责任的吧……"

"我的天呀……"白小枝觉得一阵头晕目眩,差点喷血倒地，她揉了揉脑门，好不容易定住了神，朝四周一看，竟发现大家都用满含尊敬和期待的目光看着她——就是这种目光最能给人下套。她乍一下觉得丈二和尚摸不着头脑，但很快就明白了：大概是他们听说她之前曾经那么无私地帮助过小婷，所以希望她再无私一点儿。发现这一点后白小枝顿时觉得自己陷入了道义的陷阱，感到很是愤懑和委屈：怎么的？我不就是请了个服务员吗？这满打满算搭进去六万了！我招谁惹谁了啊？虽然很委屈和不甘，但是白小枝知道如果她不再"无私一把"的话，一定会立即从无辜路人变成冷血老板——这就是道义陷阱的厉害所在。再说她虽然对小婷恨得牙根痒痒，但也不真的忍心看她被判刑——估计是要判刑或拘役的吧。

没办法了。白小枝眼一闭牙一咬："好吧，那三万块钱我也替你付！你赶紧下来吧！"

接下来的事情自然是皆大欢喜。小婷立即答应让警察登梯子上去救她，警察们则不住口地猛夸白小枝。白小枝历来是一被夸奖就脸红的人，今天却不管怎么被夸都没有感觉，她现在只在为自己那六万块钱心痛，当然了，这钱还是要从小婷的工资里扣回来的，但是和她之前所说的一样，不还是羊毛出在羊身上吗？

第十七章　不可避免的误会

终于可以走了，小婷还是要去协助调查，坐上警察的车走了。那位女警察倒也仁义，仍用警车把白小枝他们送了回去。进店时，懒懒挽着已经快心痛傻了的白小枝，扶她进店。小叶却慢吞吞地跟在后面。张大奎早已做好了一桌菜肴，给他们补充能量。白小枝便化悲愤为食欲。小叶却随便夹了几筷子后就回去休息了。

"哎。"懒懒凑近白小枝低声说，"那小子……有点不对啊，好像不高兴了。"

"他不高兴什么啊。"白小枝无精打采地说，"他又没损失。"

"嗨！"懒懒忍不住用指尖捣了一下白小枝的额头，"我说你年纪比我大，怎么比我还不开窍啊？！他肯定是因为你……否定你们的感情而生气了啊！"

"呃？"白小枝懵了，接着便感到匪夷所思：不是吧，他应该知道那是权宜之计，再说她也对他使眼色了啊，他还有什么可纠结的啊？

好像还真是。第二天，小叶每次遇到她都会回避她的目光。白小枝觉得又冤枉又愤懑，想找他谈谈，却总是开不了口。晚上关店后小叶又跑到马路边蹲着出神去了，说实在的，他那背影像极了寒风中落寞的小黑猫，让人心生怜惜和愧疚。这份怜惜和愧疚很快打垮了她的尴尬和犹豫。白小枝的心陡然软得不成样，不由自主地走过去，低声下气地问："怎么了？又不高兴了吗？"

"不要装糊涂。"小叶低低地说，虽然用语毫不客气，但是语气凄迷万状。

"我……怎么了？"白小枝脸"唰"地一下红透了，接着便手足无措。小叶仰起脸目不转睛地看着她，现在光线不佳，白小枝不能很清晰地看见他的眼睛，但是仍感到他眼中有股光芒穿透她的五脏六腑。

"不是因为……我昨天对小婷说的那些话？"白小枝笑得异常惶恐，"那是权宜之计啊……你不是连这个都不懂吧？"

"是权宜之计，我在意的是你说话时的样子……"小叶凝视着她的眼睛，压抑地激动着，就像薄冰下的激流，"那也少许暴露了你的内心，对吧？你说那些话的时候毫不犹豫，也不见如何为难……甚至还有种'迫不及待'的感觉……是因为被那群无聊的人看得尴尬了吗？仅仅是尴尬就能让你毫不犹豫，甚至迫不及待地撇清吗？"

白小枝呆住了。在这一瞬间她简直想大声呼喊"不是这样的"，最终却哑口无言：因为她感觉好像就是这样的……

小叶叹了一口气，露出一丝嘲讽的笑容，既像是在嘲弄白小枝，也像在嘲弄自己，"我知道，我们不是一个时代的人，我们有代沟……但是我觉得我们是一样的人，你至少该……"声音戛然而止，深深地低下头去。

白小枝的心剧烈地颤抖起来：她这才发现自己错了，错得很厉害。想要说些什么，却什么都说不出来。

风轻轻地吹着，灯光也在不断洒向并渗入地面。而在小叶和白小枝身边，却似被隔离出了一块死寂的空间。

"好吧，还是因为我们有代沟……我就看开一次吧。"小叶终于又开了口，在白小枝听来不亚于巨锤破冰。然而她还没来得及振奋,小叶的话又让她陷入了浇铸的尴尬。

"白姐,我现在正式问你,我们可以在一起吗?请以最认真的态度告诉我。"他凝视着白小枝的眼睛,一字一顿地说。

白小枝怔住了——何止是怔住了,简直是懵了。她陡然慌到了极点,接着——然而小叶却没给她"接着干什么"的机会。他深深地叹了口气,像从喉咙里拧出苦汁般苦笑道:"我明白了。"说罢转身就走。

白小枝呆怔了半响,才算明白了他的意思:什么?只因为她犹豫了,他就觉得那是否定的答案?!这臭小子……刚才白小枝是满腔的惭愧,后悔和愧疚,此时却有点生气了,接着怒火便一发不可收拾:臭小子!你也太武断,太霸道了吧?我不就是犹豫了一下吗?我连犹豫的权力都没有吗?你这样转身就走是什么意思啊?

从第二天开始,小叶便对白小枝视而不见,白小枝也对他视而不见。他昨天的态度让白小枝很是委屈和生气,暂时没空去想其他。小婷总算把警方那边的事情搞定了,又回来上班了,一回来就以负荆请罪的态度来找白小枝道歉。人到了一定年纪后,就知道有些道歉的话说跟不说都一样,而且白小枝现在正为小叶的事情心烦意乱,没空再应付小婷——按照中国的惯例,接受别人道歉可不是听了就算完的,你还要竭尽全力地表示宽容大度,再竭尽全力地安慰他。所以白小枝只是不耐烦地摆了摆手:"你以后好好工作就行了。"

"谢谢!谢谢!"小婷如遭大赦,接着便赌咒发誓般说,"白姐,你放心,我一定好好工作……以后我再嫁个好男人,要彩礼还给你……"

"行了行了行了。"白小枝没等她说完就忙着摆手,"我又不是人贩子。"忽然心念一动,冷笑着说,"你不用这么有负罪感，你是小孩子，犯点错误可以原谅，就算不把你当小孩子待，你也不是最忘恩负义的一个。"说着从眼角狠狠地剜了一下在一旁整理柜台的小叶，"真正忘恩负义的人还没想起来跟我道歉呢。"

小婷从眼角一瞥小叶，顿时明白了，要是之前的她，肯定会很窃喜，现在却很是愧疚——她自己明白自己干过什么。

白小枝并没有发现她这一瞬间的眼神，她只是悄悄地盯着小叶。然而小叶却似乎没听见她的话，自顾自地走到里面去了。白小枝感到自己的心剧烈地颤抖了一下，心里似乎溢出了几滴很酸很苦的东西。但是自尊和缘起于昨天晚上的愤怒，使她掩耳盗铃般忽略了这些东西，并且立即把它们忘掉。然而她做得并不彻底，甚至还激起了几分不祥的预感。

这份不祥的预感很快就变成了现实。几天后的下午，小叶竟然又不见了。白小枝得悉后气了个半死：这臭小子又是因为赌气玩失踪吗？有完没完啊？！我也没怎么着你啊？不就是含沙射影地说了你几句，你就玩失踪，你还是男人吗？

气归气，小叶失踪后白小枝还是很着急，又把大家都轰出去找他。有道是事不过三，这次大家都很不耐烦。然而还没等他们出门，就看见刘雨、小宋和朱林急急忙忙地朝这里走来，身后还跟着之前带白小枝去找小婷的女警察。那女警察看到这阵仗，一下就明白了："啊，果然是先知道消息逃走了！"

"呃？"白小枝一怔：先知道消息逃走了？是指谁？小叶吗？发现这点后她勃然大怒，几乎要冲口骂他们：好啊，原来是你们这群王八蛋把小叶逼走的。之后却发觉不对：小叶为什么一听有警察找他就要逃走呢？难道说……如雷轰电掣般，白小枝想到了很多事情，接着心里便一片冰凉：说实在的，小叶一直避免公开"找自己的家人和失落的记忆"，也尽量避免和警察接触。虽然当时小叶都给出了合理的解释，但仔细想想还是很可疑……难道说他真是在家乡干了什么坏事情，或者干脆就是个逃犯，一直假装失忆藏在她这里……白小枝顿时觉得自己全身的血液都结冰了，接着便如飞机失事般朝无底的黑暗中直坠……

"我回来了！"小叶的声音忽然在她身后响起。

白小枝猛地扭过头，发现小叶正笑嘻嘻地站在她身后，竟是一副轻松无比的神态。

"你这臭小子……"一种难以言喻的滋味直涌上头，白小枝差点眼泪交流，"你胡乱跑什么……"话出口后才发现现在要在意的不应是这个，赶紧改口，"啊，不对！你到底是不是真失忆了啊？！怎么警察一来就跑啊？你以前到底做过什么啊？"

"哦，我今天就是来交代这件事的。"小叶竟然是一副无所谓的语气。

在场的人全都一愣。

"我叫刘明宇。"小叶从口袋里掏出一个身份证，"C市人，今年23岁。"接着又拿出一个毕业证书，"去年毕业于A大。"

A大？听到这个大学的名字后大家都有种如雷贯耳的感觉，都怀疑自己是不是听错了：A大学是国内的一流大学，大学里的设计专业尤其出名。小叶——不，刘明宇竟然是从A大学毕业的？那他到这里干什么？

刘明宇看出了大家的疑虑，微微一笑："呵呵，这就要说起我做的一件蠢事了……这几乎是我人生中做过的最蠢的事情……我爱上了一个女孩，家里人却反对。我便和她约好，一起逃出来，到这个城市生活，结果她却变卦了。我很伤心，伤心到想死了算了。于是我便把我的相关证明、钱包和其他重要的随身物品全都埋在了大堤下，想跳水去死。然而却因为勇气不够,一直不敢跳。"说到这里的时候他懊恼地苦笑,其他人却是哭笑不得。

"后来我因为在大堤上转悠了很久,加上心情很悲伤,没有抵抗力,不小心得了风寒,接着便发烧瘫倒了。我当时心想就这么发烧死了吧,然而后来却被白姐救了。醒来后我暂时不想面对现实,也很不想回到原来的生活中去,于是便对白姐编了个谎话,说我失忆了……给白姐添了不少麻烦呢,真是对不住了。"说着便调皮地朝白小枝伸了伸舌头。

白小枝呆呆地看着他,不由自主地起怔:说一句对不住,就、就完了?你知道你做的事性质多恶劣吗?你知道你让我操了多少心吗?你小子怎么可以这么轻松地,说句"对不住"就完了?

"所以你就尽量避免让你的资料上网,也尽量避免和警察接触,就是怕他们知道你的真实身份,把你送回去,是吗?"女警察叹了口气,接着他的话头说。"后来听到消息后觉得藏不住了,索性才公布一切,是吗?"她觉得这小子真是幼稚、轻率、混蛋到了极点。然而就是因为他混蛋到了极点,她反而说不出别的什么,只能无可奈何地叹息。

"是啊。"刘明宇笑了笑,依旧是一副无所谓的神气。

朱林看了看他,不大相信地说——他不愿相信刘明宇只是因为这点事才假装失忆的,他更希望他是做下了什么了不得的事情才藏起来的。

"是啊。"刘明宇这次是无所谓中带了几分轻蔑,"我想开了啊,准备重新开始……另外我打电话回家,说要在这个城市自己生活,结果他们竟然答应了……说起来真是出乎我的意料。之前丁点大的事情他们都要拿主意的,现在却任由我自己生活了。"他闹了这一出之后,他父母要是还敢管他,那才奇怪呢。

"所以呢,你想怎么办?"小婷一直在静静地听着,此时却忽然开口。众人看向她,发现她竟宛然是一副幽怨郁愤到凄厉的神情——因为此时她才真正感觉到,她和小叶,不,刘明宇的差距是那么的天差地远。

"当然是重新开始生活了,我会用带来的钱先租个房子,再找工作。在这里,你们给了我很多恩情。"说到这里他不动声色地盯了一眼白小枝。而白小枝此时还是一副怔怔的样子。他的目光很快移开了,"我一定会回报的……不过现在暂时还没有余力,不过会很快的……找到落脚点后我会通知你们,有事没事常联系……就这样,我走了。"说完朝张口结舌的大家鞠了一躬,之后竟这样扬长而去。

刘明宇走后大家就全盯着白小枝看,然而白小枝在刘明宇走后并没有哭,也没有骂,甚至也没有什么明显的反应,一扭头回店里了。大家不由得感叹姜真是老的辣。然而他们不知道,白小枝走到她独有的休息室之后,扣子挂到了门把手,椅子也碰倒了,倒水的时候更是把水全倒进杯盖里。她呆怔怔地看着窗外,脑中反反复复只回荡一句话:"走了?就这么走了吗?"

之后的几天,白小枝精神状态一直有些呆滞,心里也空——她不想说自己的心像是被挖走一块一样空落落的,那样太少女太肉麻太恶心了,但是她的心里就是空了一块。不久后传来消息,说刘明宇在本市很著名的服饰公司找到了工作,人现在也焕然一新,宛然是一副精英的派头。听到这些的时候白小枝只是怔怔地听着,就像它是来自天外的消息。小婷还跑去偷看了刘明宇一次,白小枝却连这个念头都没动过。她觉得自己和刘明宇,已宛然是两个世界的人。

她和刘明宇的世界隔离开了,另一个人却闯进了她的世界。刘雨的老乡刘庞来了。他看中了这里的玉器市场,竟然在这里开了个玉器古玩店,做起玉器古玩生意来。这生意乍一听很牛,但其实玉器古玩生意都是人唬人的行当，所以看起来很华丽的店铺其实都没有什么硬通货。不过刘庞自称自己的店里都是高价美玉。他刚在本市站稳脚跟就屁颠屁颠地跑到白小枝店里，奉上了一块玉佩。这块玉乍一看来洁白晶莹，玲珑剔透，好像很贵。刘庞也说这是他那批货里最好的，刚看到它的时候就觉得它很适合白小枝，所以就特意把它留了下来。

"这太贵重了，我不能收……"白小枝赶紧推辞。

"你不用推辞，虽然它在市场上可能很贵，但是我直接从玉石产地的朋友那里买来的，实际上没花多少钱。"刘庞拼命地把玉石往白小枝手里塞。

"当然没花多少钱。"小婷忽然冒了出来，用鄙夷的目光扫了一眼刘庞的玉。

"你、你说什么？"刘庞猝不及防，脸也涨红了。"我这分明是好玉！"

"是不是好玉不是你说了算！"小婷的表情更轻蔑了，"我家祖上就是做古玩玉器的，我内行！你看，这玉料不实不密，上面又没有牛毛孔……一看就不是好玉！"

刘庞的脸涨成了猪肝色——小婷说的是好玉的标准，但是并不是所有好玉的标准，而且看她的样子，很可能是信口胡扯，根本不会"看"玉。要按他平时的性子，肯定是立即要和她分证。但是他又吃不准小婷是不是白小枝故意安插来考验他的，只有讪讪地笑着。而白小枝对小婷这横插一杠子的行为也觉得惊诧和不解，赶紧说几句好话打圆场，把刘庞哄走，那块玉自然也没有收。

第十八章　嫁也难，娶也难

"白姐。"刘庞走后，还没等白小枝问她，小婷就主动偎了上来，"我觉得刘庞那家伙不靠谱……千万别被他骗了。"

"呃？"白小枝骇然失笑：这小丫头竟然关心起她的终身大事了？是真的为她好吗……她是什么动机暂且可以不论……问题是她懂得识人吗？就这么随随便便地说人家靠不住？

"那你跟我说说，他哪里不靠谱了？"白小枝笑着问。

"首先，长相就不过关。"小婷一本正经地说，"长得活像一张油饼。"

"男人可不是靠脸吃饭啊。"乍一听小婷这样说的时候白小枝想笑：果真是小孩子话。之后想想却哑然失笑：其实这根本不是孩子才有的话，只要不是以吃饭为目的的婚配，没有女人不考虑对方的长相的。而且就算是以吃饭为目的的婚配，能考虑长相时还是要考虑长相的。刘庞长得其实并不难看，只是体积有点……呃？现在好像不是谈论这个问题的时候吧？

"小婷，你想多了。"白小枝正色说，"刘庞是剃头挑子一头热……我对他并没有兴趣。"

"哦……"小婷点了点头，却没有就此罢休，"白姐，你也不要想太多……我之前是很混蛋，但是现在我改好了……我现在是真心为你着想……刘庞真的不靠谱，并不仅仅是因为他长相不好……按理说，要送喜欢的女人礼物，至少该送点实在的吧，但是他送的是什么？竟然是块价值有争议的玉……有道是黄金有价玉无价，玉石的价格本来就容易有水分……他竟然给喜欢的女人送这么有水分的东西，一看就是心不诚啊。"

白小枝听了后哭笑不得，她的话听起来有点以偏概全——要照她的话说，送玉石给女人的男人岂不是全成了感情骗子了？然而仔细想想，她说的话又有几分道理。不过她根本没想过和刘庞交往，因此这些讨论对她根本没用。她微微一笑，心里却是叹了口气，半开玩笑地问小婷："那你觉得我该找什么样的呢？"

小婷沉默了。白小枝对她的沉默毫不意外，因为就连她自己，也不知道自己该找什么样的。

不知从何时开始，白小枝觉得时间变慢了——按理说担心年华逝去的女人都会希望时间变得慢些，白小枝现在的感觉却恰恰相反——感到很难熬啊。人感到时间难熬时就会喜欢逛公园。这天白小枝去了自己上学时常逛的公园——本市虽然发展很快，但也有几块旧地死撑不倒，这个公园就是其中一个。里面花如旧草如旧，亭子也如旧，就是人无法如旧——上次来的时候，她还是十七八岁豆蔻年华呢。现在却到了在某些人眼里已经天怒人怨的年纪。有时候人真是熬不过物件，连植物都熬不过。

"哎……你是白小枝吗？"忽然有个人跟她打招呼，白小枝扭头一看，发现喊她的人竟然是禹风，心里的温度顿时到达了沸点，然而又很快滑到了冰点，接着又有些生气。他为什么是一副十年八年没跟她见面的样子……上次同学会不是刚见过吗？这么说上次见面的时候他完全把她无视了？

"你好。"白小枝压抑着复杂的心情，微笑着对他点了点头。

"你好。"禹风倒是很热情,立即凑了过来,仔细朝她看了几眼,哈哈一笑,"你比以前漂亮多了呢,我都不敢认了。"

听到禹风的夸奖后,白小枝真有些受宠若惊,但心里也泛起一丝异样:她记忆中的禹风是这么轻佻的吗?

"离高中毕业已经有十二年了吧……你现在在哪里上班?"禹风似乎对她的现状很感兴趣。

"我没有上班……自己开饭店。"白小枝是历来都觉得自己创业比给别人打工强的,面对禹风的时候却忽然有些自卑。

"那不错啊。"禹风的眉毛微微颤了颤,"那你老公是做什么生意的呢?"

老公?一提到这个话题白小枝的喉咙就有些生涩,"我还没结婚呢。"

"对不起……"禹风有点惊讶,尴尬地笑笑,"不过也快结婚了吧?"

白小枝的喉咙越发生涩了,只是尴尬地笑着摇了摇头。

禹风心领神会,没有继续问,眼珠迅速地转了几转,之后他们就胡乱聊了几句闲话,就这样散了。白小枝走的时候头也没回,禹风却是走走停停,回头看了看白小枝的背影,露出了晦涩的笑容,"这家伙……该不是一直在等我吧?"

白小枝可不知道自己是不是在等谁,却知道有几个人在等她。对门那朱林,一见她出门就眼巴巴地看着她,眼神那个幽怨,让她凭空生出很多愧疚感。至于刘雨,虽然之前闹出了大乌龙,但刘明宇一走,那件事的影响也就烟消云散了,他的信心也开始回暖,脸红红地送她黑珍珠项链。而刘庞也对她展开了热烈的追求,当然了,他玩的不是西式浪漫,而是中式战术——找各种理由往她店里跑,不求混熟也求脸熟,有空也送她一点小礼品。对此白小枝并不高兴,甚至还有点觉得不堪其扰。按理说有这么多人惦记着,她就算不沾沾自喜,也该更增自信,她却偏偏有种被世界遗弃的感觉。她一开始不知道自己怎么了,直到一个午后,自己做出一个连自己都觉得诧异的举动之后才明白。

那天她去购物,说来也蹊跷,那天她总是下意识地买一些"据说减龄"的服饰——其实她看起来一点都不老,完全可以穿很青春的服饰。但是她穿的这些服饰比"青春"还"青春",简直有些恶意装嫩的意味。要是平时,她根本不会碰这些东西,今天却像着了魔一般看到就手痒。买了东西回来,看到一对"典型姐弟恋"——女的比男的至少大十多岁,两个人异常亲热地相拥走过,引发路人一片侧目。别人对他们的感觉当然是鄙夷。白小枝一开始弄不清楚自己的感觉——反正一团晕乎乎还热乎乎的,后来才发现这是艳羡。发现这一点后她心头猛沉:糟了,原来她还是对小叶——不,刘明宇——念念不忘啊。

发现这一点后白小枝的惊慌不亚于发现自己染上了毒瘾,也感到很挫败——她觉得自己很幼稚很傻很欠扁,惊慌和挫败的情绪最容易让人思想跑偏,为了分散自己的注意力,挽救自己不进入岔道,白小枝赶紧租点影碟来占脑子。她租的是美国的《熟女镇》,希望能通过看女主角的生活得到点开解,没想到越看越郁闷。果然是国情不一样啊,人家美国的熟女都快四十岁了,照样活得滋润,照样能当老中青男人们的偶像。而在中国,女人刚到三十岁就被当成了过期产品,不管衰没衰老,都一样……

白小枝承认自己开始偏激了,而且还不愿停止。《熟女镇》她越看越郁闷,越看越自怨自艾,却也越来越想看。她承认自己很嫉妒其中的女主角,在看其中一场戏的时候嫉妒之情更是达到了顶峰。剧中的女主角觉得和年轻自己十岁的男友不适合,便和他分了手——竟然主动甩人啊,主动甩人!然后在一个雨夜,女主趴在床上,一边喝着红酒,一边吃着高级巧克力——而白小枝却只是吃酒心巧克力,这也是差距。就在这时,她的小男友淋着雨来到她的楼下,大声喊他需要她给他方向,意思就是离了她活不下去吧。女主很激动,白小枝也很激动。就在这时,门铃响了,白小枝一激灵,忽然生出了一种荒诞不经的幻想,接着激动到了极点——不会是小叶,不,刘明宇来了吧?

她立即就意识到自己的想法很荒诞不经,心里陡然又凉下来,苦笑着去开门,然而现实有时候就是这么奇妙,荒诞不经的事情也会发生。站在门口的竟然就是刘明宇!而且身上湿淋淋的……竟也像是淋雨来的一样!

"你……怎么来了?怎么淋得这么湿?"白小枝怔怔地看着他,感觉就像在梦里。

刘明宇尴尬地笑了笑,从背后拿出一柄伞骨折断的伞,已经不成样子了。

"这是怎么了?"白小枝骇然失笑,"外面还能有龙卷风吗?"

"不是……"刘明宇笑得更加尴尬,"我是在楼下被一个人的自行车撞了……"

"啊?"白小枝心中惊痛,"撞到哪儿了?严不严重?"

"撞倒没撞到我,"见白小枝对他如此关心,刘明宇颇为惊喜,也相当惭愧,"只是在我身上挂了一下……但是伞不慎掉在地上,被他的车轮轧过去了……"

"那也很不像话啊!"白小枝依然挺愤慨,"是谁啊,这么差劲?!"

"没事儿。"刘明宇做出一副大人有大量的样子,"只是个孩子,算了。"

"哦。"白小枝朝他打量了几眼，忽然觉得有些好笑：还说人家是孩子呢，他自己就是个孩子——搞成这个样子的确像个孩子。白小枝在心里偷笑了几声，忽然有了种异样的感觉，像是失望，又像是失重：原来只是因为伞坏了才被淋了，果然电视剧里那些激情浪漫的场面都是不可能出现的啊。

想到这里白小枝的心迅速转向常温，随即也转硬了，她打发刘明宇去洗澡，给他拿了几件自己中性的衣服换上，再给他倒了一杯热茶，笑着——是那种里面衬着硬壳的笑容——说："找我有什么事。"

刘明宇朝她看了一眼，神情忽然变得忸怩起来。

"快点说啊。"一见他有忸怩的神情白小枝就心慌。

刘明宇陡然尴尬窘迫到了极点，但很快又释然了，盯住白小枝的眼睛微微一笑。

白小枝下意识地躲开他的目光，脸也红了。他的目光非常温柔，却似乎含着种非常刺眼的东西。

刘明宇微微有些失望，但也是随即释然，坏笑一下说："嘿嘿，你果然还是这样啊……不过已经没关系了，我已经决定包涵了。"

白小枝的脸上顿时火辣辣的，却也有些气恼：什么叫你"包涵"啊？"包涵"这个词只有在居高临下的时候才能用你知道不？再说我做了什么需要你"包涵"啊？

刘明宇并没有看出白小枝的气恼——他表面上很平静，其实紧张和忐忑正在慢慢集结。"我承认，我一开始有点……要求过高……我感到你对我们是否交往的事情很犹豫，而且就算决定了，恐怕也不敢说出口，感到很不高兴……甚至因此觉得我们不合适，不应该交往，就这样断了算了……然而等我开始新的生活之后，却发现自己根本忘不掉你，几乎是天天都在想你……所以……"盯住白小枝的眼睛，"所以请你和我交往吧！"

"呃？"白小枝感到全身的血液都滚烫了，岩浆般冲向头顶，然而这种激烈的情绪只是持续了一瞬而已，接着便消失得无影无踪。她的心里顿时空了，甚至还有种失重的感觉。

就这样？

就这么轻描淡写地说句话，就要和她交往了？

白小枝心里忽然有了种难以言语的抵触情绪，对是否答应也感到前所未有的犹豫和无措。然而刘明宇见她不说话，竟然以为她默许了，如释重负地一笑。

他这样一笑，白小枝就没法说什么了，心里却是乱得一塌糊涂。

"你……"白小枝差点就说出了"我借你把伞，你回去吧"，但那样就太露行迹了，话到嘴边时赶紧改口，"天晚了……你又受了风寒，赶紧睡吧……省得再感冒了……我给你拿被子去，你就在沙发上睡吧。"不等刘明宇答话就把被子铺在了沙发上。

"谢谢。"刘明宇口里称谢，却迟迟不去睡，白小枝很是奇怪，回头发现他正眼巴巴地盯着她，忽然明白了。心里和脸上顿时都变得火烫，接着抵触情绪也更加浓烈：这小子是不是不愿一个人睡啊……难道他以为向她表过白之后就能直接跟她上床了？

一想到这里白小枝的心顿时狂跳起来，却装得像什么都没发觉一样，"怎么了？是被子不够暖吗？要不我再给你加一床。"

"哦，还行。"刘明宇有些沮丧，慢慢地坐到沙发上掀开被子，依旧不甘心地瞄着白小枝，而白小枝却早冲到自己的房间里藏着去了。现在她真恨自己当初为什么不在卧房的门上装锁，甚至连门闩也没有装。她今天竟像是第一次发现刘明宇的个子比她高很多，胸膛也很宽阔，胳膊也很健壮，总而言之是孔武有力一个男人。如果他要对她霸王硬上弓的话，她还真不是对手。

为今之计只有找个人来陪她,店里那些有一百就说一万的大嘴巴当然不行,只有找懒懒。幸好懒懒虽然平时和她不常见面——因为工作忙嘛——住的地方却并不远。她打电话给她的时候她正好在家。

　　"干吗啊?我不想再出门了……"见白小枝这么晚叫她,懒懒自然要抗议。

　　"你别啰嗦了!快来!"白小枝用手遮着嘴巴和手机的话筒,生怕刘明宇在那边听到了。"总而言之有大事,你来了我再跟你细说……还有你来了之后,就说你是想找我陪你说话,千万别说是我叫你来的啊!"

　　懒懒一头雾水——任何人听了这些话后都会一头雾水——但还是及时来了,这就是好朋友。打开门见到她时白小枝忽然感到一种难以言喻的惶恐和窘迫,不知道该如何向她解释这件事。然而懒懒一见到屋里的情况,竟然立时明白了,眼睛立即弯成了月牙状。白小枝害怕她说出什么拆她台的话来,赶紧把她让进屋里。

第十九章　来真的？不可以！

"哈哈哈……"白小枝刚关上门，懒懒就迫不及待地低声窃笑，"原来是怕他半夜变狼人啊……既然如此当初就不要放他进门啊……是不是你心里其实是……"

"别胡扯八道！"白小枝的脸红得发紫，"我是认真的……不想……"

"我看你是想不开！"懒懒笑得满脸是肉，"依我看，这可是好机会……"

"你别胡扯……"白小枝忽然异常的惊惶起来，"我告诉你，我可是认真的……如果真有什么情况，你可一定要帮我。"

"是的，我一定会帮你……"懒懒笑得坏死了，"我会帮你抓住机会……如果他真有那想法的话，我就以迅雷不及掩耳之势溜出去，给你们机会……"

"你这臭丫头！"白小枝急得几乎要掐她，"你要再满嘴胡扯……我就跟你急了啊！"

懒懒这才住口，却还忍不住偷瞄着她，不出声地贼笑。白小枝赶紧铺床——虽然知道懒懒是说笑的，但是她真有点怕懒懒真会在有情况的时候弃她不顾——在她那小脑瓜里，恐怕以为那样才是帮她，所以要赶紧拉她上床睡觉，这样她至少无法以"迅雷不及掩耳之势"溜走。

然而即使床铺好了，心里有事儿的人也是睡不着的，白小枝把灯关了后也是毫无睡意，眼睛睁得大大的。而懒懒兴奋过度，更加睡不着，见她眼睛睁得大大的，便低声跟她开"卧谈会"。

"哎，白姐，你不是挺喜欢他的吗，现在怎么……别告诉你还套着封建思想的桎梏啊！"

"去！"白小枝撇了撇嘴，"我是没有你们这么开放……但也不是封建……我只是还没想好。"

"哦……"懒懒低低地应了一声——她的态度也终于认真起来，"这个我也能理解……毕竟你们有年龄差距，思想上可能也有代沟……你无法确定他是不是对的那个人……"

"何止是无法确定。"白小枝苦笑了一下，"而是用正常眼光看……简直是不可能在一起的。"

懒懒没有应声，半响才沉着嗓子说："用世俗的眼光看的确有些不搭……但是人不能全按别人的想法活着啊，尤其是恋爱……不过有时候人就是会被别人的想法影响……就算想自己做出决定，也会不由自主地受到别人的影响……也许完全就是因为受到了别人的左右而做出了决定，却以为是自己做出的……也许根本就不对，结果发现时什么都晚了。"

"嗯？"白小枝立即敏锐地感到其中可能有故事——她的语气就好像在说自己的事情一样，难不成她也遇到感情上的问题了？

人在困窘的环境中总会很主动地找寻别人的问题，并积极地为别人解决问题，这样就可以把注意力从自己的囧事上转移开了。而且白小枝对懒懒非常关心，不想让她有困扰，也知道这种问题如果绕弯那是一辈子都问不出的，便单刀直入地问："你是不是也遇上什么事了？"

"什么事？"懒懒露出了明显的心虚表情。

"感情上的事吧?"白小枝盯着她的眼睛。

懒懒的脸立即涨得通红,娇羞不胜却也窘迫至极,过了许久才缓缓地说:"是……的……吧……"

白小枝立即如释重负——终于可以暂时不想自己的问题了。"那你跟我说说,我帮你开解开解?我……呃,虽然算不上什么过来人,但也比你大几岁,也许能帮你出出主意。"

"好……吧……"懒懒缓缓地说,之后又停顿了好久,才吞吞吐吐地讲起了自己的事情。原来懒懒最近遇到了一个男人,而且可能是她的真命天子——她自己是这么觉得的,但别人都觉得她想错了——不过大家别误会,不是那种什么都烂的男人,而是一个什么都好的男人。就是因为他什么都好,才让别人觉得他和懒懒不搭。

这个男人叫郭云起,家里是开公司的,很有钱,本人也是名牌大学毕业,长得很帅个子也高,是懒懒在从事墓地推销的时候认识的。那天他陪自己的一个老年亲戚来看墓地,正好由懒懒接待他们。懒懒的说服功底历来是一流的,不仅把他的老年亲戚说晕了,把他也说晕了——据他之后说,他是因为从来没见过那么会说的女孩子,才对懒懒有了兴趣。之后越看她越觉得她好,之后便爱上她了。

听到这里白小枝觉得老天对她实在太不公了,连懒懒这种从事丧葬行业的人,都能遇到合适的男人,而她开着饭店,坐着四通八达的生意,遇到的竟都是些不靠谱的,想想真是闷得慌。不过这种想法只是一闪即逝,她继续认真地听懒懒诉说。懒懒说了自己的恋爱过程后很快拐到了她的问题,老实说这个问题既在情理之中也不在意料之外,白小枝听了后一点也不意外:郭云起的父母听到懒懒是从事丧葬行业后非常反对郭云起和她交往,他的父亲甚至以和郭云起断绝关系相威胁。一说到这里懒懒就变得异常愤懑,说真的,虽然面对如此激烈的反对,郭云起并没有妥协,她也打算坚持到底,但身边的人竟一致劝她放手。理由就是,在中国,门当户对是婚姻必须遵循的真理,如果门不当户不对,即使嫁过去了,也会一辈子受气,说不定还会被公婆找借口撵出家门——别说只要男人爱你就无所谓,中国男人其实对父母永远是依赖的,也会被他们永远束缚。就算他谈恋爱的时候愿意为你割肉熬汤,那也是他一时血冲上头,等到结了婚或是恋爱稳定,热血下头之后,他还会更听他爸妈的话。所以你懒懒和那家伙是完全不可能的,趁早断了免得受伤害。

听了这些后白小枝咂舌不已,久久说不出话来——这些人说的在现阶段的确是实情,而且在她看来也都对。但是自己也为懒懒感到不服气,不过要劝她坚持的话,又无法为她想出办法。在她看来,如果不能为人想出办法,叫人继续对抗难题都是不负责任。

"你……打算怎么办?"许久后白小枝才小心翼翼地问她。

"不知道……"懒懒眼帘低垂着,长长的睫毛挑着无数的脆弱和忧伤。这惹人怜爱的表情只是持续了一瞬,随后她便怒气冲天地骂起那些"扰乱"她的人来,很快便骂到了郭云起的父母,"其实你别看那两个老家伙说的吧吧的,什么工作晦气,以后会克人,还说什么说出来不好听……其实就是嫌我家没钱!如果我家是从事丧葬行业的大老板,也像那谁的老公一样,家里有个几亿身家,看他们还拿架子不,说不定还会倒过来撵着求我呢!"

说者无心,听者有意,白小枝其实一直在一心二用,一边听她倾诉一边开动脑筋帮她想辄,听到这一点时忽然计上心来。

"我有办法了……你先听听这个行不行得通。"

"呃？"说真的，懒懒真没指望白小枝能想出办法来，听她这么说真是又怀疑又诧异。

"你听我说。"白小枝并不擅长处理感情上的问题，但是她熟谙商人的心理，所以觉得自己的方法应该有用。

"他们不接受你，其实并不是不接受你这个人，而是不接受你的职业……换言之，就把你的职业当成了你的代号，还没了解你就把你否定了……所以我觉得，要想让情况转好，至少得让他们先了解你。"

"可是他们根本不愿意了解我啊……就像你所说的，他们还没了解我就把我彻底否定了。"懒懒沮丧而又愤懑地打断她。

"你先听我说完。"白小枝沉着嗓子说，"我的意思是，你可以找个有钱有势的人，引导他们了解你……就像你所说的，商人的心都是跟着钱转的……你在丧葬业工作这么多年，应该也认识几个德高望重的富婆吧，你找个合适的人选，让她在合适的场合下，假装不知道你和他们家的纠葛，再'介绍'你和他们认识……"

"哦！"懒懒是个聪明人，立即明白了，"你是说，叫我找个富婆夸我……抬高我的身价，对吗？"

"是的，商人的心思都是跟着钱转的，而且中国又是个人际关系型的社会……即使光认识有钱有势的人，也是一笔巨大的财富，你这样做的话他们一定会高看你一点，也许会愿意试着接受你，至少会愿意了解你。你再找机会展示你的优点，说不定就能让他们接受你。"

"嗯……如果能促成他们和其他富商做成几笔生意，他们就会更高看我，对吗？"懒懒的眼睛闪闪发光，白小枝的提议令她相当振奋。

"是的。"见她不仅接受自己的提议，还能举一反三，白小枝很高兴，也松了一口气，"不过你要记住，一定要找'富婆'，如果找异性富商朋友的话，说不定会让他们怀疑你和他有不正当关系，从而引发反效果……"

"放心，这个道理我还是懂的。"懒懒满脸振奋，"我认识不少有大钱的阿婆，其中一个还要认我做干女儿呢……我立即去多奉承她几下，干脆就认了她当干妈，再让她帮忙！"

听说她有这种资源白小枝很是宽心，但很快又愁绪纷起：懒懒的问题是解决了，但她自己的呢？

不过说起来她遇到的也不算"问题"吧……好像全是她自己在纠结……人家都对你表白了，你还在嫌东嫌西，怕这怕那……再说你要是觉得不好你就拒绝啊，却又舍不得……这不是你自己给自己找麻烦是什么？

想到辙后懒懒便再无愁绪，抱着白小枝的胳膊美美地睡了一觉。第二天起来后主动要做荷包蛋当早餐，据她自己说，她一年之中自己做饭的次数用五根手指都能数过来，今天能如此难得地自己做饭，证明她真的是满心振奋。然而在她走进厨房的时候，竟发现刘明宇已经抢先一步，煮起了稀饭炒起了小菜。

"你干吗？"白小枝颇有些猝不及防。

"我做饭啊。"刘明宇笑嘻嘻地扬了扬手中的青葱，"在你家借宿一宿，自然要有点表示嘛。"

"不是……"白小枝仓促间找不到合适的表达方式，只有红着脸住嘴，半响后才想清楚自己想说什么——厨房对女人来说也是很私密的地方。他如此轻易地"挺进"她的厨房，实在有些太冒失、太不见外了……因为这就表示他闯入她的生活了……

懒懒自然也明白其中的隐意，斜着眼朝她贼笑了几声。白小枝本来就有点不知所措，见她这样更感尴尬和慌乱，忍不住悄悄地打了她一下。

刘明宇很快就把早饭做好了，做得还挺像模像样，白小枝从来不记得他还会做饭，因此颇为诧异。

"我自己跟着食谱学的。"刘明宇看出了她的疑惑，笑嘻嘻地说，"刚上班的时候什么都要自己做，我被迫学了很多东西呢，那时候才觉得跟白姐混的时候真幸福，至少三顿饭不用自己操心……"

"很后悔，对吧？"懒懒挤眉弄眼地坏笑，白小枝正为尴尬和慌乱所苦，见她这样忍不住又偷打了她一下。

懒懒嬉笑着吐了吐舌头，不再胡闹了，大家静下来吃饭。可是别人静了，白小枝却无法静下来，即使在心里告诉自己，现在她就应该老老实实吃饭，却仍忍不住反复地偷看刘明宇。说真的，虽然她昨天毫不犹豫地拒绝了他的性要求，心里其实还是很担心他会不会不高兴。她偷看着他的侧脸，想从他的神情里看出些蛛丝马迹，然而不知是她关心则乱，观察力为零，还是他表情晦涩，她看了半天竟然什么都没看出来。

刘明宇忽然抬起头来，白小枝避让不及，目光正好和他撞到。

刘明宇露出微笑，不知为什么，白小枝觉得这是坏笑，舀起一勺粥朝她递了过来。

"你干吗？"白小枝愣住了。

"哦，原来不是啊。"刘明宇竟露出了惊骇的神情——这个神情非常夸张，一看就像是装出来的。"我还以为你看着我是想叫我喂粥给你喝呢。"

白小枝的下巴差点飞出去，接着脸也像被浸染一样红涨起来。

刘明宇嘿嘿一笑，低头继续喝粥，白小枝也赶紧低头喝粥，因为喝得过猛，差点被呛着，她这才明白刘明宇是在"调戏"她。

好家伙，之前她还害怕自己拒绝他会伤到他的心呢，现在看来她完全是多虑了……这家伙显然是不管她拒不拒绝他，态度都一样啊……这算不算是强迫恋爱啊？

想到这里白小枝不仅又羞又愤又为难，却也悄悄地松了一口气。

第二十章　不及格的感情顾问

　　吃完饭后白小枝就送懒懒和刘明宇出去，刘明宇似乎还有很多话要说，白小枝却故意装成和懒懒有"很重要的事情要谈"的样子，委婉地把他打发走。懒懒也很"配合"地说起她的"认干妈计划"，叽叽咕咕地说个没完。刘明宇只好走了，一边走还一边不甘心地回头看。见他如此，白小枝又有些愧疚和担心——真是神经过敏，但也在心里提醒自己不要担心，这小子完全是个二皮脸，不会因此而感到受挫的。为了驱散这种"不必要"的担心，她真的认真地听起懒懒的"计划"来。

　　据懒懒说，她认识的这个富婆叫任朝珠，是做珠宝生意的——生意档次够高——今年七十八岁，身体很硬朗，因用各种美容针看起来更跟四十多岁一样，暗地里却早已忧心到了自己的身后事，到懒懒供职的公司选择坟地。懒懒对付这种老妇人最有一套，几番巧舌鼓动之后，不仅卖出本公司最豪华的墓地大餐，还获得了她的欢心。这任朝珠不仅经常叫懒懒出来玩，还想认她做干女儿。她打算打蛇随棍上，好好地奉承她几下子，等火候到了，再认她做干妈。认她做干妈之后仍不能立即提出请她帮忙的要求，还得再奉承她一阵子，等火候全到之后再请她帮忙。这样她才不会觉得懒懒是因为有求于她才认她做干妈的，才会全心全意帮她。

"怎么样，这样就万无一失了吧？"懒懒得意地问白小枝。

"听起来是很完备，但是就怕时间等不起。"白小枝算了一下，要按照懒懒的计划来，至少也要等一个月。现在年轻人的感情脆弱得很，说不定一个月后黄花菜都凉透了。

"没事儿。"懒懒朝她挤挤眼睛，"按照我的效率，一个礼拜就能搞定。"说到这里她的眼神忽然有了些微妙的变化，嘴唇也微微地动了动，竟似乎是欲言又止。

"怎么了？"白小枝敏锐地感到她想说的一定和她有关。

"嗯……"懒懒抿了抿嘴，犹豫再三后说，"你和刘明宇……没关系吧？"

"有什么关系？"白小枝的心"突"地一跳，脸立即晕染般红透了。

"嗯……"懒懒又抿了抿嘴，似乎她想说的话很难启齿。

"有话说话啊你！"白小枝竟感到十分心慌。

"好吧……我只是这么觉得，"懒懒小心翼翼地盯着她的眼睛，"你也许听不懂……你和刘明宇不是一个段数上的。"

"段数？"白小枝知道这词一般是用来形容等级的，不仅更加慌神，以至于明知故问，"你是说……我把握不了他吗？"

"也不是啦……"懒懒嘴唇磨动着，似乎很尴尬，"我只是觉得这小子鬼机灵，又一点都不怯场，你可能玩不过他……"

白小枝的脸"唰"地一下涨紫了，愤懑地没有作声。懒懒本来还有很多"忠告"要说，现在见她如此，便什么都不敢说了，怕会让她挫败感太严重，立即从这段感情里抽身。在懒懒看来，这段感情虽然有点超越世俗，但还是值得试试看的。这个话题中止之后她们便再没有什么好说的，各自叮嘱几句就散了。

白小枝和懒懒分手后就朝饭店走，她想象着饭店里的人来人往和酒菜喷香，很快振奋起来。然而振奋并不代表心无杂念，她走进饭店后竟有一种莫名的心慌和尴尬的感觉，走进柜台想了半天后才发现自己是心虚。

为什么会心虚？是因为刘明宇在她家过夜了吗？真是莫名其妙，他顶多只算在她家借宿，又没有和她发生什么，心虚个什么劲儿啊？然而即便她很清楚这点，仍然无法阻止自己心虚。看到小婷的时候尤其心虚，这一点更搞笑，小婷明明和刘明宇没有任何关系，顶多是追求未遂，看到她时自己心虚个什么劲儿啊？

不过，虽然道理是如此，但小婷要是听说刘明宇和别人玩暧昧的话，依旧会伤心的吧。白小枝想到这一点后越发心虚，几乎要躲到柜台里不能出来了。就在这时，懒懒给她发来一条短信，说她的"计划"进行得异常顺利，只用家里存着的一些鹿茸就将任朝珠彻底搞定。她收了鹿茸之后，当场就感动地又提起要收她做干女儿，懒懒假意地推辞了几下就不再客气了。

看完短信后，白小枝不由得感叹懒懒这丫头办事能力真强——别看她把自己送礼制胜说得轻描淡写，其实是"世事洞明，人情练达"之后才能办到的事情。首先，对任朝珠这种腰缠万贯，阅历丰富的人来说，不管是怎样烧钱的礼物都是无法入她法眼的。要获得她的欢心，就得靠"心意"——要让她觉得送礼的人是真心真意地为她着想，才能真正地打动她的心。其次，送药物虽然是表达心意的好办法，但要送礼送到点子上也很不容易。真正懂行的人都知道，现在的保健品市场十分混乱，很多包装精美的烧钱货其实都是假的，而且有时候甚至是越贵越假。不懂行的人觉得这些东西送起来很显心意，而在懂行尤其是交了很多学费的人看来却一点都没有诚意。因此真正显心意的反而是那些原生态土药——这些药只要质地真，比那些包装精美的药要管用一千倍。懒懒家里存的鹿茸，是在东北当猎户的亲戚带来的，绝对是纯真好药，有钱都难买。任朝珠得到这种礼物，不心花怒放才怪呢……不过说起来任朝珠似乎有点可怜，懒懒是因为有求于她才对她如此奉承，并不是因为真的喜欢她、崇拜她才要认她做干妈……咳，现在又有几个人和人结交的时候是纯因为趣味相投啊。只要不害人，动点小心思也没有关系。再说懒懒这个人素来仁义，即便是另有所图，但只要认了任朝珠做干妈，相信该尽的孝心都还是会尽的，绝不会像其他人那样……呃，其他人？

说来也有点匪夷所思，她一想到"其他人"这个概念，就忽然想到了刘明宇，接着竟有了一个非常莫名其妙的怀疑：刘明宇来接近她，不会也是另有所图吧？

一想到这里白小枝全身的毛孔都"唰"地一下收紧了，接着感到头脑"清醒"了许多。仔细想一想，这种可能的确不可以被排除，说真的，刘明宇虽然和她玩暧昧已经很久了，但是她从来没有确定他是真的喜欢她这个人，或者说从来没有真正有信心认为他是喜欢她这个人。当然了，在外人看来，白小枝这样想肯定是多虑。她虽然已经三十岁了，但看起来也只是"熟"而没有老，稍微打扮一下一点都不比二十岁的女生差，甚至比她们还多出一份成熟的魅力。但是对于女人来说，年龄是无法遮盖的。即便外表依旧年轻美丽，年龄仍会在心里刻下印痕。而且以刘明宇的条件，即使白小枝只有二十岁，在他身边也会觉得心虚，也许在别人看来这是无意义且无必要的自卑，但是白小枝认为很有必要。女人有必要保持清醒，这样才能懂得自量。她认为自己现在的头脑"很清醒"，所以这样的怀疑很有必要……呃？

觉得这种怀疑有必要后，白小枝忽然发现自己根本无法"清醒"了。一种难以言喻的惊恐、迷茫和愤懑排山倒海般袭来，以至于她恨不得立即冲到刘明宇的公寓大搜检,甚至还想立即揪住刘明宇的领子问个明白。这种心态显然不正常。白小枝罕见地在上班时间内就想开瓶小酒镇静一下。就在她抬手拿酒的时候,忽然发现小婷已经悄无声息地站到了她的面前,表情阴冷僵硬如万圣节的橡胶鬼面。

"怎……怎么了?"白小枝心里有鬼,猝然见到她时格外慌乱。

"白姐。"小婷脸上的肌肉微微抽搐,似乎在阴郁之下还有异常激烈的情绪活动,让白小枝觉得格外心慌,"我心里闷,想跟你谈谈。"

"谈……什么?"白小枝竟有了种想要落跑的感觉。

"小叶,刘明宇的事情……"

"呃?"白小枝差点从椅子上弹起来,但还是告诫自己要理智:没事的,她应该没看到刘明宇今天早上从她家出来。肯定没这么巧,她要能看到,除非天天趴她家大门口。可是如果不是因为这个,她干吗要和她谈刘明宇的事情?

"他……怎么了?"白小枝强压下心中的慌乱,假作镇定地问。

"我前阵子,又去他工作的地方看他了。"小婷嘴一歪,竟像要哭出来,"我看到他和一个女同事,似乎很亲近的样子……是不是和她谈恋爱了啊……"

白小枝只觉得脑子里"嗡"地一下,糟了,怀疑成真了!虽然刘明宇和女同事过从甚密并不等于说他在和她恋爱,而且就算恋爱了也顶多证明他是在脚踏两条船,但白小枝就是冲动地认定刘明宇接近她是另有所图,说不定就是为了金钱。一时间她烦恼愤懑到了极处。又听到小婷竟然还问她"刘明宇是不是和那女同事谈恋爱",一时间竟失控地大吼,"你问我我哪里知道？你问他自己去啊！"

小婷被吓怔了，眼里涌出了一层泪水，在眼窝里打着旋儿，又不敢让它流出来。白小枝这才省悟自己失态，想要道歉却又没那个心情。伸手拿起一瓶酒——她现在旁若无人了，打开瓶盖灌了一口下去。

若按成熟女性的做法，白小枝应该就此把刘明宇丢进心灵的垃圾桶，再想起他都等于不成熟。而白小枝不仅没有"学会成熟"，反而朝"不成熟的方向"突飞猛进——她竟然像小婷一样跑去刘明宇的地盘偷看去了。看来果真像某些人士所说的：女人早恋等于早练。否则只要没谈过恋爱，八十了恐怕也会跟十八一样幼稚。那天她穿了一件不常穿的宽松外套，戴了一个褐色的套头帽，外加一个褐色的太阳镜，特务般溜到刘明宇公司附近。

真是上天帮忙，白小枝发现刘明宇的公司门外有很多小吃店，为什么有小吃店就是上天帮忙呢，你想啊，现在的白领工作时间都是早九晚五，中午只有一小时休息时间，是绝对不够回家烧火做饭的，小白领们一般都是吃公司派发的盒饭。如果吃不惯或者吃腻了这些盒饭怎么办呢，就只有下楼到小吃店里找吃食。一般来说单身独居的人，尤其是年轻男孩跟人交流的欲望是很强的，很可能在吃饭的时候跟老板唠嗑，这样他正在想什么正在干什么跟他熟识的老板也能知道一二。而白小枝也是干饮食业的，本人又非常具备沟通技巧，跟这些老板们套话非常在行。很快她就得知刘明宇（这家伙长相比较出挑，吃食店的老板们对他都有印象）喜欢在一家川菜铺吃饭，听到这个时白小枝不由得皱眉而笑，遥想当初这家伙一点辣都不能沾，现在竟大模大样地吃起川菜来了。便溜去找川菜店老板套话，说来也巧，就在她准备进入正题的时候，忽然远远地瞥见刘明宇过来了,赶紧扑进店里的角落,要了一碗面条,装模作样地吃着。

刘明宇竟也要了和她一样的辣面,一边吃一边笑着跟老板聊天。

"小刘,你公司准备得怎么样了?"一番寒暄之后,老板忽然提到了这件事——她应该是无心的,白小枝却竖起了耳朵:开公司?这可是个不小的动作啊!

"早着呢。"刘明宇淡然地笑着,夹起一筷面条吃了。

"怎么会早着呢?你这么有才华。"听老板的语气,虽然一半是奉承,但也有一半是真心称赞。

"我哪有那么优秀?"刘明宇又笑着吃了一口面条,"再说即使有才华,也要花时间兑现的。"

"现在注册一人公司不是不需要多少钱吗?"

"那也需要几万啊,我得花好几年才能存够呢。"刘明宇淡淡地说,虽然他依然很淡定,但笑容却悄悄地隐退了。看来他的确有在为这件事烦心。

白小枝忽然感到眼睛和耳朵里的血管都"突突"直跳:开公司需要钱?是不是这就是他接近她的理由?想找她借钱,或者说根本就是要钱开公司?

"不过,"刘明宇忽然又灿然笑开了,"开公司也是需要经验和人脉,以及其他软实力的。我现在的公司是个很好的平台,是我学习和存蓄这些资源的好地方。所以我觉得我也没必要太着急自立门户。"

白小枝听得暗暗点头:这些话倒是很有道理。呃?她可不能这么轻易被欺骗,天知道他说这些话是不是只想掩饰自己的不快和无奈……啊呀!

第二十一章　情敌环伺

白小枝忽然一激灵，因为门外来了一个穿着很时髦的女孩子，现在的时髦就是韩式风格，说是可爱和时尚，其实就是全身层层叠叠地套一大堆小物件，什么围巾、小裙子、手套、小帽子、毛衣链，乱七八糟的一大堆。白小枝是极不待见这种打扮的人的。不过这丫头虽然打扮不入白小枝的眼，模样却让她觉得很顺眼。白小枝不由自主地紧张起来：她会不会就是小婷口中的刘明宇的"绯闻女友"呢？

果然那女孩子一进门就扭着腰坐到了刘明宇的对面，刘明宇对她粲然一笑。白小枝心头猛地一紧，竟不由自主地把筷子砸到了碗边上，发出"啮"的一响。

白小枝大骇，仅仅发出了这么点响声就让她异常的惊慌和心虚，也没敢确认刘明宇是否发现她了就赶紧低头大口吞面条。吃了几口面条后感觉没什么动静，才小心翼翼地抬起头来，却发现刘明宇竟已无声无息地站到了她面前。

"咳咳咳！"白小枝吓得差点被面条呛进鼻子里。

"啊呦，被辣椒呛到可不得了！"刘明宇赶紧递过纸巾，还端来一杯水给白小枝润喉。白小枝好不容易把自己收拾停当，偷看刘明宇，发现他满脸堆欢，简直笑得像一朵太阳花。

"白姐你来这里考查市场吗？"

白小枝听他竟已给她找好了理由,心头先是一宽,之后又觉得他可能有埋伏,赶紧仔细看他,果然觉得他的笑容很贼。但事到如今似乎也只有照着他的说法才能下台,只好硬着头皮说:"是啊。我想在这里开一个……中式快餐,中式份饭的小分店,专门供给写字楼里的白领……其实这里还是挺有市场的。"一边说一边偷看刘明宇。

刘明宇果然笑得更贼,白小枝更加心虚。那个一身烦琐的女孩子一脸不耐烦地朝这边张望,似乎在询问白小枝是谁,刘明宇便适时地把她叫了过来,"这就是我跟你说过的那位餐馆的姐姐。"

女孩子露出"原来如此"的神情,眼神有些复杂。白小枝隐约感到她似乎有种"松口气"的感觉,不禁心里大慌大怒:什么?你是不是觉得我很丑很土,所以才松口气的啊?!我平时可不是这样的我告诉你!

发现这一点后白小枝十分的心乱和不忿,加上她"偷窥被抓"后也很仓皇,跟刘明宇根本不知道该说什么,胡乱寒暄了几句就离开了。离开后闷头在街上走,总觉得那女孩子的眼神一直在眼前晃——何止是晃啊,简直是挂在那里,还在不停地膨胀。

人在陷入感情漩涡的时候,总是会不由自主地做一些幼稚的事,而且还会一件接一件地做下去,甚至还会越做越升级。白小枝总觉得"被那女孩子那样看"是不可忍受的事情,即使她不打算跟刘明宇如何,她也不能忍受自己被那家伙轻视。所以她冲进了服饰店,准备打扮一下再在她面前重新登场。

以前她穿衣服的时候从来不轻易选鲜艳的颜色,这次却毫不犹豫地捞了件橘红的,这件衣服似乎有特别的染色配方,所有的衣服里就属它颜色最鲜。这件衣服是秋季最新款的毛料连衣裙,不仅颜色鲜,还有束腰,还有小亮片,还有花朵,还有蝴蝶结。以往白小枝对这些元素都是谨慎对待的,因为这些东西即使是年轻小姑娘有时都驾驭不了,今天看到这些东西的时候还是捏把汗,但还是闭着眼睛穿上了。穿好它照镜子之前忽然理智回归,觉得自己真是疯了,努力平复了一下心情后才敢照镜子。

然而照了镜子之后她却觉得效果很好。橘红色的面料衬得她的皮肤宛如初升的云霞,修身的束腰使她的体形宛如新做的雕塑——当然了,这是商场营业员的话。白小枝自己只觉得是效果很好而已。觉得效果好后她就毫不犹豫地买下了这件衣服,为了让自己更加闪亮,就拐到其他区买了一套镀金的镶锆钻锁骨链和耳环——现在都是仿真的首饰比真的闪亮,尤其是耳环——这耳环是用镀金细链吊着两颗锆钻,这两颗锆钻在阴暗地像水滴,在光亮的地方像两颗星星。而那根锁骨链也把她的皮肤衬得无比细腻。她穿戴一新后,站在商场的镜子前,仔细地观察自己,觉得各个角度都过得去后才松了一口气。

这下能比得过那个小丫头了吧,她暗暗地思忖着,趁着周围没有人注意她,悄悄地对着镜子飞了个眼风。就在这时,她忽然听见有人喊她:"白小枝,你也来这里购物吗?"

呃?白小枝的感觉简直像做贼时被人当场抓住,赶紧回头。

天哪,是禹风,他怎么在这里啊?!

转眼间禹风已经满脸堆欢地跑到她面前,白小枝知道这时规避尴尬的最佳方法就是先发制人,赶紧笑着问他:"你也来这里购物吗?"

"是啊。"禹风果然中招,不由自主地把话题引到了自己身上,"我来这里买些……生活必需品。"

白小枝顺势往他手里的袋子一看,果然是些袜子之类的东西。

"没办法，我老婆对我关心不够，我只有自己买袜子。"禹风苦笑，一边说一边悄悄地用眼睛瞟着白小枝。

白小枝此时就是对身边的小细节敏感，立即发现了他的眼神。

禹风有些尴尬，但很快便无所谓地哈哈一笑："你今天真漂亮……上次遇到你的时候就觉得你已经很漂亮了，没想到你还能更漂亮。"

白小枝笑了一下，不知为何她笑得非常僵硬，大概她的潜意识已经察觉到了什么，"哪有……我这把年纪要不再打扮一下就影响市容了……"话说完后她才发现自己最后这句话怨愤极浓，顿时异常惶惑和羞惭：你不分场合地胡说什么啊？怎么搞得像怨妇一样了？

禹风倒没发现其中的异常，还是只顾着恭维她，"你哪里老啊……你比我老婆还年轻一岁呢……哈哈，你不知道，其实你很显年轻的，如果我不是你的老同学，根本看不出你三十了。你看看你，皮肤多好，比好多85后的小姑娘还显细腻呢，而我老婆……不怕你笑话，其实她现在不化妆都出不了门了……"

"话也不能这样说，职业女性工作都是很辛苦的……你应该多呵护她。"白小枝淡淡地说，她是不由自主地选择了这种平淡甚至冷淡的态度。不知道为什么，她和禹风重逢之后，每次相见她都会不由自主地选择这种戒备甚至排斥的态度，这似乎是极不正常的，不管怎么说，他毕竟是她高中时的暗恋对象。遥想当年她每次见到他时心里都会很激动，为什么现在见到他后是这种心情呢？只是因为她长大了成熟了吗？应该不是……白小枝忽然有了一种很不适的感觉，就像心头磨上了木屑：也许不是她变了，而是禹风变了。他的身上有了很多她不喜欢的东西。

白小枝胡乱跟禹风聊了几句，便找了个理由离开了。禹风还是满脸笑容，等她转身后却皱起了眉头。

"哼。"他懊恼地冷笑，用几不可闻的声音嘀咕道："在吊我胃口吗？"

白小枝回到饭店时又引发了轰动，员工们很少见到她如此惊艳的打扮，都感到很惊诧。白小枝感到很不好意思，也感到很忐忑，虽然可以佯装无事地走进柜台里坐着，但心还是"怦怦"直跳。

"我们白姐……又怎么了？"张大奎悄悄地问小婷。不知从何时开始，他们把小婷当成了和白小枝有特殊关系的人了。

小婷茫然地摇了摇头，忽然想起之前她跟白小枝的谈话，顿时明白了些许，苦笑着说："看来是战争开始了……"注目看了看白小枝，忽然有种难以理清的复杂情绪。灯光下的白小枝很美，尤其颊边那两颗摇曳闪烁的锆钻，把她衬得宛如云空中的仙女。可以想象她在三十岁的时候是绝对无法像白小枝这样美貌的。因为小时候吃了苦，现在的她已是略带沧桑……别说是三十岁时，就算是现在，她也无法和满身成熟美而又不显沧桑的白小枝比……而且，白小枝是她的恩人，甚至可以说比某些亲人对她都好……

门槛忽然响了一下，那是极细的高跟碰到门槛时发出的响声。小婷一激灵，忽然有从荒唐愚蠢的梦中猝然而醒的感觉，不禁大骂自己笨蛋：她跟白小枝比什么啊，真正的敌人在这里呢！

出现在门口的赫然是刘明宇，满脸堆笑地站在门口，身边还跟着一个女孩子，这个女孩子挺漂亮，但令人惊诧的是，小婷竟在第一时间里看出了她所有的缺点：她身材短小，"长挑"身材全靠那双十几厘米的高跟鞋撑着。鼻子较矮，眼睛较小，全靠化妆给人以"高鼻梁、大眼睛的错觉",至于眉毛——小婷根本看不出她原本的眉形是什么,只看到层层叠叠的化妆品的痕迹,估计原来的眉毛早被拔光或者是被化妆品腐蚀尽了。她的脸型其实不怎么好,全靠发型掩盖,伪装成了个鹅蛋脸。她浑身上下,唯一长得好的就那两片嘴唇,但也不能说是长得多好,只能说是勉强过得去。但是不管是天生的还是后天的,她身上的各个元素经过修饰后都挺顺眼,还可以说是漂亮,甚至可以说是惊艳。而且好像现在男人就喜欢这种后天美女,似乎是因为修饰出的美貌有时更有"范儿"。在这一瞬间小婷忽然感到十分的挫败、不平和窝火,只想对着那女孩大吼:你是什么玩意啊?!冒出来做什么?!

然而那女孩却没有看她,甚至都没有注意到她的存在,她的全部目光都集中在白小枝身上,眼中充满了惊诧和嫉妒——可能是因为中午看到白小枝时她形象很差,使她低估了白小枝,现在看到她竟然可以如此漂亮,竟宛然有了种高楼失足的感觉。

然而白小枝却丝毫没有注意她,她的注意力全在刘明宇身上,他的忽然造访令她很是错愕。

"我是带李茉来吃店里的特色菜的。"刘明宇倒挺淡定,"我经常夸这里的辣菜好吃,李茉也喜欢吃辣菜,所以想来尝尝。"

"哦,好的。"不知为何白小枝有些仓皇,赶紧招呼服务员小李拿菜单,刘明宇把菜单直接给了李茉,李茉捏着菜单,心不在焉地看着,一直偷偷地环视四周。店里的其他人看她的眼神都有些怪异,简直像在看一个侵入者……

他们为什么会这样看她?难道说……李茉忽然感到一股灼热的酸味从心底涌起:难道说刘明宇以前和白小枝已经是大家公认的一对了吗?否则他们是不会用看第三者的目光看她的……他们已经分了吧?不对……刘明宇好像还和她藕断丝

连……她凭什么啊？！一个老女人！

想到这里她就感到心中妒火直烧，忍不住朝白小枝扬起下巴，她想说几句有关年龄的话刺激一下白小枝，却挫败地发现白小枝竟没有把丝毫的注意力放在她身上。

白小枝依旧错愕地看着刘明宇，她实在搞不清他来这里做什么，他是因为她没有回应他的告白，感到很生气，故意带李茉来向她示威？还是知道她已经吃醋了，故意带李茉来刺激她？让她不要再"拿架子"，赶紧投入他的怀抱？

一想到这里白小枝就感到脸烫得像火烧，甚至觉得站也不是坐也不是，刘明宇看出了她的异常，笑嘻嘻地抿了口啤酒——他其实一直在从眼角偷看白小枝的反应。然而因为他的少许得意忘形，李茉也发现了他的这点小秘密，顿时脸涨得通红：刘明宇，你难道带我来只是想"向她示威"吗？我对你来说只是示威的工具吗？李茉感到异常的愤怒和受辱，恨不得立即站起来离开，身体却像被粘住一样动不了。因为她如果这样做，就等同于说自己输给了那个老女人。鹿死谁手还不知道呢，她怎么可以这样轻易认输呢？而且如果现在夺门而出，肯定会得罪刘明宇，她真的很喜欢他，如果不是万不得已，她真的不想得罪他。

刘明宇偷眼看着白小枝的脸慢慢变红，觉得"火候已经快到了"，便大口喝了一口啤酒，准备再去"调戏"她一下——虽然已经这样决定，而且白小枝看起来情绪已经完全被他操控，但在调戏她之前他还是得要喝酒壮胆。然而就在他准备行动的时候，意外发生了，而且是足以将整个形势逆转的意外。

一个男人走了进来。刘明宇一开始只是朝他瞥了一眼，也没觉得他有什么特别的地方，却发现白小枝异常惊诧地扭动了一下身子，如果只是惊诧还罢了，他甚至还从白小枝的眼睛里品出了一丝受宠若惊，顿时感到异常错愕，赶紧扭头又仔细地看了看那个男人。

哦，这男人很是气宇轩昂啊，身上穿的衣服也是名牌，看起来是资深成功人士，而且有一点是刘明宇不想承认，却又不得不承认的，这男人也很帅，而且是那种成熟的帅气，比他那种青涩未脱的帅气恐怕更能讨到白小枝这种类型的女人的欢心。

"禹风，你怎么来了？"白小枝笑得很尴尬和暧昧——她本不想显得暧昧的，但就是不由自主。没办法，那几年的暗恋还是会在她的心里留下痕迹。

"原来这就是你开的店啊？"禹风竟显得比她还惊诧，"这还真是巧诶……我只是逛街逛累了，看这个店很气派，便想进来吃饭，没想到竟然是你开的店，这还真是缘分啊！"

根本就不是缘分，其实他一直尾随白小枝到这里，在外面转悠了半天，想好了如何出现，甚至连进来的神情都演练过了才进来。他笑嘻嘻地找了个正对着白小枝柜台的位子坐下，正准备开腔，忽然觉得颊侧有一道火灼的目光直射过来。他朝左瞥了一眼，看到身边不远处有个小男生狼狗一样盯着他。他是职场老手，最善于察言观色，立即明白了：看来这小子也觊觎白小枝啊。

发现这一点后他恼怒而又悄然地冷笑：这也难怪，像白小枝这样的女性，本来就很能吸引小男生的目光——虽然男人们一直叫嚣年纪大的不要，其实心里对美貌的熟女充满憧憬。他偷偷瞄了瞄刘明宇，发现这小子各方面都还不错，顿时感到自己受到了挑战，颇有些不爽，但也更加振奋。

"这位朋友，我认识你吗？"他略一思忖后便先发制人。

"啊？"刘明宇毕竟嫩了点儿，一时竟不知如何反应。

"我看你紧盯着我，就像见到了老朋友一样。"他微笑着说。

刘明宇一怔，他倒还罢了，在一旁看着的白小枝反而比他们更错愕，她万万没想到这俩男人只是对了一下眼，就已经相互看穿对方想干什么，并且已经暗自较上了劲。因此看他们做出敌对的姿态后格外错愕。

"哦，我是看你和白姐很熟，也想和你打个招呼……你是白姐的朋友吗？"刘明宇反应倒也算机敏。

"是啊，我是白……哦，小枝的高中同学。"禹风故意选了个亲近的称谓，"算得上是青梅竹马吧。"也故意讲得很暧昧。

刘明宇脸色微微有些难看，随即却又哈哈一笑："之后分开了很久，现在才重逢，是吗？"他已经从白小枝面对禹风的生疏态度推出他们现在的关系不亲近。

禹风微微一笑，虽然装得满不在乎，但眼角眉梢还是溢出了少许怒意，"是啊，不过还好我们的友谊还是一样深厚。"然后转守为攻，"你是小枝朋友家的孩子吗？"

其实刘明宇和白小枝的年龄差距并没有那么大，他这样说是故意夸大，强调他们不适合，以此来刺痛刘明宇。

刘明宇的脸色果然变得很难看，似乎要说什么，却没有说出口，大概他还没想好该如何"接招"。

禹风露出了得意的神色，还要再说什么，白小枝冷不丁地开了口："禹风，现在已经很晚了，你不需要回家陪老婆么？"

这句话锋芒暗藏，禹风呆了一呆才品出其中的棱角，不禁张口结舌，哭笑不得。他万万没想到白小枝会忽然对他出招。刘明宇很是得意，立即往白小枝身边靠，然而还没等他对白小枝做出什么亲密的姿态，白小枝就起身朝店堂后面走去，一边走一边说："我想起我还有点事……小李，你好好招呼客人啊！"

老实说，她看到禹风对刘明宇示威后感到很不爽，但看到刘明宇得意的样子后她也感到有些抵触。

刘明宇万万没想到她会这样，顿时尴尬地僵在了那里。两个男人你看看我，我看看你，都是一脸尴尬，一脸迷惑。李茉一开始也是张口结舌，之后却忍不住"扑哧"一声笑了出来。刘明宇如梦方醒，悻悻地付掉钱走人。李茉紧跟其后——虽然菜还没动几筷子，但她本来就不是来吃饭的。

禹风苦笑了一下，也离开了，走出饭店时意味深长地朝饭店大门看了一眼。

"真是吊我胃口啊……是欲擒故纵，还是？"他低声咕哝了一句，声音细微，几不可闻。

第二十二章　专家也跑偏

几天之后，白小枝的"高贵朋友"米娜又荣耀地跨入广播领域，成为一档情感广播节目的主持人。每周五晚七点半，她准时上线倾听听众的情感故事，为他们的感情问题提出建议。听到这个消息后白小枝非常高兴，特地买了一瓶上好的红酒和一些精美的点心去找她，为她庆祝。她本来不喜欢这种中看不中吃的花样，但她觉得这样才符合米娜的小资情调。

米娜依然很优雅，也很精致。高高盘起的头发光可鉴人，精心制作的水晶甲面闪闪发光。但是不知是不是开始新的事业会让人疲累，她显得很是憔悴，眼下还有些浮肿。但是白小枝并没有怎么担心——在她心目中米娜几乎是无所不能，任何问题都能顺利并且轻描淡写地搞定。她打开酒，拿出点心，和米娜一起吃喝聊天。人在陷入感情问题的时候，总会在任何场合，任何时机想起并谈起自己的感情问题，白小枝也是这样。她莫名其妙地在吃巧克力点心的时候想起了"似乎在追求她"的两个男人。

"说起来……感觉也很奇怪……"一想起他们她就很为难，"他们似乎都喜欢我……而我……好了，我就不瞒你了，其实我对他们也挺有好感的，但是又对他们感到排斥……不是那种一直排斥，而是偶然的排斥……"

"他们做了什么令你不快的事情吗？"米娜的语气有些蔫蔫的，似乎精神不太集中。

"也不算吧……"白小枝皱起眉头，一想起这个她心中就拧巴，"他们好像是在为我争风吃醋……因为这个我也不该生气啊，好像女人看到男人为自己争风吃醋是应该高兴的……而且他们做这些事的时候也没有妨碍到我啊……我为什么会感到排斥呢？"

"这个啊，大概是因为你还没允许他们和你建立亲密关系吧。"米娜淡淡地说。每次她给白小枝解惑的时候都是这种语气，而今天听起来语气却有些不稳，似乎她现在心里很混乱。

"是啊。"白小枝苦笑了一下，因为米娜说的话正中红心，但她并没有发现米娜语气中的异常，"这两个人的确不是可以交往的对象……其实我根本不应该为他们烦恼的……禹风是有妇之夫，虽然他那个老婆不像话，但只要他还在婚姻里，我就不应该……而且他现在也变了，变得……似乎沾上了很多不好的东西。"一说到这里白小枝就觉得一股苦味涌上喉头，赶紧转移话题，"而刘明宇……"一提起刘明宇她就感到一股辣味直涌心头，"这家伙……说来更是气人，一开始扯谎赖在我家，后来又……忽然跑来说要和我交往，你说这种事我总要考虑一下吧，然而还没等我考虑几天呢，他又和一个女生走得很近……走得近就走得近吧，还带那个女生到我店里晃悠……你说这家伙是不是有毛病啊？"

米娜晦涩地一笑——笑容晦涩复杂，似乎包含着无数心事，"你看起来很喜欢他啊。"

"哪有？！"白小枝立即闹了个大红脸，忙不迭地否认，"谁说我喜欢他？我一点都不喜欢他！"

"你不用抵赖，"米娜嘿嘿坏笑，"越能让你烦恼的人就是你越在意的人，你刚才简直是全身心地在烦恼……你绝对很喜欢他，不用否认了。"

白小枝张口结舌，过了半天才讪讪地说："其实我是被他烦得太厉害了……好吧，我是有点喜欢他，但也只是喜欢而已……不是在理性范围内的……不是被理性主导的感情才能被称为是爱吗？因此这不是爱……"

"爱从来都是非理性的。"米娜怅惘地一笑。"其实你也没必要忙着把他一棍子打死……其实人活一世，未必都要规整地活着，多经历一点……也未尝不可……"

"呃？"就算白小枝再迟钝，到这里也品出不对来了——米娜不是一直崇尚"理性的恋爱"吗？今天怎么会一反常态啊？

"你……没出什么事吧？"白小枝敏锐地感到她的生活可能出了什么大变故——一般只有生活上的大变故才能让人一反常态。

米娜露出猝不及防的神情，那感觉就像一只蜗牛被人猛然剥去外壳。然而这种呆滞只是片刻，她很快便大方地一笑，"被你发现了啊，你的目光也很敏锐呢。"

之后米娜向白小枝坦承，说她恋爱了。白小枝对此并不意外——能让她恋爱观改变的事情，肯定是恋爱。但之后听她谈到恋爱对象的时候，却差点从椅子上跳起来：米娜不是在开玩笑吧？这也太夸张了吧？！

米娜爱上的，竟然是个明星，还是个小明星，而且还是一个靠选秀上来的，曾经被传是会不择手段上位的小明星。他叫雨默，今年二十一岁，是某全国性选秀节目上一季的冠军。和他谈恋爱，即使对小女生来说，恐怕也是最傻最危险最坑爹的选择。米娜身为理性恋爱的代言人，竟然也会被这种男人迷住，简直是匪夷所思。

听说这点后白小枝张口结舌，久久无法缓过劲来。

"看来你很不看好啊。"见她如此反应，米娜颇有些沮丧，也颇有些怅惘。

"呃……"白小枝宛如刚从抽筋中缓过劲来，"你……考虑清楚了吗？"

"为什么要考虑清楚？"米娜的口气忽然加重，之后才发现自己这似乎有斗气的意味——的确是有斗气的意味，因为她身边的人几乎都对这段感情不看好。她发觉这样不好，赶紧平复心情放稳语气。"其实我也有想过……知道喜欢上他可能很愚蠢，也可能有风险……但是我就是喜欢他……圣经里说过，一个邪恶的男人，娶了一个善良的女人，也可能变成一个善良的男人……我想努力试试。"

白小枝听得怔怔的，说真的，她真不看好米娜和雨默谈恋爱。但是这又是米娜选择的，又让她不由自主地怀疑自己这是不是偏见。因为米娜一直都很牛，所以就让她有了一种"米娜选的就错不了"的思维桎梏。她不知道该跟米娜说什么，跟她乱扯了几句后就回去了，之后还忍不住一直揣测米娜这份感情到底能不能成功。上天的意图就是这么令人难以揣测，不久之后，她竟然有了一个亲自检验这个雨默是否值得米娜爱的机会。

雨默要过生日，要选个"安全而又有情调"的地方开生日聚会。米娜就帮他选地方。雨默这个人呢，虽然长得比较清秀，但喜欢吃辣，而且吃辣的水平远高于一般人。米娜想到白小枝店里的张大奎做辣菜很有一手，另外白小枝是她的铁姐们，不用担心她会向狗仔队通风报信，而且白小枝店里的格调也正合雨默的胃口——他喜欢江南小调般的风味，白小枝最近正好把店小葺了一下，在店里内外都贴上了假竹子，还用栏杆隔开各个座位，上面还缠着假花。至于其他的精致小装饰，一下也难以尽述。便请白小枝为雨默准备生日会。

听说这个消息后白小枝不敢怠慢，一来是因为米娜是她的好姐们，二来她也想通过这个机会好好地观察一下雨默。店里的小服务员们虽然不算是追星狂人，但对明星还是知道一点，还有一个人天天梦想着自己也能在什么选秀节目里拿个名次，一飞冲天。所以听说雨默要来后都十分的激动。白小枝立即给她们泼冷水，叫她们不要忘了本职工作，而且警告他们，说这次来给雨默庆祝生日的都是文艺界有点头有脸的人，叫她们千万不可以失礼，给店里跌份。另外除了这些"大佬"之外，还有一些雨默的资深粉丝。白小枝非常担心这些人会失控闹出事来，如果店里的服务员还跟着他们一起疯，就完蛋了。所以白小枝严厉地警告她们，如果她们跟着那些人一起闹就开除她们。一切安排停当之后，白小枝就打扮停当等着雨默他们驾临。白小枝对雨默并没有什么兴趣，但是面对客人时形貌得体是开店的人该有的礼节，另外雨默好歹是个明星，她觉得自己也该打扮打扮表示隆重欢迎。于是她便穿了件鲜亮的衣服——就是新买的那件橘红色毛呢裙。画了点淡妆，顺便也把头发做了一下，光鲜亮丽地在店堂里坐着等着。

先来的是些粉丝，手里捏着邀请券，叽叽喳喳得很是兴奋。白小枝本以为这些邀请券都是免费发的，只是个身份的证明，一问才发现每张券竟然要五百块——这雨默可真够可以的，简直是雁过拔毛。因此还没见面的白小枝就给他减了十分。然而更令她惊讶的还在后头，刘明宇竟也拿着邀请券走了进来。

"你怎么来了？"白小枝很是惊诧。

"哦，我也是默雨的粉丝啊。"

当面撒谎啊，白小枝撇了撇嘴，连雨默的名字都说错了，看来他是专程赶来的了。白小枝下意识地看了看身边，果然看到小毛心虚地把视线转向别处。哼，白小枝在心里冷笑了一下：他早该知道小毛是刘明宇的眼线了。但问题是他到这里干什么？她给明星开生日会又不是自己会朋友，他专程来监视个什么劲儿啊？

刘明宇看到白小枝一副"已经戳穿他谎言的样子"，赶紧心虚地回想自己刚才的话，忽然想起自己把雨默的名字说错了，顿时尴尬惶恐到了极点，不过这也只是一瞬间的事，他很快平静下来，只是讪讪地一笑："被你看穿了啊。"

白小枝忽然感到异常尴尬起来。因为按照正常顺序，她应该追问刘明宇"为什么要混进这里"，但是如果刘明宇坦白是为了监视她而来，她反而会尴尬得下不来台。但是如果什么都不问她又觉得很不忿，于是转了话题："你是怎么弄到邀请券的？看不出你还挺神通广大啊。"

"哪有啊。"刘明宇羞涩而又骄矜地一笑——虽然不是好话，但对小男生来说，被喜欢的女人夸还是很令人高兴的。"我只是经常在论坛上混，偶遇了一个知名网友，而这个知名网友又认识一个大佬级的粉丝……这些人在网上的交友都很广的。因为这个大佬级粉丝，我就弄到了邀请券……其实只要给钱，并不难弄到的。"现在在网上套近乎总是格外容易。

"哦……"白小枝一撇嘴，正想说几句损他的话，却忽然听到身边人声喧哗。

哦，雨默来了。

雨默穿着一身的名牌，戴着茶色的墨镜，头发上不知抹了什么，在夜晚的灯光下也闪闪发光。老实说，看到他时白小枝很感意外，她一直以为明星都是"台上光鲜，台下路人"，生活中即使不是很挫，扔人堆里也"泯然众人"，然而雨默在台下也很有范儿，皮肤也相当好——目测应该是没有涂什么护肤品。

　　他一进门米娜就迎了上去——白小枝光顾着跟刘明宇叫板去了，米娜什么时候来的竟然没有发现。米娜那一瞬间的表情简直让白小枝看傻了眼——简直就是个少女怀春的小粉丝嘛！而雨默则毫不客气地给了她一个拥抱。白小枝再次傻眼——虽然她是开饭店的，各样牛鬼蛇神见了不少，但是看到他这么大模大样地抱她的朋友，还是有点让她觉得不适应。

　　正因为她傻看着他们，雨默注意到她了，立即拿下眼镜跟她打了个招呼，看到他眼睛的时候，白小枝第三次傻眼——他竟然带了美瞳！戴着墨镜还戴美瞳？什么毛病啊？

　　不过，即便白小枝很不认同，但他的美瞳还是挺好看的，晶光闪亮的宝蓝色，戴上后整个人都有了种梦幻的感觉。

　　"这就是我常常跟你说起的白小枝。"米娜赶紧为她介绍——不知是不是白小枝敏感，她似乎看到米娜眼中闪过一丝仓皇和戒备的神色。

　　"嗯。"雨默朝白小枝上下打量了一眼，赞许地点了点头。

　　"嗯？"白小枝觉得他的目光有些不对劲。

　　"果然像米娜说的那样出众。"雨默坏坏一笑，"简直像小说里描写的那种……男人梦想中的老板娘。是不是有很多男客人，来这里吃过一次饭后就每天报到了？"

　　"没有吧。"白小枝不由自主地红了脸。虽然她努力想把这个当成普通的赞美，但仍觉得其中有调戏的意味。这家伙讲话怎么这么随便啊？然而更让她骇异的是米娜的反应，她相信自己的感知和米娜应该差不了多少，她既然觉得其中有调戏的意思，米娜肯定也感觉到了。按照米娜之前的脾气，应该立即板起脸来痛斥他，而她现在竟然仍是一脸钦慕和顺服地看着雨默，连点不快都没有显露。在一瞬间白小枝几乎都有些恍惚了——米娜这是怎么了?

接着白小枝便引导他们到早已为他们安排好的座位上,雨默竟然邀请她也一起坐着。

"不,谢谢,我还要监督他们干活呢。"白小枝赶紧推辞。

"应该没关系吧,我看你的店员们都挺专业,也挺敬业的。"雨默一脸的殷切,"你已经辛辛苦苦地为我准备了这么多,再叫你忙来忙去我会有负罪感的。"

呃?不知是不是心理过敏,白小枝又觉得这话说得很暧昧,她又下意识地看了看米娜,却发现她依然是毫无反应,正因为如此她也无法大惊小怪,只好犹豫着坐了下来。然而她屁股刚沾到椅子,就发现桌子旁多了一个人,刘明宇竟然笑嘻嘻地坐到了她的身边,椅子还是自带的——根本就没准备他的位子。

"请问你是……"见到他后雨默也有点诧异。

"我就是来吃过一次饭就天天报到的客人啊。"刘明宇嘿嘿坏笑,甚至还带有点挑衅的意味。

"哦,"雨默微微一笑,意味深长地朝白小枝盯了一眼,白小枝感到有种针尖一样的东西刺到她的脸上,顿时暗叫不好。

刘明宇此举也许只是想向他示威,叫他"离远点",却让雨默误认为她是那种专门喜欢勾引小男生的风骚放浪的女人,让他对她更"感兴趣"——现在白小枝终于确认雨默对她感兴趣了。这真是麻烦啊,这叫她如何自处?虽然是雨默自己无聊,但她既然让雨默对她有了兴趣,也算在一定程度上背叛了米娜……算了,相信他也仅仅是对她感兴趣而已,应该也不会做什么出格的举动。她留神点就是了……

想到这里白小枝心里忽然"咯噔"一下,她可不认为自己魅力无限,能让男人一见倾心,她一直都是懂得自量的。因此雨默对她感兴趣,应该只是单纯的轻浮好色而已,米娜怎么会喜欢这种男人？到底是怎样被他蒙蔽了呢？

一想到这里白小枝又有些疑惑，"米娜不会错"的桎梏又开始禁锢她了，她加上十二分的精神，仔细地观察雨默，同时也加上二十分的精神，谨防可能会出现的尴尬。然而事实却好像是她"自作多情"了。雨默之后就没和她再多说什么话，只是和店里的小刘——就那个一心也想当选秀明星的服务员——相谈甚欢。白小枝并没有因此感到沮丧，她可不是那种单纯被男人忽视就会不开心的笨蛋。但看雨默时就觉得越看越不顺眼。咋地了？你还想欺骗这孩子啊？你看看你一脸都是想骗色的神态……好家伙，你是不是是女的你就不放过啊？简直差劲到极点了……米娜呢？竟然还跟视而不见似的！真见鬼了！

白小枝又在旁边观看了一会儿，实在受不了了，竟然做了一个很容易引火烧身的决定——把雨默叫出来质问他，问他到底想干什么，以及到底对米娜是何种态度。可米娜一直坐在雨默身边不走，刘明宇也一直不走，按理说这应该能打消她那危险的念头，可她质问的欲望却越来越强烈。终于等到米娜和刘明宇都有事离开了，她把雨默叫到走廊的拐角。其实这里是设计者的失败之处，为了契合外面建筑的棱角，又不愿少占地方，就用砖墙围成了一个兜兜状的面积，简直可以当储藏室用，在这里也格外的掩人耳目。

第二十三章　老房子失火很难救

"你到底在干什么啊？"白小枝等雨默一进入拐角就压低声音质问他。

"我干什么了？"雨默竟然嘻嘻一笑。

白小枝感到这份表情很碍眼，忽然感到十分挫败。她对这种表情似曾相识，刘明宇也似乎经常以这种表情对她。搞什么啊？难道她在年轻男孩面前就这么没有威信吗？

"你还装傻……"白小枝生气了。她一生气就红脸，却给人以她"娇羞不胜"的错觉，雨默的眼里更加露出贼光。

白小枝见他如此更加骇异，也更加生气，"你别告诉我你忘了你一直都在干什么吧？你跟小刘一直胡扯什么劲儿啊？你想诱骗她对不对？你到底想干什么啊？"

雨默一直笑而不语，等她说完后忽然朝她靠了过来，低头直视着她的眼睛，"终于要说实话了吗？"

"什么？"白小枝异常错愕。

"你吃醋了，对吗？"雨默盯着她的眼睛，几乎全身都要笑出来。

"呃？"白小枝的下巴差点飞出去——这家伙自恋狂啊？我为他吃醋？亏他能想……呃？难不成这家伙跟小刘热络，其实是想引她吃醋？我的天，这家伙是不是不正常啊？

雨默见她表情错愕，竟误以为她是被他"戳中"了软肋，得意地一笑，竟低头要吻她。本来遇到这种情况，白小枝肯定会毫不犹豫地推开他。但她之前的错愕还没消化，见他如此不禁更加错愕——这家伙简直自恋到无敌了，反应便稍微慢了点。然而就在她还没反应过来的空档，一只手忽然伸了进来，几乎是把雨默勾住脖子拖了出去。

刘明宇来了。

白小枝感到又惊诧又好笑，为什么会觉得好笑？只见刘明宇对雨默怒目而视，一脸正气和霸气——男生有时候在发生争执的时候不喜欢多说话，只是喜欢用眼神对抗。白小枝见他露出凶巴巴的神色时脸上还带着一丝青涩，觉得有点好笑，但不得不承认他还是挺有男人味的。

雨默刚开始的时候有些怒，但可能因为是名人——好歹也算名人吧，不想过度惹是生非。便"不和你一般见识"般冷笑了一声，转头走了。

"你到底在干什么啊？"雨默一走，刘明宇竟然板起脸训斥她，"跟这种人纠缠什么劲儿啊？"

"谁跟他纠缠了？"白小枝又好气又好笑，"是我朋友喜欢她，我却发现这家伙乱七八糟，把他叫出来问问他到底安的什么心而已。"

"哦……"刘明宇盯着白小枝的眼睛，觉得她不像在说谎，稍微松了口气，之后却依然梗起脖子训她，"可是你也太不小心了吧……要是被这家伙非礼了怎么办？替朋友出头也不该把自己置于险地啊。"

"哈？"白小枝笑了出来，她觉得这家伙讲话真是太夸张了，"置于险地？这里是险地吗？只不过是走廊拐弯而已……我要喊人的话，哪里喊不来人啊？再说我又不是十几岁的女孩子，早过了面对色狼手足无措的年龄了。其实刚才如果你少来片刻，我早就狠狠地给他点厉害了。"

"诶？"听到这里刘明宇倒是一激灵，"你准备给他……什么厉害？"

"当然是防狼术里教的啊。"白小枝抬了抬膝盖。

刘明宇立即省悟到她是指用膝顶，竟然肉之为颤，"你这太凶残了吧？"

"凶残？"白小枝觉得有点莫名其妙，"你说我凶残？你刚才不还是一副要痛扁他的样子吗？"忽然省悟到他可能是在想象和她在一起时的样子，估计还想得很邪恶，否则不会担心会被她用膝顶，顿时下巴都差点飞出去，真是又惊诧又恼火又尴尬，真不知道该说什么好，狠狠地朝他白了一眼走出去。回到包厢的时候，见到雨默竟然在亲热地和米娜咬耳朵，看她时竟也是一副恍若无事的神态，就好像之前什么事都没发生一样。见他如此白小枝不由得怒极反笑——这家伙真是差到没谱了……这家伙一定是红了之后就忘乎所以，再加上有些脑残粉丝玩命捧他，让他以为他已经成为女人眼中的肥肉——不，圣物，以为自己随意就能攻下一个女人呢。看来她不能再认为"米娜的选择不会错"了，米娜这次不知道受到了什么蛊惑，反正是彻底瞎了。虽然觉得会惹上麻烦，甚至可能会引发矛盾，影响她和米娜的友情，但她还是决定和米娜谈谈。

她很快就找到了机会。第二天米娜白天没有工作，她拎着早点就去了，正好把米娜堵在家里。她叫米娜坐下，简短而又愤慨地把自己遇到的事情说了一遍，她本以为米娜会"如梦初醒""勃然大怒"，没想到米娜竟是一副怔怔的表情，活像宿醉未醒或是仍在梦里。听到她说雨默的荒唐事的时候也有惊骇和愤怒的神色，但只是模模糊糊、懵懵懂懂，像陷在梦魇里一样。

白小枝又迷惑又骇然，呆看了她半天之后才小心翼翼地说："你……怎么看？"

米娜苦涩地笑了一下，笑容晦涩，不知道是什么意思。

"你……难道不觉得这家伙很可恨吗？"白小枝张口结舌。

"还好吧。"米娜的神情更加晦涩。

"呃？"白小枝的眼睛瞪得几乎要掉出来，她简直怀疑眼前这个人是不是她认识的米娜了，"什么叫还好……你不生气吗？你别告诉我你还要和他交往？"

米娜的眼中掠过一阵旋风，白小枝本以为她终于生气了，却没想到这种神情只是持续了一瞬，她很快又回到那副蔫蔫的晦涩神情，低低地说："其实……我们还没有开始正式交往……所以他做些什么出格的事情……也不是我能控制的。"

"什么？"白小枝觉得自己简直要疯了，也怀疑自己是不是在做梦，"你不是在开玩笑吧？这种男人你竟然还要……你到底想清楚没有啊！"

"我干吗要想清楚？！"米娜忽然激动起来，"我什么都不愿想！"

白小枝骇然住口，她现在彻底懵了。既然米娜已经这样了，她再留下来恐怕只能找不快活。她怔怔地出了门，迎着早晨的凉风，走了许久才明白过来：看来恋爱这东西，再懂理论，不实践也不行——仔细想想，米娜好像也和她一样，根本没有正儿八经地谈过恋爱。而且，再仔细想想，当局者迷旁观者清，米娜也许就是远离情爱这东西，冷静地看别人谈恋爱，才能总结出那些爱情的真理——其实也不算真理吧。粉丝们大概就只是觉得她说的有道理，就关注她、捧她，根本没有真正实践过她的理论对不对。米娜其实完全就是个理论家，一遇到实践一样瞎，而且瞎得很厉害。

发现这一点后，白小枝不知道心里是什么滋味。老实说。她一直视米娜为偶像，视米娜为旗帜，视米娜为导航，视米娜为后盾，现在都一并垮塌，让她心里虚空颓败，也更加迷茫——也许她对刘明宇保持优越感一直是自欺欺人。不管年龄有多大，只要不"练"爱过，一切都白瞎。

想到这些后白小枝陡然紧张起来，忐忑不安地等着刘明宇再度出现。令她意外的是，刘明宇竟然好久都没有再出现，白小枝彻底懵了。她原以为男人喜欢一个女人就会天天缠着她，就算不会每天报到，也该每天打一个电话问候，现在他竟然毫无征兆地地鼠钻洞一般隐遁了，简直让人觉得匪夷所思。是她不了解新新人类的恋爱方式呢，还是他其实……不怎么喜欢她呢？

一想到这里白小枝就觉得自己陷入了五里黑雾之中，之前恐惧的事情全部妖怪般冒了出来。可能刘明宇只是一时兴之所致，随便对她有了兴趣，见攻不下她，兴趣便随之湮没了。更可能他接近她就是另有所图，见目的无法达到，所以就隐遁了。想到这里白小枝恼恨异常，几乎想把天打个窟窿，她虽然并没有付出什么，但觉得仍像被欺骗玩弄了一样？

虽然白小枝很是恼恨郁闷，但日子还得过，在现在这个社会，你只要有一天不全力前行，就可能自此掉队。白小枝听说有家餐厅的甜点很好，打算去考察一下——光卖中式菜点已经过时了。现在很多小情侣已经不大喜欢进餐厅吃炒菜点啤酒，而是喜欢找个雅座吃甜点喝咖啡。白小枝准备去这些餐厅看看，依样画葫芦也推出甜点套餐——其实只要买点奶油、果酱和蛋糕面包，自己合成个似是而非的就行了。现在的年轻人触感其实很钝，细微的不同尝不出的。

白小枝戴了个酒红色墨镜，找了个靠边但能监视一切的座位坐下来，点了几样甜品，一边品尝一边检视环境。结果一下看到件意外的事情：刘雨在这里相亲呢。

一看到刘雨，白小枝就有种复杂的心情，下意识地想躲，后来却想自己跟他根本没有什么，一躲反而像做了什么亏心事一样，于是又放松，泰然而坐，可刻意放松依然会有些走样。

她坐的地方正对着刘雨的位置，虽然她可以把目光转向其他方向，但她坚决认定自己不需要"大惊小怪"，于是依然把目光对着刘雨的位子。

和刘雨相亲的是个看起来只有二十岁的女孩子，虽然打扮挺时髦，但脸上那两朵乡野红依旧很触目，暴露了她其实是刚从农村出来的女孩——看来刘雨终于投降了。刘雨今天也是正装打扮，看起来有种成熟男人的韵味，表现却一点都不成熟。他明明比那女孩大十多岁，又是男人，表现得却比人家女孩还拘谨。坐了半天不说一句话，连甜点都没有吃。白小枝觉得有些好笑，心里忽然有种异样的感觉——其实男人老实点也好呢。如果她的"他"老实一点，她就不用那么辛苦了。

白小枝点的草莓巧克力蛋糕上来了。戴着酒红墨镜观察这些东西很不方便——要搞山寨也要拿准色调的，她便把墨镜摘了下来。就在这一刻，刘雨竟然发现了她，竟猛地从椅子上弹了起来。

"呃？"白小枝差点把蛋糕丢地上——你反应这么大干吗？我又不是来逮你的……我跟你也没什么关系啊？还好她反应还算正确，若无其事地低头吃起了蛋糕。刘雨也冷静下来，但不知为何似乎相当沮丧，低头坐了下来。

"怎么了？"那女孩讶异地朝白小枝的方向乱看，但因为不认识白小枝而且白小枝已经低下头来，所以没有发现什么。

"没事……"刘雨低低地说，神情微微有些恍惚，"我只是以为自己看到了熟人……其实却不是……"

那女孩没有深究，两个人就这么面对面吃甜点，白小枝也把注意力和目光都转到了别处——一直看着肯定会出麻烦。好不容易等到刘雨和那女孩走了，白小枝终于可以安心地做调研，总结了一些东西后就准备离开。然而她在柜台付账的时候，却从眼角瞥见刘雨正在店外的树荫下。

什么？白小枝的下巴差点飞出去，他一直在门口守着？想干什么？那女孩呢？不在身边？搞什么东西啊？

虽然觉得很怪异，白小枝觉得自己仍然不应该大惊小怪，便佯装淡定地付账出门。然而出门之后更怪异的事情发生了：刘雨不知是不知道她发现了还是怎么的，竟然一声不吭地跟到了她的身后。白小枝顿时发毛了。虽然她知道他是人畜无害的老实人，不会对她非礼什么的，但见他如此还是感到心慌。他到底想干吗？是要对她说什么话吗？要说就赶紧说啊！

第二十四章　温柔无坚不摧

已经走出一段路了,刘雨却还是一声不吭地跟着,白小枝更觉得发毛,下意识地加快了步速。然而刘雨不知是迟钝还是怎么的,在她如此之后依然跟着,按理说聪明人见到这种情况,就该知晓她已经发觉了他在跟她,并且不想被跟。刘雨应该是个聪明人,却依旧铁着心跟到底……他到底想干什么啊?

白小枝心头一慌,走得更快了,一走快就来不及仔细看路,一不小踩到了一堆软乎乎的东西,她心头暗叫不好,低头一看,更是差点呕出来:她踩到了一堆狗屎。

在这一瞬间,白小枝的心情简直如坠崖般坠到谷底,接着就暴怒到无法自制——这鞋子可是名牌的啊,花了她几百大洋呢……都怪刘雨!要不是他神经病般地跟着她,她会有这种失误吗?!

白小枝怒气冲冲地朝刘雨看去,就在她即将发怒的时候,刘雨已经满脸关切地抢了过来,"把鞋子给我吧!"

"呃?"白小枝一开始没有反应过来,后来见他手里拿着纸巾,才知道他是要为她擦鞋。白小枝满心的怒气立即消了,便在街边的长凳上坐了下来,把鞋子递给他。就在怒气消尽的一刹那,她立即发觉自己的行为是多么的冒失——叫人擦鞋可是相当失礼的,而且她叫人家擦的还是狗屎鞋!

白小枝立即感到十分惭愧和尴尬，想把鞋子要回来，但看到刘雨擦鞋的认真劲儿——刘雨擦鞋擦得那叫认真啊，用纸巾一点一点地，像在擦拭无价之宝般细细地擦，一个缝隙、一个纹理都不放过——她又找不到机会开口。白小枝静静地看着，感到心不由自主地融化了，心里也凭空多出几分怅惘，到底在怅惘什么，她似乎知道，又似乎不知道。

鞋子擦好了，刘雨把纸巾丢进垃圾箱，竟要把鞋子给白小枝穿上。

"不，我自己来。"白小枝慌忙把鞋子接了过去，忙不迭地穿上，穿上之后她忽然觉得自己应该跟刘雨说几句话，开口时语气却颇有些仓皇，"你……今天是来相亲的吗？"

"算是吧。"刘雨晦涩地一笑。

"什么叫算是啊？"白小枝苦笑，心头忽然掠过一丝异样的感觉，"是觉得她不好吗？"

"也许吧。"刘雨用复杂的目光偷看了白小枝一眼，"她一开始还好……后来就渐渐跟我提起了她和我结婚后想把弟弟接进城里打工，还说想把父母也接过来……虽然这也是结婚后应该考虑的事，但问题是我只是刚刚和她相亲，她就说起了结婚后该干什么……是不是有点太着急了？"

"同感。"白小枝点了点头，心里暗自骇笑：这丫头真够极品的，刚见面就觉得自己吃定刘雨了吗……呃，应该不是觉得吃定了，她这其实是谈生意的谈法……她其实是把结婚当成生意在谈。真是太崩溃了。不过在某些老辈人的眼里，这是"实在"的表现也说不定。

"我回去就跟七婶说这个不行。"刘雨苦涩地笑笑，"估计她又要骂我了。"

白小枝不知道是该安慰他还是该帮他骂那个女孩，只是陪着苦笑了一下，可就是这一笑，竟悄无声息地拉近了他们的距离。

之后两人的话便多了，聊的都是些生活和生意上的琐事，之后两人一起回家。过后见面的时候总会多聊几句。对此白小枝并没有什么大惊小怪的，她觉得自己只是单纯地见到他想说话而已。然而雇员们看他们两个人的目光却似乎不大对劲，白小枝一开始并没有发现，直到有一天才知道他们是什么意思——竟然又把她和刘雨暗中配对了！

那天她和刘雨聊了几句，转头回店，意外地发现有三两个雇员正躲在门边，伸着脖子看着他们。白小枝本来也没觉得异常，却发现他们竟然都是一脸来不及掩饰坏笑的尴尬，才发觉有些不对。但她真正醒悟他们在想什么的时候，还是因为小毛哼了一句歌。

那时小毛佯作无事地从她身边走过，嘴里哼的歌荒腔走板，但歌词还是挺清楚的："我一见你就笑，因为你的翩翩风采太美妙……"

白小枝立即醒悟他们是认为她又和刘雨关系暧昧，顿时感到异常的尴尬和恼火，只想揪着小毛质问加分辩："我笑了吗？我根本没笑！我这是跟他正常地说话而已……"

这样做显然很傻，白小枝自然不会这么做，她只是鄙夷而又恼怒地朝小毛瞄了一眼，然后愤愤地走了。这什么世道啊，她清清白白一女人，竟然天天被人如此猜测……唉，以前是寡妇门前是非多，现在变成了"剩女"门前是非多……社会咋变成这样了？

白小枝虽然有些气愤，但也没如何纠结，流言这东西其实就是浮云，只要没下文，它自己就会消散的。她现在的注意力全部放在如何推出本店的特色甜品上。她在店里抽出一个人，专门准备甜品，其实也不需要什么专业技术，他根本不需要负责味道，味道是卖食材的店家负责的，他只需要把批发来的蛋糕、奶油、巧克力和用糖腌制过的水果"创造性"地组合在一起就可以了。这位小店员手巧得很，而且平日就喜欢用橡皮泥捏糕点玩儿，白小枝觉得他有天赋，就让他来"组合"这些东西，效果果然极佳。

搞定了甜品之后，白小枝就开始研究营销手段，她不想不声不响地推出甜品，想预先宣传一下。这项业务针对的是年轻人市场，而针对年轻人的最有效、最省钱的手法就是网上营销。白小枝的主要客户群就是附近那几个大学的学生。现在的大学生情侣最喜欢玩情调了，所以白小枝就打算找个靠谱的摄影师，把招牌甜点全都拍得美美的，在各个论坛上发帖。

照片很快就出来了，白小枝由衷地感叹现在的摄影技术和PS技术真是奇妙。她的甜品本来就不错，但也没到美轮美奂的程度，可经这两个技术一处理，简直宛如稀世奇珍。白小枝对这种效果很满意，便打算发帖。在发帖之前她又觉得她要是有个稳定的展示平台应该更好，便又准备去注册个博客再附带个微博。

她找了个据说流量比较大的博客网站，注册时赫然发现禹风的博客正在首页推荐。她讶异地点进去，发现是禹风向网民教授炒股经验的博文——现在在网上，不管是文学绯闻还是时尚都敌不过炒股的话题。白小枝看了一下，并不是很懂——一直踏踏实实的她对捞快钱的事情都不是很关注，那样可能收益大，但风险也很大——只是觉得禹风说得煞有介事，觉得挺好玩，一时兴起就在他的博客上留了言：你现在出息了啊。她并不认为禹风能发现她，没想到禹风不久就来加她好友，并跟她聊天，他看了白小枝博客里甜品的照片，对它们赞不绝口。

"你这也太夸张了吧，"白小枝被他逗笑了，"明明还没吃过，就把它夸得像人间美味一样。"

"一点都不夸张啊，我根本不用尝就知道它们一定很美味，因为它们是你这样的美人做的嘛，怎么可能不好吃呢？"

呃？不知道是不是白小枝敏感，白小枝又觉得其中有挑逗的意味，心里顿时有些戒备，用词用语也谨慎刻板了起来，"其实这些都不是我做的，这是我们店的甜品师傅做的。"

禹风似乎从她发消息的间隔中品出了她的戒心，没有再继续胡扯，而是和她聊起了如何推销甜品的话题。老实说，白小枝并没有想从他那里得到什么指教，但好奇自己的想法在他这等老手眼里会是什么段数，便简略地跟他说了自己的想法。禹风对她的想法只说了句："尚可。"

白小枝心想他恐怕是觉得她的想法非常初级吧，苦笑一下就准备关网页，这时，禹风又给她发来一句话："不过我觉得，你这个博客，作为你的宣传门面，应该再加一张照片。"

"什么照片？"白小枝一激灵。

"你应该拍一张以你自己为广告模特儿的甜品宣传照，一般来说，任何企业都该有其品牌，要有品牌就要树立形象，要树立形象就要有具体的形象代言。我觉得你的饭店你自己做形象代言最好，你美丽自信，在同龄人当中算成功的，而且形象给人以信赖感。你如果拍一张宣传照放在博客里，效果应该更好。"

老实说这话其实很有道理，但白小枝又觉得他还是有挑逗的意思，不大想照他的话做。和禹风聊天之后，白小枝想为自己的甜品拟几句宣传语，便在网上找类似的句子找灵感，忽然想到了刘明宇。

一想到刘明宇，白小枝就心头一紧，再过三天，刘明宇就整整四周没和她联系了。白小枝从来没对时间期限有过如此的紧迫感，此时却神经质地盯着日历，在心里反复念叨：马上就四周了，马上就四周了……这家伙到底怎么了啊，一声不吭就消失四周之久？

白小枝忍不住去浏览了他们公司的网页。按理说一般的职员在公司的网页上是很难有位置的，出乎她意料的是，她竟然在上面看到他了。原来他因为设计能力出众，带来了好的销量，得了他们公司的部门奖。只见照片里他一脸灿烂的笑容，好一副志得意满的样子，白小枝觉得眼睛被他的笑容刺痛了，接着心里便涌起一种莫名的不忿，或者说是不服气，于是她找到那个摄影师，叫他再以她为背景，拍一张她家甜品的宣传照。

拍照片时白小枝是端庄地坐着的，但摄影师把她拍得很诱人，简直让她和她的甜品一样秀色可餐。要是往常，白小枝肯定不会用这样的照片，这次却立即把它放到了博客上。

白小枝本打算发过帖之后就推出甜品业务，但又觉得这样似乎效果还不够。她仔细想了想，准备搞个甜品免费试吃活动，时间定在周日早上，发放各色甜品共一百份，先到者先得——免费的谁不要啊，现在的年轻人，尤其是大学生又是闲者居多。这样绝对可以一下宣传到位，于是她就把这些信息发到了各大论坛上，在自己的博客上也发了一份。

不出白小枝所料，她这个活动反响很不错。那天一大早就看到很多学生模样的人站在门口排队，白小枝赶紧招呼店员发放甜品，却意外地发现一个花店店员抱着一个大花篮走了过来。

白小枝知道这种花篮一般是庆祝开业用的，还四处乱找附近哪家店开业，却惊诧看到店员把花篮放到了她家店门口。

第二十五章　这事没门！

"这是我的吗？"白小枝张口结舌。"是的。"店员面无表情地递过一支笔，"请您签收吧。"

白小枝打发走店员后就检查那个花篮，结果在花丛中翻到一个卡片，发现送花人是禹风。白小枝立即有了一种火辣辣的感觉，说不清是激动还是困扰。她仔细看了看那个花篮，发现这是庆贺开店类别中最贵的那一种，顿时更觉得火辣辣——她只是推出试吃业务而已，他竟然送这种花篮，怎么看都有些小题大做。一种说不清道不明的不适和慌乱的感觉，从心底慢慢涌上，使她一天都有些坐立不安，宣传效果火爆的喜悦也被冲淡了。等到一切都闲下来后，她第一件事就是打开电脑，看禹风有没有给她私信或是留言，结果却什么都没。白小枝有点发懵，之后却醒悟他也许是在等她主动找他说花篮的事情。白小枝的不适和慌乱顿时更强了，就算她再迟钝，也觉出这可能是个小险境，便特意等到他下线了，才发了一个感谢私信给他，然后便关了电脑。

这个方法看起来不过不失，但白小枝还是觉得这样可能很失礼，禹风也没有回应她的私信，不知道是不是有些不爽。当白小枝以为禹风短时间内不会再出现骚扰她的时候，禹风却又衣冠整齐，满脸微笑地出现了。也没有直奔她的柜台，而是坐在离她不远的位置上，点了一杯白小枝发明的甜品，水果鲜奶杯。

这是白小枝在吃其他店的鲜奶杯的时候想到的，鲜奶杯能最大地满足爱吃甜品的女孩的需求，但美中不足的就是有些腻。

于是乎，白小枝就在甜奶油中混入了大量的清甜解腻的水果。这些水果搭配的方法也颇有讲究，白小枝为了搞好搭配，还特意看了中医书——独创就独创在这里。这些水果和在蛋糕上放的不同，蛋糕上放的水果都是用糖腌制过的，这些水果虽然也经过处理，但原味都得到了保留，吃起来又甜美又不腻。不过虽然这个口味很好，但禹风品尝它时的表情还是太夸张了些，那表情简直幸福得要滴油。

鲜奶水果杯很快就吃完了，禹风笑嘻嘻地来柜台付账——其实他完全可以喊服务员来买单的。

"这个甜品很好吃啊，看来我的花篮没有送错。"

白小枝不好意思地笑了笑，因为那个花篮很贵，她想到它后就有些不安。她其实想给他个合适的回礼，却一直想不好该送他什么。

禹风似乎看出了她的想法，意味深长地笑了笑，从口袋里掏出一个礼盒，放到她面前。

"这是……"白小枝一惊。

"礼物啊。"禹风打开盒子，里面赫然是一串用五彩水晶和珍珠串成的项链。"喜欢不喜欢？"

"这个太贵重了，我不能收……"白小枝一看就知道它很贵。

"你不要这样吧？"禹风忽然拉下脸来。

"怎……怎么？"白小枝猝不及防，一时有些手足无措。

"我们毕竟是老同学吧，我送你生日礼物是应该的吧，你连生日礼物都不愿收，就好像我是个很差劲的人一样……我有这么令你厌烦吗？"

"生日？"白小枝异常惊诧。

　　"是啊。"禹风得意地说，"你拍那张宣传照的时候，是以你的房间为背景的吧，你的房间布置得很美……我看到了一个日历，你在今天的日期上画了个圆圈，对吧？今天就是你的生日吧？"

　　"呃……"白小枝脸"唰"地一下红透了，竟然哭笑不得：男人们还真会想当然啊……她在日历上画圈，是因为那是她推定的大姨妈来的日子，但是这句话她是无论如何都说不出口的，只有红着脸婉拒。禹风却坚持要送。不知不觉间，雇员们和店里的客人全都在目不转睛地偷看他们了。店员们还好，客人们的目光却让她很难为情——有时候人就是这样，知道得越模糊，猜测得就越具体。

　　为了避免猜疑和谣言进一步扩大——不知为什么，白小枝现在特别怕谣言——只好暂且把项链收了下来。之后左思右想，觉得自己该找个机会跟禹风说清楚，便请他出来吃饭。她找了挺有档次的饭店，因为这不仅仅是要约谈，还有回礼的意思。

　　禹风准时来了，他今天穿得格外潇洒，一脸的"人逢喜事精神爽"。白小枝请他点菜，他却说应该让女士先点，白小枝没有办法，只好点了很多昂贵的菜肴——这样才能显示出她的"诚意"，而禹风之后只是随意点了几个凉菜。

　　白小枝本来打算在吃到中段的时候再跟他摊牌，到了时间后却不知为何开不了口。她认为自己是绝对不想和他交往的，待要开口时却说不出的犹豫。她只能在那里脸喷火地坐着，知道这样肯定会引发误会，但就是没有办法。

　　一顿饭很快便吃完了，白小枝掏出钱包准备买单，却被禹风抢先一步：他拿的是卡，一下就搞定了。白小枝更加感到手足无措，因为她又欠了禹风一份情，而禹风也分明是一副"再下一城"的表情。她觉得自己必须要摊牌了，却越紧张就越觉得难开口。

饭后禹风提出送她回家，准备拦出租，白小枝却觉得有他人在场摊牌更加困难，赶紧提出想再散散步，禹风更加欣喜和得意，简直就是一副"鸭子已经进锅了"的表情。白小枝更加慌乱，却更是一副满脸通红、惹人怀疑的样子。没办法，她似乎陷入了一种古怪的状态，还不由自主地越陷越深。

今晚的月色很好，皎白朦胧，细腻，无孔不入，很容易引发暧昧，而今天的月亮恰恰又是满月——据说这也是容易引发"犯罪"的时刻——月亮的磁场会刺激人的荷尔蒙，从而引发各种欲望。禹风显然被刺激到了，他一边看着月亮，一边用自言自语般的语气说——其实眼角一直在瞟着白小枝："今天晚上的月色很皎洁啊，也很清爽……让我想起了初恋的时候。"

白小枝心头一紧，嘴角自然而然地向下撇去，正要说什么，冷不防禹风用手勾住她的肩膀，低头就要吻他。白小枝骇然，本能地把他推开，急速地闪到一边，她的心疯狂乱跳，那感觉简直像被一瓢开水烫醒了。不过醒也是好事，她终于可以对他拉下脸了。

禹风对白小枝有如此激烈的反应也感到很错愕，半天才尴尬地笑笑，"怎么了？"

"其实我今天来，是想跟你说清楚。"白小枝的脸绷得像个铁板，"我不想和你交往，因为你已经结婚了，这和你这个人是好是坏没有关系，你既然已经结婚了，我就不能和你交往，就这些……请不要再缠着我了。"说完转身离去，她一股劲走到街边叫了个出租，一路上竟然没敢回头看。没办法，即便不愿和他交往，禹风在她心里仍然是个特别的存在，让她无法不怕他生气。

白小枝一股劲地跑回家，胡乱弄点东西吃了，说真的，她今天一直在为如何开口而煎熬，几乎没吃什么东西。她找了几颗鸡蛋，炖了一小锅鸡蛋羹——人在紧张过度时胃口就是这么奇怪，即使很饿也不能大吃大喝。她刚把鸡蛋羹端到桌上，忽然接到一个电话，她有些恼火和讶异——谁这么晚还来找她，不知道她要休息啊。然而这个电话的内容则让她更恼火、更骇异：竟是让她去派出所领人？！禹风和刘雨打架了？

等她赶到派出所的时候，刘雨一脸的羞惭，忙不迭地把脸往低处藏，禹风却是一脸大模大样的愤恨，白小枝呆呆地瞪着他们，除了讶异，还有一种不太光彩的想法：那就是你们都各自有亲友，干吗来麻烦我来领你们啊？

谜底很快就揭晓了，叫她来领他们的是禹风。刘雨也提出让他店里的小宋来领他，却因为他的手机打不通外加他是外来务工人员而没有成功。听到这件事后白小枝更不舒服，因为她觉得禹风这样似乎有种对她兴师问罪的意思：你看，我因为你被你这边的人打了。

是的，是因为她。白小枝大体已经知道发生了什么事。肯定是店里的什么人是刘雨的眼线，告诉刘雨她请禹风吃饭。天哪，她的店什么时候变成特务站了？刘雨大概是怕她"冲动"地和禹风发生什么事，出于"关心"，就跟踪她了——她是从店里出发的，刘雨要跟踪她很容易。等她离开之后，刘雨大概是因为什么原因，和禹风发生了口角，于是两个人就这样干起了架。

即便已经猜出了大部分事实，白小枝还是想知道具体细节。问他们两个人都不说，禹风是一脸气愤，刘雨则是一脸羞惭。还是警察告诉了她事件的大体内容，据说有位环卫工人从头到尾目睹了他们二人的纠纷。原来白小枝走后，禹风看着白小枝的背影，气得直跺脚，然后发狠般地说了句："你别想逃出我的手掌心，我就不信搞不定你"。这句话刺到了在一旁潜伏的刘雨的神经，他刚为白小枝的自尊和清醒感到欣喜，一听这话顿时义愤填膺，立即站出来责令他不要再纠缠白小枝了。禹风之前见过他，知道他只是一个理发店的老板，根本没把他放在眼里，说话非常的倨傲，并且向他挑衅，说就算白小枝不和他禹风交往，也不会和他刘雨交往，又说他其实还没有真正用心追白小枝，只要他下决心追她，一定可以把她拿下。这些话把刘雨彻底激怒，便对他反唇相讥，说他结了婚还勾引人家大姑娘，简直不知羞耻。这句话当然很伤人，禹风和刘雨发生了拉扯，接着不知怎么的就打了起来，最后打到环卫工人不得不报警的程度。

听完事情的经过后，白小枝心里不知道是什么滋味。首先，她觉得他们为这点小事打架不值得，其次，她又为禹风的嚣张感到很恼怒，同时也很不好意思，不管她持何种态度，被卷进这种纠纷都是让人脸红的。最后，她为刘雨"多管闲事"感到有些不快，她并不认为这件事该他管，但也有些感动。

她仔细端详着刘雨的脸，看到他的眼角和嘴角都有点流血，赶紧掏出手帕给他擦拭——她知道禹风一定很不爽，但赌气看都没看他。没想到刘雨的伤口一触即裂，又流了不少血出来。

"天哪，这怎么办……"白小枝不由得手足无措。

"没关系，根本没关系……"刘雨赶紧自己擦拭脸上的血迹，结果触动伤口，流出的血更多。

"你别弄了！"白小枝赶紧制止他，然后赔着笑脸问警察有没有创可贴，这个警察还挺和善，翻遍口袋，给了她好几张创可贴。白小枝便按着刘雨伤口的角度，小心翼翼地为他贴上去。

刘雨受宠若惊，颇有些手足无措，偷看着白小枝的脸，终于小心翼翼地吐出一句："对不起。"

白小枝一惊，僵硬地一笑，"为什么要道歉呢？"

白小枝心头一颤，说真的，虽然她觉得刘雨有些多管闲事，但听到他道歉的时候还是觉得他有些太客气了，接着便十分感动，声音也变了味儿。她一般很少用假声说话，此时却自然而然地用上了喉底黏膜里发出来的、最柔嫩的假声："没……没关系……"

得，她和刘雨的关系又在不知不觉中推进了一步，她终于觉得，自己似乎开始喜欢刘雨了。说来也真是罕见，别人的感情都是在甜言蜜语和冲动行为中推进，她和刘雨的感情却是在不知不觉中推进的，不过也许这种状态正是感情最本真的状态。

禹风也看出来了，怒气冲冲却又无可奈何，他咬着牙，似乎在谋划什么事情，白小枝没有朝他再看一眼，而是办了手续领他们出去。

之后她和刘雨的关系，按她的话说就是有点像在谈恋爱了，为什么说是"有点像"，因为他们进行的依然是很平常的交往，属于那种你知我知，但是不明显表现的那种。这种方式在别人眼里恐怕相当老土而且相当傻瓜，但白小枝觉得很心安，因为这种感觉宛如小溪缓缓前流，她只要慢慢地等着水到渠成的那一天就行了。

第二十六章　男人间的斗争

然而水到渠成的那天似乎很快就来了。刘雨把她叫出来，递给她一条金项链，细细的金链上吊着一个用黄金铸成的"love"，在"o"这个字母上还镶了一颗钻石。

毫无预料地收到厚礼使白小枝目瞪口呆。

"其实，之前我还买了一条珍珠项链。"刘雨红着脸说，"我后来觉得这份礼太薄了，便又买了这一条。"

"不，一点都不薄……即使是珍珠项链也很好啊。"白小枝本想叫刘雨把那条珍珠项链也拿来看看，忽然如被雷击般怔住了：她这是准备接受他的礼物了是不是？她这是准备接受他的感情了吗？

发现这个的时候白小枝的感觉不亚于踩到了火线，因为她清晰地感到自己的心里其实还住着一个人，那就是刘明宇……嗯？不对，她根本没和刘明宇开始交往吧，再说他的表现也很令她失望……想到这里她忽然感到心头一阵紧痛，接着就有种猛醒的感觉，的确该清醒了，她和刘明宇根本就是两个世界的人，她根本不该再对他有妄想……然而就算她已经想到了这些，依然无法下决心接受刘雨的项链。

虽然她心里在犹豫，之前的话却给了刘雨"她已经愿意了"的错觉，发现这一点之后他非常激动，居然陡然爆发出了勇气，伸手帮白小枝把项链戴上了。白小枝愕然，一时间忽然觉得非常的心慌，那感觉就像满大街都有眼睛盯着他们一样。人在惊慌的时候想躲，而想躲的时候首选地点自然是"自己的地盘"。

"要不，到我的店里去坐坐？"她对刘雨说。

然而她刚进店里就如遭雷击般呆住了：刘明宇竟然笑嘻嘻地坐在一张桌子上，捧着一杯鲜奶水果杯，一边喝一边朝门口张望。

他刚开始并没有发现白小枝的异样，对着她笑得像朵太阳花，然而一秒后他就发现白小枝脖子上的项链——那种式样的项链代表什么意思简直是明摆着的，然后发现她身后的刘雨，脸立即垮了下来。

刘雨的脸绷紧了，他几乎是本能地萌生了和刘明宇对抗的意图，然而白小枝却没有给他对抗的机会。

"呃，不好意思，你店里好像来客人了。"白小枝装模作样地朝刘雨的店看了一眼，她想叫刘雨赶紧走，"你要不要去看看？我担心小宋他们搞不定。"

刘雨的脸立即灰了，他当然知道白小枝是什么意思，说真的，他根本不甘心这样走，但既然白小枝已经下了逐客令，他也不好再待下去。他愤愤地朝刘明宇瞪了一眼，转头朝自己店里走去。

白小枝稍稍松了口气，同时也感到有些愧疚，下意识地摸了摸项链，转头再看刘明宇时，心顿时又是一沉，刘明宇的脸拉得老长，表情也是阴寒刺骨。白小枝有些心慌、心虚和愧疚，之后却非常生气：你这是什么意思？我又没干什么……不对，就算我干了什么，和你有关系吗？你一声不吭地消失这么久，干什么去了？！明明是你有错在先，你倒跟有理似的……呸！我不理你！

白小枝头一昂，径直走到柜台里坐下了，专心做生意，一眼都不看刘明宇。因为心里鼓着气,精神有时候会变得特别纯粹,能感到一些细微的东西。白小枝坐了一会儿之后,忽然感到脖子上似乎有些不舒服,便自然而然地把项链取了下来。取下来后却觉得不对:她不是正在和刘明宇赌气的吗,应该坚持把这条项链戴着,干吗要取下来啊?但是既然已经取下来了,就不能再戴回去,她只能佯装无意地把项链放进了抽屉里。

刘明宇一直表情阴沉地坐着,慢慢地吃他的鲜奶杯,白小枝知道他这是示威呢。她虽然表面上不看,其实还是在从眼角偷看他。不知为什么,这种无声的示威却恰恰很给她压力。她一分一秒地算着时间,心想这家伙吃完鲜奶杯大概就会离开了,就算不离开,也至少能有所动作,她就不用再受这种无声的煎熬了。然而刘明宇吃完鲜奶杯后竟然又点了一杯,继续表情阴沉地坐着,小猫般慢慢地吃。白小枝好不容易等他吃完了这一杯,竟然又见他点了一杯……他竟然一连点了五杯,吃到了天黑。白小枝终于快要忍不住了,而此时小毛的出现,恰恰成了压死骆驼的最后一根稻草。小毛走到刘明宇的跟前,同情地看了看他,然后又用怨恨和义愤的目光看了看白小枝。

白小枝终于爆发了,怎么搞得她跟坏人一样,跑到刘明宇的身边,压低声音——她本来想大吼的,但及时醒悟到那样不好,吼道:"别吃了!一连吃五杯……你不怕吃成大胖子吗?"

"不会的。"刘明宇把杯子一推,身体也向后一仰,"我打算以后五天都不吃饭。"

"什么?"白小枝差点被这耍赖般的话气得翻个跟斗,"你不吃饭?想干什么!?"

刘明宇冷冷而又恨恨地朝她瞄了一眼,冷笑一声没有说话。

白小枝立即明白他是什么意思,气得几乎要喷血,"你是想讹我是不是?!"

"不是。"刘明宇朝天花板看去,"是我自己打算不吃饭的。"

"为什么?"白小枝几乎要气晕过去了。

"还用问吗?!"刘明宇忽然暴怒,"唰"地一下站了起来,"我这么喜欢你,你却背叛我了,我还能吃下去饭吗?"

店里顿时静了下来,不管是雇员还是顾客,全都齐刷刷地看向他们,对于中国人来说,历来都是带桃色的事情最吸引注意。

要在平时,白小枝肯定会注意影响,至少不会在公开场合和他对吵,然而今天她却几乎想都没想就吼了回去:"你还好意思说我呢!一声不吭就消失,还消失这么久,我被抛闪得多厉害你知道吗?!你想过我怎么想吗?"

刘明宇脸色一白。白小枝吼过之后舒服多了,却猛然发觉不对:她这不就等于承认她很牵挂他,很在意他,把他当作男朋友看待了吗?她不是还没答应和他交往的吗,这么说不是让她处境很被动吗?

然而刘明宇只是"理亏"了片刻,接着又立即涨着脸反击,"是,我一声不吭消失是我不对!但我觉得你会理解我……我真是太傻了!"

"呃?"这两句话显然有点没头没脑,听起来也蛮不讲理——不管你去干什么都先该打声招呼是不是。但白小枝暂时没空理会这一点,听他的口气,他倒像是去做什么伟大而又重要的事情去了,而且还像是为她做的。

"这些天你到底在干什么啊?我根本啥不知道,你叫我理解什么?"

刘明宇的脸一红,一开始他是一副理直气壮的样子,后来却渐渐变得忸怩,"我在努力工作啊……我一边通过公司拼命展示自己的能力,一边暗地里找投资人,想开个公司。"

"那你现在是找到了吗?"白小枝怔怔地问,这怎么听都不像是该隐没的理由。

"是啊，找到了。"刘明宇露出了自豪的表情，也微微有些骄矜，却也有些心虚，看来他内心深处，还是知道自己理亏的。

"哦……找到了就好……可是这不应该是你消失的理由啊？哦，是不是因为太忙了，来不及……和我联络了？"说到这里白小枝的心里有些许的不舒服。虽然因为工作太忙不能和她联络是个过得去的理由，但是她对他来说，是个因为忙就可以被忽略的人吗？

"也不完全是……只是在没成功之前不好意思跟你开口。"刘明宇用偷看的角度盯着她，看起来越来越心虚和紧张。"怕失败了……不好和你交代。"

白小枝一怔，忍不住喷笑："怎么不好和我交代……我又没逼着你去搞事业……再说你还年轻，搞事业还很难，即使不成功也正常啊。"

到这里为止，她大概知道刘明宇的理由了，他肯定是觉得自己应该干出点事业来，才能配得上她，才能不被人看作小白脸。虽然他有一份体面的工作，前途据说也无量，但毕竟目前还是远远比不上她有财力。中国人历来看重的都是现在有多少钱，软实力历来比不过硬通货。

然而刘明宇还不知道她知道了，还是执着地把理由全讲出来，"但是我觉得我应该成功啊，否则根本配不上你。"

白小枝心头一甜，侧目却发现店里的女顾客们竟全都是一副被甜晕的样子，反而有点受到惊吓，这一被吓，心里就冷静了，也发现了一些细微的东西——刘明宇的自豪之中似乎还有一种微妙的情感，就好像在说"自己终于争回一口气"一样——他难道是被什么人刺激了，才如此奋起追求事业的吗？

"可是……我记得你有说过你要从长计议的吧，为什么忽然这么急呢？"

刘明宇的脸又是一红。白小枝省悟到自己可能问得过深了些，赶紧想岔开话题，没想到刘明宇只是犹豫了片刻就直说了："是因为……看到禹风了啊。"

"呃？"听到禹风名字的时候白小枝竟吓得一抽：刘明宇应该不知道禹风的事情啊。难道去调查了吗？天，她怎么觉得自己现在身处一个情报网里，而自己就是情报网的中心呢？

"我去调查了，知道他是你的高中同学……是个成功人士。"说到这里刘明宇便有些愤愤的。"当然了，虽然我觉得他没什么了不起，但是还是觉得他……还是挺有魅力的。后来想想，觉得我现在的状态实在不行，所以我便觉得……应该奋起直追。"

"他是已婚的啊……根本和我没关系的！"白小枝赶紧说，之后却发现如此急着撇清更显得她在意他的想法，顿时忍不住红了脸。

"我没说他和你有关系。"刘明宇脸也红了，"我只是觉得，至少该做一个那样的成功人士，才配得上你……但是做的时候压力很大，因此难以对你坦白说，怕你说我不自量力……当然了，如果一直不会成功我也不会一直这样，只是看到了成功的希望才打算奋力一搏……想等到一切搞定后，给你个惊喜……我以为你可以理解我的，没想到你竟然……"说到这里愤怒和委屈之色溢于言表。

"我哪样啊？"白小枝一撇嘴，"我又没答应过和你交往，也没答应和其他人交往，哪样都和你无关吧。"说到最后已是眼眸含笑。

刘明宇的眼中顿时射出了欣喜的光，他不是笨人，自然知道白小枝这句话有什么含义，这显然是说他有机会嘛。

想了想后顿时脸上红光绽放，接着无声而又得意地坏笑起来。"你笑什么啊。"白小枝被他笑得心慌,也不由自主地红了脸。"没什么。"刘明宇止住笑,若无其事地对白小枝说,"这个周末我有个爬山活动,一起去?"

"什么?"白小枝觉得牙齿都要飞出去,立即约她出去啊?这么直接?

"不是吧。"刘明宇见她犹豫,故意把眉毛拧成一团,"拜托,是不是因为刘……"

"哎!你小声点!"白小枝赶紧打断他,同时惊慌地瞥了一眼店里的其他人,还好,店里面没什么人注意他们的,不过也许是在假装没注意。

"好。"刘明宇悄悄地坏笑了一下,然后果真压低声音,"你不会是因为刘雨才不愿和我出去吧?拜托,我知道你收了他的礼物,但是你们这又不是旧式婚姻下聘礼,收了他的东西就不能再和其他男人接触了……再说跟朋友们一起爬山,又不是什么了不得的事情。你要是拒绝就太封建了!"

"这,这个……"白小枝被他说得张口结舌。其实她犹豫的原因不是这个,被他这么一说,倒没法拒绝他了——不跟他出去,就真像表示她是刘雨的人了。问题是她还不是刘雨的人,也没打算成为刘雨的人。再说听刘明宇的说法,应该是现在流行的驴友活动,一群人在一起活动也的确没什么,于是便迟疑地点了点头。

"那好!"刘明宇立即笑开了,"那周六早上我来接你!"

转眼便到了周六,白小枝早早起床,等刘明宇来接她。她没有化妆和戴首饰,但昨天晚上洗了头,早上还用洗面奶仔仔细细洗了脸,做了鼻贴,还仔细看了看自己眼角里有没有残留的眼屎。见时间还早,又把指甲剪了一下。估摸刘明宇快来时,还站到阳台上偷偷摸摸地朝四周张望了一下。当然了,不是看刘明宇的,她是怕刘雨会来看她和刘明宇出去约会——其实根本不可能来,但她就是不安,还是觉得先看看比较安全。不过她心慌倒不是觉得自己没脸见他,正如刘明宇所说的,她还不是他的人,甚至还没有正式答应和他交往,她只是怕和他相见尴尬而已。还好一切都是她杞人忧天。

刘明宇来了,是开着一辆车来的,白小枝用讶异的目光打量着它,刘明宇笑笑说这是从朋友那里借的。然后刘明宇一车把她拉到了山下,把登山用的东西从后备厢里拿出来,再把车交给山下的朋友代管,然后便领着白小枝往山上走。从下车开始白小枝就在东张西望地寻找大部队,却等刘明宇一切安排停当后都没有看见其他人,忍不住对他投去了询问的目光。刘明宇对她笑笑,"先上山吧,到山上会遇到其他人的。"

第二十七章　白小枝的心结

　　白小枝以为其他人在山上扎营，便跟他上山去了。说起来也可怜，白小枝虽然早早地就离开了学校，自己支配自己的人生，却几乎没有真正到野外爬过山，一天到晚都在忙活赚钱。今天接触真正的大自然，顿时觉得耳目一新。眼前满是鲜嫩繁茂的绿树繁花，感觉深吸一口气，肺都能染上大自然的鲜绿。心旷神怡后她感到精神焕发，攒足了劲往山里爬，一边爬一边和刘明宇谈论景物、昆虫和小鸟，谈得兴高采烈。高兴的时光总是过得飞快，转眼就已经接近中午，白小枝这才发现自己的膝盖已经发酸，脚也麻了，早就累了。正巧刘明宇问她要不要休息一会儿，她便欣然答应，一听可以休息，刘明宇立即像得了大赦一样，忙不迭地找了块草地坐下，又是喝水又是拿东西扇风。白小枝这才省悟刘明宇其实早就累了，但为了保持男孩子的面子，一直在她面前撑着，等到问她要不要休息时，已是精疲力竭。白小枝觉得十分好笑，却没有表示出来，偷眼看他精疲力竭的样子，想象他为了顾惜自己的面子，是怎样的咬牙装不累，最后却终于装不了，"抛弃尊严"提出要休息。虽然她在心里嘲笑着刘明宇，却也感觉到身体酸软得厉害，甚至脑子都感到疲劳。啊呦，这是真的累了。刚才因为太兴奋，把体力都透支了。

　　不由得看着身旁的一朵野生杜鹃出神，就在这时，她忽然听见"咔嚓"一声,本能地向左转头,猛然看见刘明宇正拿着手机对着她,见她转头立即大声埋怨:"哎哟,糟了……你干嘛动啊?"

　　"你干吗啊?"白小枝骇笑着问他,她才该质问他吧:"偷拍我干什么?"

　　刘明宇嘻嘻一笑,把手机拿给她看,白小枝一看,顿时呆了:照片里的她表情静谧如水,说不出的恬静可爱,鬓边竟然停着一只蓝色的蝴蝶,而那只杜鹃花也在照片里,朝她微微垂首,竟像是在和她交流一样。整张照片非常的美丽,又非常的自然,甚至还有种艺术气息,白小枝看着看着,不由自主地红了脸。

　　"我本来还想多拍几张的。"刘明宇故意嗔怪她,"都怪你,把蝴蝶惊跑了。"

　　"这样已经不错了。"白小枝撇了撇嘴,眼角眉梢却满含笑意,因为爬山的关系,她的脸粉白透红,还带着一层汗意,就像熟透了的水蜜桃一样。刘明宇端详着她,颇有痴痴的感觉,喃喃地说:"其实我一直想跟你单独爬山……只是一直没有勇气提……现在终于如愿以偿了。"

　　"诶?"白小枝一惊:单独?对啊!到现在根本没看到一个同伴,他骗她?

　　"单独爬山?你之前不是说是集体活动吗?"

　　"我什么时候说过啊?"

　　"你不是说是和'朋友们'一起爬山吗?"

　　"我有这么说过吗?哦,大概是口误吧。"

　　"你不是还说在山上会遇到其他朋友?"

　　"是啊,同在这个山上爬山的都是朋友啊,驴友嘛。"

　　"你……"白小枝气得张口结舌,待了半天才说,"你竟然骗我……你太差劲了!"

"没有啊,我真的没有打算骗你,真的是口误。"刘明宇笑得就像个得意的狐狸,"你不会不敢跟我一起出来吧?"说着眉头一皱露出嗔怪的神情,"不是吧?你这么封建?还是怕我对你不利啊?这么怕我啊?你把我当成什么人了?"

"你……"白小枝咬了咬牙,说真的,她是真觉得和刘明宇单独爬山有点不合适。但是又被他诳住了,因为刘明宇问她是不是怕他。说真的,不管怎么说,她都比他大八岁,应该处于优势才对。承认怕他,很是伤自尊,于是别嘴一撇说,"我根本不怕你!我是气你骗我而已!"

"我真的没有骗你……如果是因为我没有表述清楚,惹你误会了,我道歉……"刘明宇笑嘻嘻地,根本不以为然,"我跟你说,山那边还有个水塘,还连着一个瀑布呢,非常漂亮,我带你去?"

"不。"白小枝一撇嘴。

"怎么了?"刘明宇有些心慌,她不是要立即回去吧?

白小枝看着他紧张的样子,"扑哧"一笑,"现在都快到中午了,你不饿啊?"

刘明宇如梦初醒,赶紧连声称是。他们找了个背风的平底,把各自带的东西拿出来吃。刘明宇带的都是些火腿肠、面包之类的速食食品,白小枝带的是馒头和切好的卤肉、卤鸡,整整齐齐地放在饭盒里,看他吃的东西很没有营养,便拣了几块好的,用盒盖托着递给他。刘明宇欣然接受,一边吃一边啧啧称赞:"你的手艺真好……谁要能当你的丈夫,那绝对是天下最幸福的事情!"

他说第一遍的时候白小枝并没有回应,等他说第二遍的时候她却忍不住说:"但是把我娶进门却不容易哦。"

刘明宇一怔,一阵欣喜一阵迷惑,开始分析白小枝这句话中隐藏的含义，白小枝却已经自顾自地说了下去："是啊，天底下的男人都幻想着能娶个全能又温柔贤淑的好老婆，一心一意地照顾他。殊不知女人结婚并不只是想照顾男人，她们对丈夫也是有要求的。一般来说，有好老公，才有好老婆。老公不好的话，即便一开始是好老婆，最后也会变成恶妇的。"

刘明宇认真地听着，尴尬而又惭愧地一笑，"是啊……要成为一个好老公的确不是件容易的事情……我知道我现在肯定不具备成为好老公的条件，但是我会努力学习，努力成长，争取成为好老公……"

白小枝静静地听着，感到心打着花式般乱跳，并没有答话，只是低头吃她的午餐去了。吃完午餐刘明宇带她去了那个池塘，大自然真是了不起，竟然在山腰的拐角处造出了这么美丽的景致。这个池塘就像一个小小的石碗，盛满了碧水清波，潜在繁花碧草之间。一条细细的瀑布，玉带一般从山石上垂下来，倾斜到池塘里，溅出无数滚珠般的水滴。白小枝最喜欢的就是这种别致的小美景，很快便感到心都化了，几乎不想走了。

其实她现在就算想走也走不动了，上午使力过头了，现在后遗症出来了，全身酸软空虚，几乎一步都不想挪。刘明宇的状态当然不像她这么糟糕，但是乐于静静地陪着她。两个人便坐在池塘边谈天说地，不过说的都是小说八卦、时政新闻，几乎没有谈及他们自己。说着说着太阳便西斜了。

"我们该回去了吧？"白小枝问刘明宇，凉风带着夕阳的余晖轻轻地挠着她的脸，似乎也在挠动着她的心。

"我们当然是要在山里露营啊，否则也不算当'驴友'啊。"刘明宇嘻嘻一笑。他有个包包一直没有打开，却一直带在身边，看来那应该是睡袋或者帐篷，他其实是早有预谋。

在山里露营？和他？单独？白小枝顿时大为惊慌。

见她犹豫，刘明宇又坏笑了一下，"放心，这里治安还不错，没出过什么事情。"见白小枝还是犹豫，笑得更坏，"不会是怕我吧？放心，我是不会对你做什么坏事的。"

"谁怕你啊！"白小枝的拗劲又上来了，不过这也只是一个原因。她身体依旧酸软得像面条，恐怕都爬不下去了，如果路上刘明宇提出要背她或是什么的，无疑更啰嗦。再说她怎么着都比他大八岁，她觉得自己绝对可以镇住这小孩。于是便毫不示弱地答应了。

"好啊。"刘明宇心头暗喜，"那我们就在这里露营……"

"得了吧你。"白小枝白了他一眼，"这可不是小说……这里水汽大，要是在这里露营，明天早上起来后肯定腰酸背痛！"

于是他们找了个背风且干燥的地方，准备露营。刘明宇拿出帐篷支上，又生了一堆火，很快天便黑了。也许是因为白天劳累过度，白小枝感到心里虚空，不由自主地扣紧了衣领。刘明宇看到了，立即靠了过来，"你是不是冷啊？"

"我不冷……"白小枝心"嗵嗵嗵"地跳了起来，下意识地往一边挪了一挪。

"什么啊？明明是冷的样子。"刘明宇端详着她，忽然一下把她扑倒。

"你干什么？"白小枝吓了一大跳。

"当然是给你温暖啊。"刘明宇现在就像只笑嘻嘻的小狼。

白小枝现在才发现自己错了，她的确应该怕他。谁说年龄就是优势啊，要保护自己只有凭体力，而她的体力和刘明宇比起来无疑相当悬殊。很快她就被刘明宇牢牢地压在身下，他开始解她的衣服，很快就触到了她胸前的肌肤。白小枝的感觉不亚于被烫了，大声暴叫："你要是敢对我……我死给你看信不信？"

"什么啊?"刘明宇被吓了一跳,接着皱起眉头露出委屈的样子,"你这是干什么啊?"

白小枝没想到他还委屈,顿时又是惊骇又是气愤,"你不是说不会对我做坏事吗?"

"我这不是坏事啊,我只是想对你好而已……"

"对我好个鬼!"白小枝又惊又怒,"你这是强暴吧你……"

"怎么能算强暴呢?我是真心喜欢你……我现在又没有女朋友,你也没有男朋友!"刘明宇说着又开始动作,白小枝赶紧紧紧扭住他的手:好啊,听这小子的口气,好像性是很轻易的事情一样……男人都这样想吗?

"白姐,你不至于吧?"刘明宇感到她是在死命地扭住她的手,不禁骇然失笑,"拜托,不要搞得和封建社会的烈女一样……你又不会是处女。"

白小枝的脸"唰"地一下红透了,喏嚅道:"我就是处女……怎么着?"

"你还是处女?!"刘明宇惊呆了。

"有什么奇怪吗?"白小枝一把把他推了下来——一来是因为他惊呆了,二来是因为白小枝又羞又气体力暴发。

"你今年多大了啊?"刘明宇根本不理论被推下来这件事,只是骇笑着问她。

"三十岁……三十岁又怎么样?"白小枝脸涨得发紫。

"你不觉得……太久了吗?"

"什么太久了?"白小枝觉得他简直莫名其妙,"我没碰上合适的啊!"

"那你……不急吗?"

"这跟急不急有什么关系?"白小枝怒得快要晕厥,也羞得快要脱力,"我没觉得我自己有什么奇怪的……这是我的生活方式……我、我只是没遇上合适的而已！难不成我要胡乱找一个，为了破处而破处啊？我可不是那种会随便凑合，一凑合就凑合到底的人！"

"哦。"刘明宇呆呆地应了一声，白小枝则别过头不去看他。

气氛在此变得很是奇怪，就像是煮沸的宁静。过了好久刘明宇才开口，显然已经从惊骇中走了出来，"不，我不是觉得不好，只是觉得惊诧……处女没什么不好的……很好，最好了。"

白小枝啐了一口，依旧不看他，因为又羞又气。她忽然想起一件事，这些立即顾不得了，"等一下，你对这件事这么……你已经不是处男了？"

"我不是处男啊。"刘明宇倒回答得相当坦然。

"你才多大啊？"白小枝感到全身的血液都涌上了头顶，也感到牙齿都要喷出去。

"不奇怪啊？"刘明宇倒是一副觉得她莫名其妙的样子，"我上大学的时候有女朋友啊……好多人上大学的时候都有女朋友啊。"

"你……"白小枝忽然觉得和他有一种鸡同鸭讲的感觉，一时间怒得难以自制，也怒得无话可说，立即把衣服扣紧，离他远远的。

刘明宇对此只是骇笑，静静地坐在一边，然后两个人几乎是坐了一夜。第二天白小枝疲累欲死，但还是咬着牙下了山，刘明宇只是默默地跟着。到了山下她没有坐刘明宇的车子，而是想方设法地找了辆车，回到家里。一进门几乎要晕厥，赶紧到床上睡下，这一睡就睡到了下午，还是被饿醒的。

白小枝软软地起床，准备弄点面来吃吃，就在这时听到了敲门声，她过去通过猫眼一看，顿时撅起了嘴——站在外面的是刘明宇。

"你干吗啊？"白小枝没有开门，只是隔着门，爱理不理地问。

"白姐，我给你带来了桃源馆的牛肉汤，一起吃吧。"刘明宇的声音一点也不见心虚，就好像之前什么事都没发生一样。

"我不想吃。"白小枝怒气上冲，冷冷地说。

"不是吧，你不是最喜欢吃牛肉汤吗？"

"我什么时候说我最喜欢吃牛肉汤啊？"

"你们跟我谈论《陆小凤》的时候，不是特别喜欢牛肉汤馆那一段么？"

"你就不要编借口了……我现在没空，你拿走自己吃吧。"白小枝冷冷地说，虽然嘴里一点余地也没有留，却没有从门边走。

"不是吧，白姐……不要这个样子……不要像是防色情狂一样防我……再说之后我不是也没对你做什么吗？"

白小枝没有回答。

"不是吧……"刘明宇停了停后说，"你不会是……因为我不是处男这件事讨厌我吧？"

"小点声！"他没有不好意思，白小枝倒先不好意思了。

"好……"刘明宇稍微压低了点声音，"白姐，你不要这么封建，现在已经是二十一世纪了……再说男人跟女人不一样啊！"

"什么不一样？都是一样的！"一听这个话白小枝就血冲脑门。

"好好好……都一样……"刘明宇在门外苦笑，想了一想后说，"拜托，白姐，你是冰清玉洁，我是自惭形秽……但是，白姐，我那什么是在遇见你之前的事情……如果我早早地遇见了你，也许会为了你注意……但是，现在事情已经发生了，时间又倒不回去……"

他说的话很合情理，但白小枝就是感到怒火乱迸，赌气地说："你干吗要为了我'注意'？你和我有什么关系？"

"哎呀，天哪……"刘明宇被这话噎得很受伤，"拜托，白姐，我知道你很不平衡，但是现在这个社会就是这样子啊，我年轻，已经是这样了，要是那些老男人，只能比我更有经验……说不定都已经谈了很多个女朋友，没有女朋友的说不定更不清白，据我所知，很多没有固定女友的大龄男人往往都去嫖娼……"

"你这臭小子！"

刘明宇正说得起劲，冷不防被后面一声怒喝打断，回头一看，发现竟然是刘雨。

第二十八章　战争升级

"你这臭小子……"刘雨的脸气得发绿,恨恨地盯着刘明宇,"你在说谁?"

原来刘雨上次被白小枝从店里"请"走之后,明显地感到白小枝有偏向,非常受挫也非常生气。因此之后虽然害怕白小枝和刘明宇之间再发生什么,却无法去接近她、试探她或是盯她的梢。今天总算调整好了心态,准备上门找白小枝,好好谈一谈,却总是没勇气去敲门,只是在楼下转悠。他不小心转悠远了,结果远远地看见刘明宇进了白小枝家的楼道,又惊又怒之下赶紧赶来,结果赶来的时候刘明宇和白小枝的话已经说了一半了。他不知道白小枝和刘明宇具体在说什么,又是惊怒又是好奇,便站在楼道拐弯处听,刚才听到刘明宇大说大龄男人的不是,以为是在说他,不禁大为震怒。

"诶?"回头发现是刘雨的时候刘明宇倒也吓了一跳,说真的,他在说说这些话的时候还真想到了刘雨,便冷冷一笑,"我在说谁关你什么事啊?我在说谁谁心里明白。"

白小枝虽然只能从猫眼看到刘明宇一个人,但听声音知道刘雨也来了,顿时有点手足无措,却也因此怒火狂窜:这是玩的哪一出!这一个一个的,都在干嘛啊?

"哼。"刘雨从鼻子里哼了一声,逼近一步质问他——说质问可能还轻了，他简直是想把话化成刀，狠狠地捅到刘明宇的心里："你对她干什么了？"

"哈？"刘明宇可不吃他这一套，被他用恐吓般的目光盯着，反而怒了，"不管我对她做什么都和你没有关系吧？"

"什么，你这不要脸的东西！你根本不配！"刘雨暴怒，朝刘明宇扑了过来。刘明宇早料到他会有此招，抢先伸手在他胸前一挡，化解了他这招，"我怎么不配？我是真心喜欢她！"

"你当然不配！天知道你干了多少龌龊事！"刘雨激怒之下唾沫星子都喷了出来，恨不得用唾沫在他脸上砸出坑。

"龌龊事？"刘明宇知道他这是说他不是处男这件事，顿时心头血冲：怎么的，他是不是处男他还要管啊？！"我不觉得，我的确不是处男，但不代表我龌龊，我只是真心实意地谈过一次恋爱而已，你这么义正词严，你是处男吗？"

"我当然是！"刘雨的脸涨红了——这种事说出来总有些难为情，但此时也顾不得了。对逼他说出这种事的刘明宇也更加恼恨，"我一直清清白白！"

"清清白白，谁信啊？"刘明宇大胜冷笑，"有证据吗？男人的清白历来无法证明，天知道你背后有没有……"

"住口！"白小枝见他们已经越说越不成话，不由自主地大喝，"不要在这里说这么无耻的事情！你们找个地方去谈论谁更清白去吧！"

刘雨和刘明宇被震住了，都感到讪讪的，准备离开——当然是各自离开。两个男人在一起争论谁更清白实在是太怪异了，他们才不会这样做呢。各自离开之前又忍不住相互瞪了一眼，接着忍不住要互相揪领子。

"也不许在这里打架！"白小枝及时在门内大喝，刘雨和刘明宇又相互瞪了一眼，一前一后地离开了，鞋底都把楼梯磕得"嘣嘣"作响。

白小枝在门内藏了好久,确认他们都走远后才迟疑着打开门,打开门后发现门外空空一片,心里反倒空落落的。她正准备关门,忽然看见一个保温罐放在门口地上,打开一看,发现那是满满的一罐牛肉汤。桃源馆的手艺真是不错,连自己开餐馆的白小枝都觉得汤很香,但是就算觉得它很香,白小枝就是没有兴趣去吃它,又觉得不可以丢。她呆看了汤罐一会儿,把它塞进冰箱里去了。当然不可以丢,说不定之后刘明宇还会来要保温罐呢,而刘明宇偏偏没来。白小枝生气了,说来也奇怪,她现在很生气,不想见他,但见他不来,反而感到更生气,去店里的时候心里也别别扭扭的。走到刘雨店门口的时候她有点想绕开走,还好没有看到刘雨,却看到了朱林。朱林的眼睛"溜溜"地看着她,应该还是"贼心不死"。白小枝赶紧把目光转向一边,转向一边后竟发现卖小东小西的大妈八卦团全都目不转睛地看着她。白小枝这才意识到自己已经成了这条街绯闻的中心,心里感觉很是怪异。不久之前她还是和男人八竿子打不着的人呢,现在竟然……只能说是三十年河东三十年河西。心烦的时间自然难熬,还好懒懒来了。虽然知道懒懒来可能也不是来传递正能量的,但有个人在一起唠嗑总好一点。懒懒要了口味很重的菜,白小枝心里立即明白了,肯定是遇到不爽的事情了。大概是她的"富婆攻陷公婆"的计划不太顺利。

事实却恰恰相反,懒懒告诉她,她先安排富婆在一个酒会里"邂逅"了郭云起的父母,然后再"不经意"地提起懒懒是她的干女儿。郭云起的父母很是惊诧,之后对懒懒的态度就不大一样了。那富婆久经历练,洞悉他们所有人的内心,故意带着懒懒出席很多上档次的场合,让圈里人都知道她有这么一个干女儿。那些场合郭云起的父母也大多出席,因为富婆的地位和财力都比他们要高,因而他们对懒懒也只得仰视。这样一来二去,郭云起的父母对懒懒是真的仰视了,感觉就好像她真的是个千金小姐。对她和郭云起的恋情,自然也不太反对。

"诶?听你这样说应该很顺利啊?"白小枝颇感惊诧,"那你怎么是一副沮丧的样子?""可能……我是有点过于纠结吧。"懒懒从菜里夹出一个当佐料的辣椒吃了,那辣椒是标准的朝天椒,非常非常的辣,她的表情却毫无变化,"我就是觉得……好恶心,他们接受我,只是因为我的背景而已。"

"这是没有办法的事情。"白小枝笑着叹了一口气,"我知道你的意思是你的公婆不是真心喜欢你,所以不爽……但是现在世道就是这样,能真心实意对你的人,除了你父母之外,能有几个人呢?你能管好你的恋人就不错了……他对你如何?"

懒懒的眉头微微一颤,接着整张脸都皱了起来,"他啊,就那样……"说着脸色也变得晦涩起来,"说来也奇怪,他一直是那样,我之前并没有什么不满,但是……现在越来越觉得碍眼。"

"他怎么了?"白小枝知道她已经触及了问题的症结,"对你……不够重视,不够好吗?"

"他啊,对我还是挺好的。"懒懒的脸上浮起大片复杂的晦暗,"对我也挺重视……但就是感觉没有主见……总是受他爸妈的影响,以前他爸妈反对我们的时候,他只会抓耳挠腮地犯愁,根本想不出办法。现在我把他爸妈的心意转过来了,他只会乐呵呵地坐享其成,感觉他没什么主见,根本不能扛事儿,尤其在面对他爸妈的时候……"

"我明白了,你是说你觉得不应该由你去化解整个危机,而是应该由他出面跟他父母抗争和谈判,让他们接受你?"

"是啊。"懒懒重重地点了点头,眼里浮起一层雾气,"他这个样子,让我有点担心我们的未来……恋爱和结婚还有很大一段距离，如果我和他的父母之间再有什么摩擦，他依旧这么不作为，我该怎么办呢？再说就算能顺利结婚，也不是结了婚就了事了。婚后的日子还长呢，而历来媳妇和公婆之间没有没矛盾的。要是以后我和他爸妈有了矛盾，他也装看不见，或是直接倒向他父母那边，那我的日子怎么过啊？还有，他父母接受我，估计只是因为觉得我有背景。我了解商人，他们日后肯定会想通过我，让我干妈帮忙做生意，这个我是绝对无法向我干妈开口的。再说，人都是贪得无厌的，就算我腆着脸帮了他们一次，他们肯定会让我帮第二次、第三次，没完没了。虽然我干妈对我还不错，但毕竟是干妈，人也是猴精猴精的，怎么可能一而再再而三帮我忙。等郭云起的爹妈觉得我不能帮他们忙的时候，肯定又要嫌弃我……这些问题都是需要考虑的。"

"这个的确需要考虑。"白小枝没想到懒懒考虑得还挺深远的，认真思考了一会儿后说，"其实这也可以用策略解决的……这样吧，如果他们叫你找你的干妈帮忙，你就也让他们帮你的干妈做事，这样一来一去，你干妈也不会觉得吃亏，他们也不敢轻易张口……"

"这倒也行……"按理说白小枝这个点子很是有效，懒懒却依旧愁眉紧锁，"但是我依然觉得不爽……婚姻要用诡计建立和维护……感觉很不好啊……要不……算了？"

白小枝立即醒悟她这是要和郭云起"算了"的意思，不过她用的是问句，可以看出她并没有下决心。即便如此，也让人觉得她思想转变得太轻易了，不由得骇然失笑，"你要和他分吗？你真的想好了？"

"也不算想好了。"懒懒用力地抹了抹额头，"我还很犹豫……不管怎么说，一路走下来不容易……但是，最近这种想法，总是浮现……"说着便闷头吃菜去了。

白小枝静静地看着她,既感到意外也不感到意外,老实说,现在的年轻人——其实不只是年轻人,有些年岁的人也一样——恋爱中障碍越多,他们爱得越是热烈,等障碍消失,却觉得各种问题慢慢凸显,就像海水降下露出礁石一样,发现他们也许不是那么合适。这属于矫情?不是,应该是属于理性的表现。对于感情的事情,的确是需要时不时地静下心来,好好地想一想……不由自主地,她就想到了刘明宇。说真的,她一直不愿承认他们是在交往,却不得不承认他们之间很有问题,想着想着她便不由自主地怔住了。懒懒看出了毛窍,"你……和小叶,不,那个叫刘明宇的家伙是不是也出了什么问题?"

　　诶?白小枝差点从椅子上跳起来,心虚而又慌乱地问:"你怎么知道?已经传开了吗?"

　　"没有,没有传开……"懒懒赶紧说,接着又偷眼打量了她一下。

　　"不是吧?他们到底说什么了?"一见懒懒这样,白小枝感到脑中几乎都要沸腾了。

　　"也没说什么,"懒懒犹豫了一下,然后小心翼翼地说,"也不像你想的那样,也没有传得很远……只是因为我有个朋友的亲戚在你家附近住,因此我才知道的……他们只说刘雨和刘明宇因为你……在你家门口'决斗'来着……当然了,我知道不可能是决斗,可能只是吵架……其实我这次来,本来也是打算听你吐槽的……没想到你一直是若无其事的,我就没好意思主动问……"

　　"当然不是决斗!"白小枝想象那些大舌头们对这件事的加工,忍不住全身发抖,"他们还这么编……好吧,真的没发生什么事……"于是便把事情从头到尾都跟懒懒说了一遍。

　　懒懒听了后半天骇笑不止,"你真的是……因为他不是处男,这么生气?"

　　"是啊。"白小枝悻悻地说,"你是不是也觉得我很奇怪?

是不是女人不该在意男人是否纯洁啊？"

懒懒摇摇头，"不好说……其实说女人不在乎男人的性经验，都是男人自己说的……就像我和我男友，虽然我知道他之前肯定有女朋友，但我就是假装不知道，也不去问他……因为我知道这个问题不能深究，一深究我就会很不爽……"

发觉懒懒也这样想后白小枝对自己的想法有了底气，却也因此更加迷惑，想了一会儿后轻轻地对懒懒说："那……我应该怎么办呢？"

"老实说，我不大清楚……"懒懒听出了她这个"怎么办"是什么意思：显然是问她该不该放弃刘明宇，"要是以前，也许我也会鹦鹉学舌地提一些感情专家提过的意见，但是现在，我什么都不说了，因为感情上的事情，就是'千金难买我愿意'，如果心里不情愿，对的事情也可能变成错的……你就顺着你的本心来吧。"

白小枝怔怔地点了点头，心里似乎顺了一点，却也似乎更乱了，她呆想了一阵之后，什么结论也没得出，干脆不想了，灌了一口酒后闷头吃菜。

又过了一天，刘明宇还是没有来，白小枝表面上不说话，心里却有种要气炸的感觉，所以早早地离开了饭店，准备在街上随便遛遛。遛着遛着，她觉得后面有人跟着，是刘明宇吗？按理说她应该是生气的感觉，此时的感觉却分明是高兴大于生气，赶紧把嘴角撇直了，往后来了个猛回头。

啊？白小枝呆了，是朱林！

朱林见她发现了，讪讪地朝她笑了笑，还朝她摇了摇手，白小枝立即感到怒火上冲，因为失望吗？她冷冷地说："你有什么事情吗？"

"是啊，有事情。"朱林笑得更怪，"有时间吗？我想跟白姐你聊聊。"

第二十九章　被争夺的感觉

听说朱林要和她聊之后，白小枝撇了撇嘴，朱林找她应该没有别的事情，大概还是示爱。她这阵子听说他最近兼职在网上卖什么东西，生意虽然不能说多好，但也算是上道了。该不会是又觉得自己有资本了，要跟她示爱吧，一想到这里白小枝只想转头便走，却又觉得自己应该和他说清楚，便叹了口气说："到哪里谈？"

"在这里谈就行！"朱林喜出望外。

白小枝微微有些诧异，却也很快就明白了，大概是因为这里正巧没人吧，不禁又对他生了几分戒心。

朱林不自觉地搓着双手，讪笑着走到白小枝面前，"白姐，我知道……你时间有限，我也不会说话，就不绕圈子了……白姐，我听说你生刘明宇的气了，因为他不是处男……"

"什么？！"白小枝一听这个差点昏过去，"你怎么知道的？"

"这个不重要……"朱林继续讪笑，他在白小枝店里可是有眼线的。

"什么不重要……"白小枝觉得自己脸都要烧化了。

"白姐，你就别纠结这个了！"朱林赶紧上前一步，"我只是想跟你说，白姐，如果你要处男的话，我可以的，我是处男！"

"什么？"白小枝的感觉不亚于被巨石砸中，半天才苦笑着说，"不是这个问题……"

"啊，白姐，你是不是要证明啊，我有的，我有处男线……"朱林赶紧找自己的那条掌纹，却因为着急乍一下找不到了。

"听我说，朱林……"白小枝愈发哭笑不得，也不知道该说什么，只好拍了拍朱林的肩膀，"不是这个问题……真的……有很多事情……你再长大一点，也许就能明白。"说完拔腿就逃。

朱林呆了，愤懑万分地说："我已经长得够大了！"

经朱林这么一闹，白小枝愈发心乱如麻，不过也正因为朱林，让她想起了刘雨（他可也是强调自己是处男的），也觉得自己有必要跟刘雨谈一谈，也不知道该谈什么，就是想谈一谈，于是她打电话约他去一个餐馆谈心，然后自己过去等，结果等了两个小时都没见刘雨过来。白小枝一时无法相信这是真的，也搞不懂这是怎么了，她困惑地摸着额头，从几天前开始，慢慢地梳理所有的事情，渐渐明白了。

刘雨大概是误会她对刘明宇失身了吧，所以觉得自己没法接受她了。有时候有些男人就是这样，对自己喜欢的女人可以掏心掏肺，但在她是否是处女的问题上却非常的脆弱和小心眼。发现这一点后她非常的生气，但也很快释然了。

虽然已经释然，她还是觉得自己心头空落落的，就像少了一块什么东西。因为心情不好，她没有在餐馆吃东西，但还是给了服务员一些小费——否则服务员不会容她不点菜还坐到那个时候。回到家后她感觉挺饿。饿归饿，也只是胃部的感觉，嘴却不是很想吃，她打开冰箱，看看有什么可吃的，结果发现冰箱里还真不剩什么现成的了，只有刘明宇送来的那罐牛肉汤。白小枝静静地看了汤罐一会儿，把汤倒进锅里热了吃了，虽然过了几天，但还没怎么走味儿。她慢慢地把汤吃完，就盯着窗外发怔,也不知道发的是什么怔。出乎自己的意料,她主动去找刘明宇了,理由是还他的汤罐。而还汤罐的理由是,如果她不及时把汤罐还掉,刘明宇恐怕会找上门来,那样会更尴尬。看了汤罐后又觉得拎个空罐上门不体面,又叫张大奎灌了一罐子鸡汤,拎着去了。

这次她大模大样地去了刘明宇的公司,门口保安问她是谁,她说他是刘明宇的姐姐。看保安那完全不以为然的神态,白小枝这才醒悟自己实在是太心虚了。

走廊尽头就是刘明宇所在的办公室,因为觉得自己不需要太心虚,白小枝二话不说就进去了,结果竟然撞见一个女孩正在往刘明宇的嘴里塞薯片!

白小枝顿时感到脑中一炸,然后眼冒绿光地看着他们。这个女孩不是上次那个浑身堆满小东西的女孩了啊,而刘明宇对她喂食的动作竟然欣然接受……这家伙!

一看到白小枝,刘明宇就呆住了,接着讪讪地笑了起来。

白小枝没有说话,只是笑着——她这个笑容真是太恐怖了,就像笑容中有牙,可以把刘明宇咬碎一样。

"这是上次你拿来的汤罐,我又装了些鸡汤,你拿去喝吧。"她只是对那女孩扫了一眼后就没有再看她,只是看着刘明宇怪笑,一来她已经不是小女生了,知道这种情况问题主要出在男人身上,应该把火力对准男人才对。二来她对那个女孩充满蔑视,觉得不需要把自己和她摆在同一层次上,更别提对抗了。

"哦,是吗?"刘明宇迷惑了,也挺高兴,白小枝知道他肯定误会这是她亲手做的爱心鸡汤,反以为她在向他献殷勤呢,便冷笑一下提醒他:"这是张大奎做的,不知道他的手艺有没有进步。"

刘明宇立即醒悟她的话里有刺,脸色立即难看起来,那个女孩也嗅到了其中的异常，脸色也晦暗起来。白小枝说完后转身就走，一点都没给刘明宇留余地。

她感觉刘明宇会出来追她，所以像踏了风火轮般走得飞快，走了一段路后却发现身后根本没动静，她又惊又怒，无法相信这是真的：这小子竟然不出来追她？是真的没出来追她，还是没跟上她，难道是中途退缩了？

想着想着，白小枝竟然不由自主地走了回去，一直走到刘明宇办公室门口，然后躲躲闪闪地往里看。诶？刘明宇不在办公室啊？她的目光慢慢地在屋里抡了一圈，抡到左边的时候，忽然发现刘明宇就站在她的左边——他正在门边的饮水机接水喝呢，所以白小枝刚才没看见他。

刘明宇一脸讶异地看着白小枝，白小枝顿时觉得一股火焰从脚底升起，一直升到脸上，几乎要把脸烧着了，二话不说转头就跑，一边跑一边责怪自己发什么神经，把自己搞得丢人到家了。

白小枝又羞又恼，慌不择路，在城里乱遛了一气才平静下来。之后到店里去，也是干坐在柜台里发呆，心里一直在想刘明宇应该来找她说清楚并且道歉，渐渐觉得刘明宇应该今天就来找她说清楚并且道歉，又觉得刘明宇应该立即找她说清楚并且道歉。可是刘明宇就是没有来跟她说清楚并且道歉。白小枝渐渐明白了，不禁怒气勃发：怎么的，他是不是觉得自己没错啊？

白小枝越想越生气，心里也越来越乱。人在生气和心乱的时候就需要找人倾诉，她现在也找不到人倾诉——懒懒正在为情所困，而米娜说不定已在为情疯狂了。没有办法，她只好上网聊天倾诉苦闷。

白小枝上网不算频繁，但还是有几个关系不错的网友。其中有个叫清晨之露，据她自己说，她是个离了婚的老大姐，讲话颇有水平。白小枝一开始并不想跟她吐露心事,但说着说着就有了这种冲动,而且觉得跟她说也没什么关系——反正她又不知道她是谁——便跟她说了。本来只是想寥寥地说几句,后来不知不觉地越说越细,最后等于什么都说了。

"这个啊……"清晨之露沉吟了一会儿后说,"其实,你这种情况在姐弟恋里,是很常见的。"

"诶?常见?"

"是啊,因为男人的心智本来就没有女人成熟,即使是同龄的男女,男人的心理年龄也可能比女人小很多很多,而你足足比他大八岁,他心理年龄就更小了……"

"可是心理年龄小并不代表不通事理吧。"白小枝悻悻地插话。

"哈哈,这不是简单的不通事理的问题,你对他不满,是因为希望他能够体恤你的心,宠爱你并且照顾你,成为你的依靠。但是他心理年龄和你远远不在一个层面上,因此无法体会你的想法,说不定还在潜意识里把你当成姐姐或者妈妈,希望你照顾他宠爱他呢。所以,差距和纠纷就出来了。"

看到这话后白小枝呆了半晌,觉得这话简直说得太对了,对清晨之露也就更加信服,连忙问她:"那你说我该怎么办呢?"

"在我看来,你就不要和那个小男生继续下去了,因为这个差距是无法弥补的,因此也就很难调和。女人就是要找比自己大的,并不仅仅是世俗的原因。"

这话很不合白小枝的心意,也让她想起了刘雨,撇着嘴回复她:"可是年龄大的男人同样也不靠谱啊,我就遇到过一个。"

清晨之露发来了一个大笑的猫。

"你这是什么意思啊?"白小枝颇有些迷惑,也有些不快。

"哈哈……我是感觉到……你是不是没什么跟男人接触的

经验啊？"

"诶？"白小枝立即红了脸，"你怎么知道？"

"哈哈，从你说的话里一下就可以看出来……其实呢，我是想提醒你一句，男人的世界，和女人的世界不大一样……男人的思想和行为，都比女人粗得多。有些行为女人看起来可能很轻浮，很无礼，但在男人看来那没什么，很可能只是开开玩笑，也不能表示他就是个坏男人——要是坏男人的话，做的事情远比这些过分。我感觉你可能是自我保护过度，一看到男人有类似的行为，就立即把他定位为坏人，然后远远避开，所以一直不能和男人们有深入的交往，我说的对吗？"

白小枝没有回应，仔细想想，清晨之露说的还真有些对。不过这也不能怪她，刚开始开饭店的时候，她经常受到一些心怀叵测的男人的骚扰，为了保护自己，她只有在自己的心里装上盾牌，兵来将挡水来土掩，把所有心怀叵测的男人都撵得远远的。不过可能就是因为如此，她被盾牌遮住了眼，把一切不是太坏或者可能就不坏的男人也拒之千里了。

清晨之露见她不说话了，发了一个得意的笑猫，"看来我说准了……你要不要知道我是谁？"

"诶？"白小枝没想到她会忽然来这一手，猝不及防而又迷惑不解，"那……你是谁啊？"

清晨之露没有说话，而是发来了一张照片，等白小枝看清照片上的人脸后，顿时觉得脑子都炸了。

天哪！竟然是禹风？！

白小枝第一个反应就是把笔记本电脑盖上，却紧接着又把笔记本电脑打开，双手颤抖着敲下："你疯了吗？！你竟然装成别人接近我？！你怎么知道我的QQ号的？你派人调查我的？"

"不，没有……"禹风知道白小枝怒了，正经了好些，"是你自己把QQ号放出来的……你忘了吗？你之前有在论坛发帖推广你的店，还留下了你的QQ号啊……"

"什么？！"在这一瞬间白小枝简直想剁手，因此也对禹风更加愤怒，"那你接近我干吗？套我的隐私？准备套出来放到网上羞辱我吗？"

"哎呀，你怎么把我想得那么坏啊……我接近你，只是因为喜欢你……我知道你肯定不会让我接近，所以只有用这种方式接近你……"

"呸！"盛怒之下白小枝再也顾不上说话礼貌，"你有什么资格喜欢我？！我告诉你，老娘我这辈子最恨的就是那种自己有老婆还想勾搭其他女人的垃圾男！"

"我现在没老婆了！"

诶？白小枝怔住了，半晌之后才问："你现在没老婆了？什么意思？"

"我已经和她离婚了……她做了一些……对不起我的事情。"

"那又怎样？"白小枝的心头有些混乱。

"我……其实对她的所作所为早有耳闻，没有立即和她离婚，只是想找证据……接近你的时候，我已经打算和她离婚了……我接近你的时候真的没有脚踏两条船的打算。"

白小枝抿了抿嘴，禹风这样说让她的心里有些松动。细想他之前的一系列作为，忽然如梦初醒，"好啊，你说我要用宽容的目光看男人的所为……是不是希望我用宽容的目光看你啊？"

"好吧，被发现了……是的，我是希望你对我宽容一点……我知道我追你的时候唐突了，也没有把话说清楚……这是我的错,你厌恶我是对的……但是我希望你不要把我彻底否定,给我个机会……"

"没用的。"白小枝冷笑着回应,不管怎么说,他这种特务般的行为都是令人反感的。

"我最恨跟我胡乱耍心眼的人,另外,我怎么说都是清清白白一女人,干吗要找离过婚的男人?那个小男人,你知道吧?他还没结过婚呢,只是因为不是处男,我就不打算考虑他了,你就更不指望了!"说着没等禹风回话就把QQ关了。

第三十章　霸道的女人？

关掉QQ之后白小枝一直气愤难平，觉得身边的男人都在耍她，而且都不检点。但是她同时也知道，现在连有处女情结都会被认为是不正确的，而她却有处男情节，肯定会被当成不正常。她之前并没有意识到自己有处男情节，是刘明宇让她发现的——大概是从他开始她才有认真考虑和男人交往。而且处男情结会比处女情结还要折磨人，有处女情结的人起码还可以通过处女膜来鉴定女人是不是处女——虽然有可能是假的，但起码有个依据。而有处男情结的女人，可是连这种依据都无法找到。人就是这种奇怪的动物，在生气的时候，会找更多气生。她打开了一个国内知名胡扯论坛，看到一些网友在宣扬他们的处女情结，白小枝看了之后觉得十分碍眼，冷笑着发了一个帖子："你们天天光要求别人是处女，你们自己是处男吗？我是处女，我就是要找处男！"

她发了这个帖子后，论坛里顿时热闹了，很多网友过来回帖，意思无非就是这几种：男人和女人不一样，男人要求的是女人是童贞，女人要求的应该是男人终生的负责。接下来就是怀疑白小枝是不是没人要的超级丑女，在这里矫情呢。更有甚者，还怀疑白小枝是不是非处假扮的，来这里发帖故意让大家以为处女都是变态。这些人说话的时候，就是污言秽语满天飞了。

白小枝冷冷地看着这些回帖，咬牙狠笑了半晌后恨恨地回帖："第一，对不起，本人漂亮性感，追求者一大堆；第二，我从来没想过花男人的钱；第三，谁说女人和男人不一样？女人保持纯洁，当然有资格要求男人纯洁。你们就是一群怀着双重标准、虚伪无耻的王八蛋，说不定还污秽不堪。对此我只有祝福你们一生打光棍，即使能找到老婆，也统统是上岸妓女，你们只配她们！"说着就把网页关了。

　　白小枝本来就对男人有恼火和厌弃的心理，仔细想想不仅是因为刘明宇，刘雨也有份，现在更像是火上浇油一样。她一怒之下，又去给自己找了一瓢油，看那些恨嫁女人的日记——现在恨嫁女人的日记可都是对男人的评判书，虽然文笔未必能割人见血，但作者都是秉着在男人脸上割出血的想法和狠劲写的。她们的见解和意见白小枝有的赞同，有的不赞同，不过她就是来看骂人的，看了之后感觉也算过瘾。在过瘾之后，也不知不觉地被她们的观点所影响，看到有个女性发出的"血泪之声"："干脆还是不要结婚，出家当尼姑算了。"她竟然心有戚戚焉。

　　人在情绪非常激动的时候，跟烂醉的状态有点像。白小枝心有戚戚焉之后，竟冲动地去看一位著名师太的微博——现在真是摩登时代，很多出家人都有微博——狠狠倾诉了一下。其实她也没指望人家回复她，甚至没指望人家看到她的留言，只是想寻求一下心理的宣泄，因此发言十分偏激，把自己想出家也叫得很响。反正没人会知道她是谁的，微博用的是昵称，只要不知道她的号，没人知道这是她的微博。之前虽然在网上暴露过自己的号，但相信注视她的就只有禹风一人，其他人应该没那么心细。禹风会不会看到她给尼姑的留言？看就看呗。

　　宣泄完后白小枝觉得心里舒服了很多，睡得十分顺畅。

醒来后回忆自己的所作所为,才意识到有点不合适,决定还是把自己给尼姑的留言删掉好。她每天早上起来后的习惯就是先看一眼手机,结果发现手机里有一连串未接来电,昨天晚上为了让自己睡得好,她把手机设成了震动状态。竟然都是刘明宇的来电!她感到心头猛地一紧,赶紧打过去。

刘明宇倒是很快接了电话,一听到是她的声音立即吼了出来:"你疯了啊?"

"你才疯了呢!"白小枝被他吼得莫名其妙外加心头火起,"忽然发什么神经啊?"

"你才发神经呢!没事要出家干什么?!"

"什么?"一听这个白小枝差点把手机扔了,"你怎么知道的……你怎么知道我的QQ的?"

"你干吗要出家啊?"刘明宇只顾着追问她"出家"的事情。

"你先告诉我你怎么知道我的号的?"

"怎么无法知道你的号?你宣传自己的时候不是把自己的号放到网上了吗?"

在一瞬间白小枝真有种自己是在网上裸奔的感觉,觉得自己真的应该被剁手。

"那你是什么意思?你也一直在监视我吗?"

答案其实一目了然。刘明宇知道她的号就开始在网上监控她的动向,这几天恐怕是一直关注着。

"好啊,没想到我只是在网上乱喷几句就能引发这么大的波澜啊。"白小枝冷笑着说,"放心,我只是在网上胡乱发泄几下而已,我根本没想过要出家!我今天还打算去把我的留言删掉呢。"

"这就好……不过你会说这种话,也有些不寻常啊,你因为什么这么生气?"

"啊？"一听到这话白小枝简直气不打一处来，冲口就说，"还不是因为你……"说出口之后才觉得自己不可以这么说，但已经来不及了。

　　"因为我，为什么啊？"刘明宇听起来倒是十分的委屈和惊诧。

　　"什么？"白小枝觉得一股火流直冲脑门，"好啊……你是不是完全没意识到你有错误啊……你还委屈了？觉得是我错了？好啊，那我问你，你不是说要跟我交往吗？你还跟同办公室的丫头打情骂俏做什么？"

　　"打情骂俏？"

　　"难道不是吗？那个丫头可是在喂你吃东西啊！"

　　"那个……只是朋友间的玩笑啊，很正常啊。"

　　"我觉得不正常！就算你觉得无所谓，你也应该考虑到我的感受，应该知道避嫌吧？"

　　刘明宇不说话，半响才嗫嚅着说："好吧……算是我错了。"

　　白小枝吁了口气，之后却又发现不对：算是他错了？他的意思是他根本没错？

　　"身为男朋友，我的确是该无条件地哄你开心，但是……"

　　"但是什么？"白小枝的心狂跳了起来。

　　"只是……我有点意外，也有点失望……感觉你有点小心眼，也不成熟……和我之前想的，不大一样……其实，我当时就知道你误会了，也想追出来解释的，但是，心理上有点过不去……"

　　白小枝心头一阵沸热，接着一阵冰凉，觉得自己已经不需要再对刘明宇说什么话了。禹风虽然是个混蛋，但是说得很对。刘明宇还希望她是成熟御姐，包容他，照顾他呢！而她虽然可以照顾人，但心里还是想找一个可以依靠的。看来刘明宇和她，是真的不合适。

　　刘明宇说完这句话后就忐忑不安地等她回应，她却一声不吭地把电话挂了。令人讶异的是，虽然是她挂的电话，但她有种被人抛弃和耍弄的感觉，不禁怒得如遭火焚，赌气地对空恶骂："呸！你以为你了不起，我离了你没办法是不是？我、我才不怕呢，追我的人一大把我告诉你！"

　　粗略算来，追她的人还是有一大把：朱林、禹风、刘庞。不过令人讶异的是，小婷和朱林几天后竟然找来，请白小枝"准许他们交往"。白小枝一时间简直怀疑自己在做梦，接着听这对情侣对她袒露心扉，才意识到这就是真的。原来，朱林再次被白小枝拒绝之后，终于深入地想了想，发现自己的确是跟白小枝不合适。而前一段时间，对情爱之事触觉灵敏的小婷发现白小枝和刘明宇"进入状态"了，其实她早就知道自己和刘明宇没戏，也知道自己要对白小枝感恩，因此心里一直十分复杂纠结，终于咬牙断了念头。这两个人虽然思想都走上了正确的道路，但是痛定思痛，痛何如哉，两个人便在一起聊天玩耍，互治情伤，结果倒发现彼此挺合适的。

　　小婷激动地对白小枝说："白姐，我之前很混蛋，我知道，但是我现在不混了，你是罕见的大好人，也是我的大恩人，比我的亲人对我都好……现在对我来说，你就是我的家长，所以我才带他来见你……请你准许我跟他交往！"

　　"你们当然可以交往啊……"白小枝还在惊骇中没醒过神来，几乎是大着舌头说，心里有种感觉十分怪异：这是做丈母娘的节奏？

　　怪异的节奏可不只是这个。几天后她上街逛街，意外地发现禹风正在和一个妖艳的女人逛街，一看到她就快步离去。虽然白小枝知道这事不是不会发生，但看到后下巴还是差点跌到脚面上——这么快啊？原来这小子刚被她拒绝，就立即另攀别枝去了！

满打满算，她的追求者现在就剩刘庞一个了。白小枝对此竟有了种莫名其妙的危机感。没过几天刘庞就从外地回来了——他要到处跑着做生意，离开已经有一段时间了。忽然要请她吃饭，白小枝的心里颇有些复杂，犹豫着去了。刘庞点了一大桌子菜，斟满了酒，恭恭敬敬地送到她面前——白小枝以为他是准备向她表白，心里立即"怦怦"狂跳。

"小枝啊。"刘庞的脸笑得像个大面包，"我觉得你是个非常非常好的妹子，能遇上你，是我的荣幸，我希望你能做我的干妹妹！"

"啊？"白小枝的下巴差点抽筋。

刘庞有点不好意思，却也十分坦然，对他说，在他这次跑生意的期间，遇见了一个单亲妈妈，这个单亲妈妈其貌不扬，黑胖黑胖的，还带着一个孩子，人也泼辣，但就是和刘庞合脾气，对刘庞也很好。和她在一起，刘庞的感觉就像在吃妈妈煮的家常菜。刘庞觉得自己找到了终身伴侣，准备和她结婚，和白小枝，则打算结拜为兄妹。

白小枝干笑着说不出话来，接过酒一饮而尽，表示答应了。做生意的人，都有几个干哥干妹，认个干哥也没啥，其实还是寻常朋友。令她讶异的是刘庞既然爱上了别人，干吗还要认她做干妹妹。哦，大概是刘庞心里觉得自己之前追求白小枝追得挺热烈的，忽然不追了，怕她心里落差大，受不住，所以这样缓冲一下。他还真是想当然啊。

到现在为止，白小枝的追求者算是都跑了。白小枝很是骇异，而且恍然如梦。其实也不奇怪，生活就是这样，说不定昨天你的追求者还为了追你要死要活，今天就迅速移情别恋了。然而更令人哭笑不得的是，没过几天，白小枝听说小毛和一个卖菜的小姑娘好上了，再过几天，那个贫嘴张大奎又和一个寡妇好上了。有时候姻缘也很奇怪，要来也是扎堆来。虽然他们和白小枝完全没有什么感情纠葛，但是在这个时候，她身边忽然又成了两对，还是让她心头十分异样，仰头看天的时候，忍不住在心里大喊：你是不是想逼死我啊你？！

不过姻缘之神很快就转向了。白小枝不久之后就听说懒懒和郭云起分了。米娜和那个什么明星雨默也分了，他们分手的形式比较特殊，据说是个八卦记者拍到了他们夜里出来吃饭，之后米娜和雨默都发布声明说他们只是普通朋友，雨默的声明很是公式化，米娜的却有点情绪化，甚至还有点愤怒和幽怨。白小枝立即觉出肯定是雨默不愿意对外承认关系，米娜很生气，所以跟他分了。

白小枝听到这个消息后立即尽起了闺蜜的责任，先找懒懒聊天，令她讶异的是，懒懒竟然是一脸的坦然和释然，说自己应该离开郭云起，也并不觉得很吃亏——这是人生给她上的重要一课，因为这次恋爱她明白了很多事情，算是受益匪浅。见她这样白小枝倒有些不知所措，就跟她吃了顿饭，胡乱聊了几句算了。

第三十一章　不要找理由

　　至于米娜那边，白小枝没敢贸然拜访，先跟她联系了一下。电话那头的米娜听起来很平静，却说比较忙，下次再聚。米娜不愿意见她，白小枝也就只有作罢，猜测她情伤一定受得很重。虽然她一定程度上是咎由自取，但白小枝仍然有些为她感到难过和遗憾，连带自己心情也不太好，便去小吃街买卤鸡爪子。那里的卤鸡爪子又辣又鲜，很有风味，买了后准备到自己店里开瓶啤酒来佐餐，结果发现俩女孩藏在黑影里，朝她的店探头探脑。她走到她们跟前一看，猛地吃了一惊：这不是那个什么李茉，还有那个给刘明宇喂薯片的丫头吗？

　　看清白小枝的脸后她们的脸立即拉得老长，一副气势汹汹的样子，"你就是白小枝吗？"

　　"干吗，干吗？"白小枝可远比她们老辣，根本不吃这一套，"装太妹啊？告诉你们，小妹妹，装太妹也是要实力的，实力不够只能给自己找麻烦！"

　　李茉和那个丫头的气势顿时泄了。

　　"你们，有事就说事，瞎弄开场白没用。"白小枝冷笑着说。

　　另一个丫头有些退缩，李茉却怒气勃发，恨恨地上前一步说："说就说……你是什么意思啊！"

　　"你说我什么意思啊？"白小枝根本不知道她要说什么。

"你还装蒜是吧……我看你是给脸不要脸！"

"哎哟，您不是高文凭人才吗，说话也这么没水准啊！"白小枝鄙夷地从眼镜下方瞄着她，"再说您什么时候给我脸啦？您有资格给我脸吗？说大话也不怕闪了舌头。"

"好，我不跟你油腔滑调地胡扯！"李茉气得直抖，"我告诉，不许再纠缠刘明宇了！"

"哈？我纠缠他？"白小枝觉得莫名其妙，也觉得心头火起，"我什么时候纠缠他了？我主动找过他吗？"

"你的纠缠当然不是那种明显的纠缠！你是那种高明的坏女人，没有实际的纠缠，却是隐性的纠缠！"也许是被白小枝的态度气到了，并在白小枝的气势下完败，李茉说话很没有章法。她的意思是白小枝对刘明宇进行的是"心的纠缠"，却因为激动过度，说得一团混乱。

"哎哟，对不起，什么虚虚实实，自相矛盾的，我听不懂诶。您不是高学历人才吗，怎么有种语文没及格的感觉啊？"

因为心里不爽，白小枝就揪着她混闹。

"你……你是故意混闹是不是！我告诉你，混闹是没用的！就是不许你再纠缠刘明宇！而且我的学历和这件事完全没有关系！"

"哦，你不许我纠缠刘明宇，"白小枝打了个哈哈，"那我问你，你是他什么人呀？女朋友？"

一听这话李茉立即涨红了脸，嗫嚅了一会儿才说："我只是出于朋友的立场，才来警告你的！路不平，有人铲！"

从李茉的态度里，白小枝明显地感觉到，李茉可能被刘明宇拒绝过，心情一时颇为复杂，冷笑着问李茉："哦，你作为朋友，路见不平管起别人感情上的事情，这还真是罕见啊……不过我觉得更罕见的是当初你还陪着他来见我，你这又是什么理由？"

"怎么罕见啊？"李茉的脸涨红了，"只是他当初……心里犹豫，自己来心慌，又怕自己看不懂你的心思，才叫我过来，叫我帮他参谋而已……这也是朋友应该做的啊，有什么奇怪的？"

呃。听到这话后白小枝的心里就像被什么东西重重地撞了一下，不由自主地自言自语，"这小娘儿们……"

"小娘儿们？你骂谁？"李茉勃然大怒。白小枝却看都没看她——"小娘儿们"可不是说李茉。她是觉得刘明宇过于扭扭捏捏，有感而发而已。她转向另一个女孩，冷笑着说："现在该你了……你有什么不满，一起说说吧。"

"啊，这个！"那个女孩虽然呆了一呆，但也很快进入了义愤填膺的状态，"我也要你不要再纠缠刘明宇了！你纠缠他，还挟制他，实在太过分了……因为你，他现在变得都不怎么敢和女同事说笑了！真是的，搞得跟有封建礼教让他守一样……"

白小枝顿时感到心又被狠狠地触动了一下，感觉却是软绵绵热乎乎的。然后竟完全不理睬她们二人，径自走了。李茉和那个女孩都快气疯了，但也无可奈何，"有什么了不起，拽成这个样子……不就是年龄大些吗？"白小枝也是充耳不闻，然后竟是一夜迷迷糊糊睡不实，第二天碰巧懒懒又喊她出去吃饭。

白小枝现在心里正堵得慌，正需要找个人说说话，就算说点闲话也好，于是去了。席间白小枝看见懒懒竟然精神焕发，感觉简直是"冲了个热水澡，把千肢百骸都冲得干干净净，就此重生了一般"，感到很是讶异。反倒是懒懒看到白小枝神情憔悴，便问白小枝出了什么事。白小枝心里正堵得要命，一张口就说了个彻底，最后结尾说："听了那两个丫头的话，我觉得他对我还是有点真心的……不过我又觉得……这是不可能的！"

"为什么觉得不可能啊？"懒懒一脸骇笑，倒是十分不解，"你为什么觉得不可能？是因为他不是处男？"

"是这样的。"白小枝抢先摆了摆手，"我知道你肯定要说我这种情结不合理……可是不管合不合理，我在意它，所以是不行的……"

"好吧。"懒懒骇笑着打量了她几眼，"我记得你之前不是这样的啊……你以前相亲的时候可没要求对方没那啥啊……怎么单单对他要求起来了呢？"

"大概是因为我对他……比较认真吧。"白小枝说这话的时候满脸通红，"也许是第一次认真……"

懒懒盯着她，思忖了一会儿说："其实……我觉得你是在找理由。"

"找理由？为什么？"白小枝感到诧异，却也隐隐感到心虚。

"你就是在找理由。"懒懒轻轻地叹了口气，"其实你还是不敢和他恋爱吧，只是在给自己找理由放弃而已。"

"呃……"白小枝的感觉不亚于被人一指戳中心窝，红着脸说，"这个……真是这样吗？"

"你不会自己都不清楚吧……"懒懒骇笑，不过也很快转变了说法，"不过这也难怪，感情上的事情就是当局者迷，旁观者清……白姐，别看我比你年轻，但我现在是在感情上上过课的人了，有能力给你正确的建议。"

"我没有说我不信任你……只是暂时……"白小枝想说自己暂时不明白自己的心意，但想到这样说实在太混，便把这半句话咽了下去，咬了咬牙说，"可是……一般人都会觉得我们不合适吧，毕竟我比他大八岁……"

"拜托。"懒懒撇了撇嘴，"真要爱得深，年龄根本不是问题。"

"是这样吗？"白小枝苦笑着说，"这只是言情小说里的说法吧，很少见过什么实例。"

"怎么没见过实例啊？"懒懒略带嗔怪地说，"你忘了我家那姨奶奶，东北的……她们那里可是流行等郎媳，她比她老公大十岁，人家一辈子不过得好好的吗？和她一样的家庭东北也有不少，也都是好好的啊！说姐弟恋没有好下场，只是男权社会催眠女人的说法。"

"这个……"白小枝咬了咬嘴唇，"可是……我就是不知道他是否对我爱得深，我也不知道我自己对他的感情是不是真的深……我和他只是刚刚开始正式交往……"

"嗨，"懒懒苦笑着说，"正式交往的时间是无法做爱情的度量衡的……不错，你们是没有正式交往多久，但是你们纠结了很久的。说白了，如果是感情不深的情侣，即便是正式交往了很长时间，也该散就散了。你们能够隐忍着纠结着直到现在，感情还在，就证明你们爱得够深了。"

白小枝噎住了，过了半晌才嗫嚅着说："可是我觉得他有点孩子气，无法成为我的依靠……"

"他当然有孩子气了，他还年轻嘛，你要给他时间成长……他现在还不能成为你的依靠，但是你能把他培养成你的依靠啊，而且从他的表现看，他也愿意努力成为你的依靠。那你还担心什么呢？"

白小枝说不出话来了，紧皱着眉头，半晌不语。懒懒的话很有道理，弄松了她心中的郁结，但是仍无法解开她心中的郁结。毕竟道理只是道理，未必是现实。

懒懒看出了她的心思，抿嘴皱眉，半天后才说："这样吧，白姐，我知道你的思想暂时转不过来……没关系的，你自己回去慢慢想……我相信你，你一定能想开的。"

哪那么容易想得开啊，白小枝回去考虑了半天，却始终觉得自己心里有块巨石堵着,是那些郁结始终解不开吗?应该不是。她隐隐感觉到,她心里似乎还有其他郁结,她也说不清楚那是什么,只是被恐惧包裹着,影影绰绰地占据着最重要的关口。

正在心乱如麻的时候,刘明宇来电话了,白小枝竟像被电击了一样全身一颤,心头一阵沸热,一阵冰凉,犹豫了一下才接起电话。

"白姐,我跟你说,"刘明宇似乎很急,电话一通就自说自话,"我父母来了,他们听说我们在交往,非常反对,他们说如果我跟你继续交往,他们就不再认我这个儿子了……"

"那你的意思是说,"白小枝感到心里彻骨的冰凉,接着无比的自怜自伤,"准备和我……结束来往,是吗?"

"怎么会啊?"刘明宇叫了出来,"我当然会和他们抗争!我自己的爱情我自己做主……大不了断绝关系……断绝就断绝呗,反正是他们先要和我断的。"

一听这话白小枝不禁心乱如麻,接着心头百味混杂,"这怎么能行呢?怎么能随便跟父母断绝关系呢?"

"我只是说万般无奈之下,放心,白姐,他们是我的爸妈,我已经和他们过了二十多年了,我了解他们,一定能搞定他们……"说到这里忽然顿住了,半晌后才怯怯地说,"白姐,我这么拼死拼活地抗争,都是为了你啊……可别我抗争成功了,你又不要我了,那样你就太不够意思了!"

本来应该是很庄重神圣的爱情宣言,却被刘明宇讲得如此儿戏,白小枝有点哭笑不得,因此虽然有些感动,也感动得有些怪异。她放下电话,心里潮热绵软,却也是心乱如麻,只是对着窗外发怔,一怔就怔了好久。

直到第二天去店里的时候,白小枝的心里依然是惺惺的——就是那种随时会走神的感觉。走着走着,忽然看到一个小巷口一个五十多岁模样的中年女人一脸迷茫地坐在地上,白小枝很是讶异,走过去问她怎么了。

中年女人一副欲哭无泪的样子:"我扭了脚……你能不能扶我到那边的凳子上(街边有个公共车站,那里有个凳子上)坐一下……放心,我是自己摔倒的,绝对不会讹你……"说着又指了指对面商店门口的摄像头,"而且那里肯定有录像,有证据证明我是自己摔倒的,我想讹你也讹不了……"

白小枝其实真有点怕她讹她,听她这样一说倒觉得好笑,便把她扶到街边公车站的凳子上坐着。中年女人对她千恩万谢,同时也义愤填膺地说了她摔倒的经过,原来她经过巷子口的时候里面忽然窜出来一辆自行车,她虽然没有被撞到,但被吓得不轻,摔倒在地,把脚踝重重地扭了。一来因为那个巷子口没什么人经过,二来现在讹人的人太多,所以根本没有人扶她。她坐在冰凉的地上都快冰出毛病了。

白小枝听了后哭笑不得,检视她的脚,发现她的脚应该是扭了筋了。白小枝想起附近有个鞋匠年轻时在乡下当过跌打医生,便好人做到底,把鞋匠喊来,给她正了正筋。鞋匠还真有两把刷子,一下就把中年女人的脚整好了,虽然还有点肿痛,不过她已经可以走动了。中年女人少不得又对她千恩万谢一遍,然后讪讪地笑了:"麻烦了你这么多,真是不好意思……但是我可能还要麻烦你……请问集庆路128号怎么走啊?"

白小枝觉得这个地址怎么这么熟悉,仔细一想才醒悟那里就是她的饭店,不由得惊疑大起,不动声色地盯着中年女人打量了几眼:她来找她的饭店?为什么?而且还是通过门牌号按图索骥?而不是直接问她饭店的名字?

"请问集庆路128号怎么走啊?"中年女人又重复了一遍。

"哦。"白小枝如梦方醒,"我送你去吧。"说着搀起了中年女人,中年女人虽然已经可以走动,但自己长途跋涉还是很吃力的,见白小枝愿意送她去,不禁喜出望外。

"您去那里干吗啊?"白小枝趁机不动声色地盘问她,"去找人吗?"

中年女人犹豫了一下,偷看了白小枝几眼,似乎在分析她可不可信,然后重重地叹了口气,"是去找人……我看你也是住在这附近的吧,你认识那里的白小枝么?"

"白小枝?"白小枝一凛,嗫嚅着说,"不认识诶。"

"唉,我跟你说啊,这个白小枝啊,忒不成话了!根本就是个小狐狸精……啊,不对,老狐狸精啊!"

"诶?"白小枝感到一股热血直冲脑门,表面上却混若无事,"怎么了啊?"

"我跟你说啊。"中年女人显然心里无比愤懑,希望找到人倾诉,"这女人啊,忒不成话了……我儿子今年才二十三岁,她已经快三十一岁了……她竟然找我儿子谈恋爱!"

诶?白小枝顿时感到全身的血都停止了流动:她是刘明宇的妈?

第三十二章　把握自我

"我跟你说啊……"刘妈妈就此摔开了话篓子,"这女人啊,听说是开饭店的,都三十一岁了还没结婚,不用想就是那种混社会的不正经的女人……我儿子前阵子和家里闹别扭,跑出来过一阵子,便在她店里住下了……她大概那个时候就想对我儿子不轨,才把他留在店里了,然后就用狐媚手段把我儿子迷住了……你说这个女人也太不要脸了,她比我儿子大八岁啊!大八岁啊!我不是那种对年龄纠结的人,也不觉得女的不能比男的大,但是你大,大个两三岁可以啊,竟然大八岁……你说这女人怎么这么不知丑啊……"

白小枝觉得脸皮发烫,身上火滚,整个人就像被搁在火罐里一样。然而尽管她十分愤怒,但心里异常的平静。她早就知道啊,她和刘明宇谈恋爱,社会和刘明宇的父母对她的评价肯定会是如此,虽然以前没有明确想过,但心里一直隐隐地知道。她在心底冷笑了一声,然后幽幽地问刘妈妈:"那在你看来,她会是什么样子的人呢?"

刘妈妈正骂在兴头上,一点都没意识到白小枝这句话中的异常,冲口就说:"一定是那种头发染得黄黄的,发型做得怪怪的,一脸的浓脂厚粉,脸上却是不擦粉就遮不住皱纹的那种!"

白小枝又在心里冷笑了一声,这大概也是社会对她这种人的想象,被想成这种人她有点生气,但也有点骄傲,因为她完全不是这样的啊。

"哦,对了,请问你叫什么名字?"刘妈妈终于从愤懑的情绪中稍稍抬头,开始关心白小枝的事情了。

"哦,你叫我苏雪就行了。"这个可不是白小枝临时诌出来的化名,苏是她妈妈家的姓,苏雪是姥姥家的人给她起的名字,平时也是一样的叫,只是没写到户口本上。后来她自己出来创业,和姥姥家的人联系少了,这名字便几乎没人叫了。

"哦,好名字……苏小姐,你多大了?有对象了吗?"

"嗯?"白小枝的眉头抽搐了一下,她一开始以为是刘妈妈意识到了什么,后来却意识到只不过是刘妈妈的"求根问底症"发了而已,几乎所有的中老年妇女对年轻女孩都有这种求根问底症。

"哦,我三十一岁了。"白小枝本以为说这话的时候会"难以掩饰地激动",没想到说出来的时候却很释然,"还是单身。"

"哦……"刘妈妈颇为意外,"你都三十一了?哎哟,真看不出……竟然还单身?哦,没关系,好女不愁嫁,像你这样的好女孩,一定不愁找不到好婆家,只是缘分未到而已。"

白小枝只是淡淡地笑了笑,她要是未经历练,一定还会激动吧。刘妈妈应该只是客套,根本不算承认她的好,就算是承认她的好,那也只是因为看着她是"别人",等到发觉她是和自己儿子谈恋爱的时候,肯定照样是一百个不好。

说着说着她的饭店就到了,白小枝带着刘妈妈进门,给店员们使了个眼色,叫他们都装作不认识她,找了个座位给刘妈妈坐着,她说白小枝是这里的老板,可以就在这等着她回来,然后就去上洗手间,其实是给自己找个缓冲的时间——她觉得自己应该显露身份了,但是不知道怎么显露才算好。

"妈,你到这里干什么啊?!"白小枝正在捧水洗脸,忽然听到外面有人大呼小叫。哦，这不是刘明宇吗？白小枝颇有些激动，却是慢条斯理地用纸巾把脸擦干，再款款地走出去。一出去就看到刘明宇正把刘妈妈往外拉，刘妈妈却拼死不走，一边推他一边说："我一定要看看她！一定要把话先说清……"

刘明宇看到白小枝出来了，表情不亚于被人兜头狠狠敲了一下，又心慌又尴尬，"哎哟，白姐……"

"白姐？"刘妈妈意识到了问题，惊叫起来，"她就是……那个白姐？！"本能地掩住口。

刘明宇了解他妈妈的所有习惯性动作，一见如此顿时又惊又怒，"妈，她就是带你来的人吗？你路上是不是说什么难听话了？！"

白小枝冷笑了一下，她的心情很是怪异，之前木木的怒不起来，看到刘明宇生气的样子，反倒觉得自己也该生气，想起刘妈妈那些话，很快便怒不可遏，想起之前对自己和刘明宇不适合的重重判断，一句"我们不合适，分了吧"的话火炭般已经冲到了嘴边，却卡在那里出不来。

刘明宇感受到了她的怒气，忐忑地看着她，表情活像个做错了事的小孩子，看到他的神情，白小枝的脑子里忽悠一下变得白茫茫一片，转身走到后堂去了，她现在也不知道自己要干什么，只是想尽快离开。

白小枝在后堂，完全听不清看不见前面发生的事情，但忠心的店员们还是把之后发生的事情一五一十地反馈了进来。果然不出白小枝所料，刘妈妈虽然之前说她很好，但和自己儿子配对还是不行的，毕竟年纪大了。她和刘明宇在外面吵了一会儿才离去，吵到最后还是坚持说白小枝和刘明宇不相配。店员们反馈这事的时候十分气愤，白小枝却十分平静，意料之中的事情嘛，没什么可激愤的。

之后白小枝虽然一直都很平静，但是那种一切都断绝了般的平静,好像应该说是心如死灰。就在这时,刘明宇又打电话来了,还是一开始便自说自话:"白姐,你放心,我一定能把我爸妈搞定……我向公司兑了年休假,在家里闹绝食呢!他们怕我出事,一定会答应的。"

"这个……"白小枝感到心头一阵沸热,却很快又变成一地死灰,"好吗?"

"没事的……其实我有把饼干藏在枕头缝里,实在饿极了就会偷偷吃一点……白姐,你别担心,我一定能搞定的,你等着我的好消息就行了!"

白小枝放下电话,只是怔怔地苦笑,按理说她应该感动,应该高兴,却更觉得悲哀,强扭的瓜不甜,这是大家都知道的。就算刘明宇用这种方法逼他爸妈暂时同意,但是来日方长,他爸妈心里不痛快,总会想办法加以阻挠,以后必然是坎坷重重,也难说会有好结果。不过让她悲哀的首要原因不是这个,至于首要原因是什么,她也说不清,只是感觉心里像有个什么东西卡着,死死地卡着。

不知为何,她想去见米娜了,这次米娜没有拒绝。她来到米娜的家门口,按响门铃,在等开门的间隙幻想米娜现在会是什么样子,想来她现在一定非常憔悴吧,肯定的,失恋的痛苦……她一定要避免落入米娜的境地……呃?白小枝忽然感到脑中掠过一道闪电,接着脚下的地面似乎都要分离破碎——她是因为怕失败?她一直不敢和刘明宇恋爱的原因就是因为怕失败?

米娜把门开开了,白小枝一看她的脸,顿时惊得合不拢口——米娜一点都不憔悴!虽然有些瘦,但是十分精神,感觉就像……旧式小说里说的那种修道的人,历经一劫后脱胎换骨一样。

米娜把她让了进去,给她倒茶拿点心,白小枝仔细观察她,发现她真不像是暗藏心伤,强颜欢笑,不由得更加迷惑。忍不住委婉地问她现在心情如何。

"还好啊。"米娜微微一笑,她知道白小枝是想问她失恋后的感受,"一开始的时候很不爽,但后来很快就想开了,现在想来就像上了一堂课,回想一下,还是挺有趣的。"

啊?又是"一堂课"?白小枝颇为诧异,也不敢相信。

米娜看出了她的心思,畅然一笑:"人只有犯点错误才能长大。我和雨默,归根结底就是不合适而已。人生不能总是成功,也不能总是幸福,一段恋爱结束了,只记得期间高兴的事情就好了。"

"好吧……"白小枝依然觉得无法理解,苦笑着说,"这是像你这样的智慧女人才能有的感悟……凡夫俗子可很难迈过这样的坎儿,一般女人不都说失恋了气得要自杀吗……"

"咳。"米娜笑着叹了口气,忽然盯住白小枝的眼睛说,"我现在明白你在恋爱面前为什么总是这么纠结了……因为你怕失败啊!"

白小枝没想到她能这么精准地发现自己的症结,她也是刚刚意识到自己的症结,不由得目瞪口呆:难道她的症结已经明显到这个程度了吗?

"其实啊。"米娜意味深长地说,"虽然不是说要成功必然要经历失败,但是如果怕失败,就可能永远无法成功,因为你怕失败,就什么都不做,什么都不做,怎么可能成功呢?"

白小枝怔怔地定住了,感觉心里的结块开始活络,并不仅仅因为米娜的话,还因为她看到米娜失恋的"下场"也没那么可怕。不就是失恋吗,失恋只是一堂课而已,也许会很痛苦,但也是像蝉儿脱壳,脱完壳儿后更强大更美丽。

心结一开,白小枝立即觉得眼前出现了一片广阔的天地。刘明宇用绝食逼迫父母,肯定是无法解决问题的,要想解决问题,还得想办法解开刘明宇父母心中的结。白小枝设身处地想了想,觉得刘明宇父母反对他们在一起,成见应该只是一小部分原因,真正的、最大的原因应该是怕刘明宇和她在一起无法幸福。白小枝立即想起了懒懒提过的等郎媳，便悄悄问刘明宇，他的亲属之中有没有类似的人，让她来给刘明宇的父母上一课，也许会有些效果。

刘明宇七搜八想，还真找出来一个——找出来也不奇怪，因为中国人的关系圈历来是广大而且无孔不入的。这个人是刘明宇爸爸战友的妈妈，很受刘明宇爸爸的敬重，当初就是以等郎媳的身份嫁给刘爸爸战友的爸爸的，和他过了一辈子，很算幸福和谐。于是刘明宇想办法联系到了这对老夫妻，求他们开导开导他的父母。他们欣然前去，果然把刘明宇的爸妈说动了——就如白小枝所料，他们就是怕儿子之后后悔或过不好。本来他们因刘明宇以绝食相胁迫，已经有些乱了手脚，现在被这么一劝，也就丢开手了。

见白小枝解决了问题，刘明宇虽然也高兴，但也有些不服气，再见面时酸酸地说："真是想不到啊……按你的方法，竟然一下就解决问题了……"

白小枝看着他因为绝食而变得蜡黄的脸，苦笑着挽起他的手。没办法，还是不成熟啊，不过没关系。她帮助他成长就是了，成长不了怎么办？这个现在不用想。未来的事情，谁也不知道，只要好好把握现在就够了。

生活总是这么奇异和不可捉摸。白小枝和刘明宇正式好了之后，之前成的那些情侣又一对一对开始分手了。刘庞据说和那位单亲妈妈的孩子搞不好关系，和她分了；禹风嫌弃女友素质不够高，分了；小毛和那位卖菜的姑娘据说也吵架了。对这些消息，白小枝是充耳不闻，更没有受到影响。别人的事情别管，你的命运永远不会是别人命运的拷贝，把握自己，把握现在就好。